Віктор Волкер

Салон
«Санта Муерте»

Чудеса навколо нас

УДК 821.161.1(477)'06-312.9=161.2
В67

Волкер, Віктор.
В67   Салон «Санта Муерте» / Віктор Волкер. — Київ : СПЕЙС ВАН, 2020. — 253 с.: іл.

ISBN 978-617-7999-10-1

Часто закохані стверджують, що заради любові готові на все, і так само часто їхня рішучість обмежується лише словами...
Однак Себастьян доводить, що здатний буквально на ВСЕ, щоб зробити кохану щасливою. Навіть якщо протистояти йому буде сама Смерть...

УДК 821.161.1(477)'06-312.9=161.2

Усі права захищено.
Повне або часткове відтворення матеріалів книги
можливе тільки з письмової згоди правовласника.

© Віктор Волкер, 2020
© «СПЕЙС ВАН», 2020

ISBN 978-617-7999-10-1

Глава 1
Перехрестя

У кожного в житті бувають свої перехрестя.

Найчастіше ми не помічаємо їх, пролітаючи мимо, і лише з часом, можливо, розуміємо... Іноді ми робимо вибір абсолютно свідомо, і часто неправильне рішення перетворюється в довге, нудне блукання по колу, поки не повернешся до вихідної точки, на якій ти повернув не туди. Але бувають і кристально ясні перехрестя, їх можна називати як завгодно, от тільки вже точно неможливо об'їхати...

І це було його перехрестя.

Він зрозумів все відразу, варто було йому перевести погляд з похмурого запиленого кузова вантажівки, що пригальмувала перед ним на червоне світло, на пишний напис, котрий вінчає двері булочної. У той самий момент двері відчинилися, і на вулицю випурхнула дівчина в легкій квітчастій сукні.

Ймовірно, все склалося б не так, може, абсолютно інакше, якби вона дивилася в інший бік і, легкою ходою прослизнувши повз, назавжди залишилася міражем, примарним образом на задвірках пам'яті...

Однак незнайомка глянула прямо на нього, і очі їх зустрілися. Лише на секунду... Але цього було достатньо — хлопець застиг на своєму скутері, приголомшений теплотою добрих, трохи сумних очей.

Юнак ніби побачив всю картину зверху: немов енергії погляду дівчини вистачило на те, щоб він як птах здійнявся в небо і назавжди запам'ятав звичайне перехрестя запиленої міської вулиці...

Кілька машин зупинилися на червоне світло, повітря гуло й тремтіло від жару двигунів, лінивe сонце повільно пробиралося вгору безхмарним небом мексиканського містечка Росаріто. Теплий запах асфальту і ледве відчутний бриз близького океану. Звичайний ранок робочого дня вже встиг прогрітися, але ще не наповнився палючим жаром. Дівчина з яскраво-карими очима, її довге темне волосся м'якими завитками розсипалося по спині.

І він сам — завмерши, як статуя, верхи на старенькому скутері з купою коробок піци в сітчастому багажнику.

Вона злегка посміхнулася йому — одними куточками губ, але в той момент громіздка біла туша автобуса з пихтінням зупинилася поруч, закривши собою незнайомку.

Мабуть, ще ніколи в житті Себастьян не відчував до автобусів таких сильних емоцій, як в ту довгу безглузду хвилину. Лише коли почув різкі звуки клаксонів, повернувся нарешті до світлофора: зелений вже горів, закликаючи прямувати далі. Позаду наростав обурений гул сигналів упереміш з міцними слівцями, посланими роззяві на нікчемному скутері, котрий застопорив транспортний потік.

Себастьяну нічого більше не залишалося, як проїхати нещасливе перехрестя, щоб відразу ж за ним пригальмувати. Він добре знав цю частину міста: камер спостереження тут не було. І хоча хлопець, не перший рік працюючи розвізником піци у дона Карло, звик поважати правила дорожнього руху — це був особливий випадок! А заради такого можна і ризикнути...

Одразу прийнявши рішення, Себастьян різко розвернувся і спритно вирулив на дорогу з іншого боку вулиці, де ще хвилину тому стояла прекрасна незнайомка. Але... його чекало гірке розчарування: вулиця спорожніла!

Ні, звичайно, кілька перехожих там все ж були: огрядна сеньйора повільно вела за руку крихітну дівчинку, ще двоє молодих хлопців і якийсь літній сеньйор. А ось володарка карих очей і сумної посмішки безслідно зникла!

Себастьян обійшов увесь маленький квартальчик. Кинувши напризволяще ні в чому не винний моторолер, забіг в ту саму крамничку, з якої виходила Вона.

На питання про дівчину продавець лише здивовано повела плечима, потім з цікавістю провела поглядом розгубленого хлопця: він виглядав так, ніби в ту хвилину втратив щось дуже важливе...

І лише знову опинившись на вулиці, Себастьян зрозумів: його примарний шанс вислизнув разом з прекрасними очима таємничої незнайомки. Вона немов розтанула серед не надто жвавої в ту пору дня вулиці...

«Але що б я міг сказати, навіть якби підійшов до неї, начхавши на світлофор і лайку всіх разом узятих водіїв? Може, дівчина просто розсміялася б мені в обличчя...»

Уява Себастьяна тут же намалювала яскраву картину: красуня гордо проходить повз нього прямо до розкішного автомобіля з шанобливо відчиненими дверцятами... Зітхнувши, водій скутера понуро продовжив свій шлях.

Безрадісні думки кружляли в голові одна за одною. Тим часом внутрішній голос — впертий до настирливості — твердив: все було б зовсім не так.

Хоча, що він знав про неї? Що міг зрозуміти про цю дівчину, єдиний раз випадково зустрівшись очима з нею на тому перехресті рано-вранці? Чому уявив, ніби вона раптом звернула на нього увагу? Швидше за все, просто шукала когось із знайомих або свій транспорт і машинально ковзнула поглядом по хлопцеві в бейсболці на старезному скутері. Тепер вона зникла, а разом з нею — привід думати і переживати про це...

Однак уява — штука вперта. Особливо, якщо ти не звик її стримувати від літання в хмарах. Адже куди приємніше літати в них, ніж просто рухатися в численному транспортному потоці. Прокинулися жителі міста, метушилися і поспішали в різні боки, керуючи сотнями автотранспортних засобів.

І ось тепер одне з породжень міста — розвізник піци, вируюючи знайомими вулицями, подумки все ще залишався там, на своєму перехресті.

А що, якби він сам вийшов зі спортивного авто в дорогому білому костюмі? І, попихкуючи сигарою, підійшов до дівчини: «Привіт! Може, покатаємося?»

Себастьян майже побачив, як широко і здивовано розплющилися очі, і у відповідь на спробу обійняти її за талію вона дала нахабі дзвінкого ляпаса, а потім, цокаючи каблучками, гордо пішла геть... Все це раптом так явно пронеслося перед його внутрішнім поглядом, що хлопець вголос розсміявся через свої думки. І ледве встиг вчасно натиснути на гальма, щоб не пропустити потрібну вулицю.

Що це з ним?

Він ніколи не вважав себе таким вже мрійником. Але сьогоднішня подія раптом стала здаватися неймовірно значущою, тому так несподівано витіснила з голови звичні думки... Себастьяну не хотілося думати про те, що він втратив ту дівчину назавжди: це було надто болісно. Росаріто — маленьке містечко, але не настільки, щоб розраховувати на можливість нової зустрічі. І все ж хлопець тішив себе мріями, відчайдушно не бажаючи випускати з голови прекрасний образ...

***

Більша частина дня пролетіла ніби уві сні: він раз у раз повертався в піцерію за новими замовленнями та все петляв і петляв запиленими вуличками Росаріто. В післяобідній час потік замовлень припинився, і тепер молодий чоловік нарешті мав можливість перекусити що-небудь.

— Що це з тобою, Себастьяне? Чи не захворів? — звернув увагу на стан хлопця літній кухар Ігнасіо: вони обідали разом в тісній задушливій кухні закладу шматками злегка підгорілої піци (не пропадати ж добру!).

Без апетиту ковтаючи свою порцію, Себастьян лише байдуже знизав плечима:

— Та ні, все нормально...

Ігнасіо сердито обтрусив крихти з фартуха і шумно зітхнув:

— Все вам, молоді, й то не так, і це не сяк. А почнете робити що, так і сил у вас — як у горобця: все якісь слабкі. Ось за часів нашої молодості ми хоч і трудилися як прокляті, але не ходили постійно такими кислими...

Себастьян лише на секунду прикрив очі, намагаючись уявити, як огрядний Ігнасіо з його об'ємним пузом «трудиться як проклятий». Картинка так і не з'явилася. Тому одним ковтком перекинув в себе вже холодну каву, подякував за обід, а потім швиденько вибіг з кухні — поки розповідь про браве покоління молодого колись кухаря не затяглася на годинку-другу...

День, що так незвично почався, пророчив найбуденніший фінал, і це чомусь гнітило найбільше. Нехай би зараз місто накрило бурею і його транспорт просто здувало б з дороги або раптом утворився б величезний затор на дорозі — напевно, він зрадів би будь-якому перебігу подій. Але нічого не сталося. Звичні нотації господаря піцерії, дона Карло, довелося вислуховувати теж майже за розкладом: після обіду, перед відправкою вже вечірніх замовлень. Може, саме тому всі настанови пролетіли повз вуха розвізника, зовсім не зачепивши свідомість...

До вечора бажаючих перекусити шматочком піци виявилося багато. Себастьяну довелося покрутитися, адже замовлення слід доставляти ще гарячими. Його зустрічали люди молоді й у віці, офісні працівники і автомеханіки, водії й старшокласники. Приймали піцу і розплачувалися: з посмішкою або бурчанням, ввічливо дякували, а іноді, забравши коробку і мовчки сунувши гроші, похмуро гримали дверима перед самим носом. Це було нормально: за досить довгий час своєї роботи він звик до всякого. І майже не запам'ятовував осіб: замовники ніби зливалися в одну масу — нетерплячу, голодну, яка бажає скоріше приступити до поглинання кулінарного шедевра з упаковки «Карло-піца».

Коли Себастьян доставив останнє замовлення, міські вулиці вже причепурилися золотистим світлом ліхтарів та кольоровими вогнями нічних закладів. На тому ж робочому скутері хлопець рушив додому.

Легкий вітерець куйовдив його волосся: пізній вечір дихав свіжим океанським бризом. Вулиці заполонили компанії, котрі вийшли прогулятися, люди раділи можливості розслабитися, пропустити стаканчик-другий в найближчому барі після спекотного дня. Парочки поспішали на побачення, а пізні працівники мріяли скоріше опинитися вдома.

Місто Росаріто жило своїм відособленим життям, далеким від швидкого ритму мегаполісів. Час тут спливав повільно. І зараз, вдивляючись в веселих молодих людей на вулицях, Себастьян шкодував про те, що у нього самого немає друзів, з якими можна було б ось так запросто провести вечір.

Та й вдома на його появу чекали, хіба що дідусеві кактуси в розмальованих високих горщиках...

Ні, були, звичайно, і у нього друзі дитинства, але тепер у всіх своє життя, далеко від місця, де пройшли їх безтурботні роки. А знайти нових приятелів Себастьяну так і не довелося...

Він звернув до будинку. Вузька вуличка посеред робочого кварталу вилася серед невеликих одноповерхових будівель, оточених де-не-де вигорілою на сонці зеленню. Вибоїни в асфальті були тут не рідкістю, тому доводилося їхати обережно: адже зайвий струс для його «бойового коня» міг обернутися новим візитом в майстерню. А це автоматично дорівнювало ще одній довгій лекції про ощадливість у виконанні дона Карло.

Будинок зустрів хлопця напруженим мовчанням і чорними вікнами. Нарешті ще один довгий день завершено, і він зможе відпочити в тиші...

Зітхнувши, Себастьян відчинив двері.

Глава 2
Маленька таємниця

«Це не просто вода, це жива вода», — виплив раптом з глибин пам'яті голос бабусі. Ось вона купає його, зовсім маленького, і поливає прохолодною водою з великого ковша. Взяла вона ці слова з якогось оберегу чи просто з пісні — тепер він уже не пам'ятав. Але велика бабусина долоня на його чубатій маківці і її голос — такі образи чомусь оживали в пам'яті майже кожного разу, коли зі старого іржавого душа на його гаряче тіло починав падати дощ прохолодних крапель.

«Це не просто вода, пройде вона всюди і змиє печаль-біду...»

Якби й справді всі його печалі можна було б так легко, як в дитинстві, змити водою з лійки і зняти теплою дбайливою долонею!

Але вода і справді, мабуть, мала якусь животворну силу: вийшовши з душу, він відразу ж відчув, як втома змінюється приємним умиротворенням.

У холодильник Себастьян заглянув скоріше за звичкою, прекрасно розуміючи, що їжа навряд чи виникне там сама собою. Нічого нового в цьому місці не передбачалося, хіба що шар цвілі на випадково не з'їденій скоринці сиру. Який день поспіль він забував зробити покупки, треба буде обов'язково присвятити цьому час завтра.

А ось глечик з холодним чаєм каркаде виявився дуже до речі. Наповнивши об'ємну чашку, Себастьян рушив на відкриту веранду.

Вона була зовсім невеликою, як і весь будинок, що вміщав лише дві кімнатки, кухоньку і ванну. Але для однієї людини цього достатньо, і Себастьян поки що майже не замислювався про те, чи вистачить йому тут місця, коли у нього з'явиться своя сім'я. Якщо з'явиться...

Сусіди жили не в кращих умовах, при цьому численними родинами. Будиночки стояли впритул один до одного, залишаючи для дворів так мало місця, що там могла розміститися лише клумба з квітами — якби хтось захотів їх поливати. Але рослинністю захоплювалися тільки зовсім літні жінки, вони б, звичайно, доглядали за нею.

Одна з таких бабусь — сеньйора Асусена Бохо, сусідка, що живе навпроти. Колись стіни її будиночка були пофарбовані в яскраво-оранжевий колір, а зараз літня сеньйора майже перестала виходити на вулицю, і сам її будиночок, здавалося, потьмянів і зіщулився разом із нею.

Онука Слай провідувала її кожен день, ніколи не затримуючись надовго: у неї була власна вже немаленька сім'я, і вона вимагала куди більшої уваги, ніж тиха старенька. Себастьян і сам нерідко приходив до бабусі Асусени, адже ще дитиною часто бував у неї в гостях. Вірніше — у Слай, з якою вони росли разом.

Зараз вікно сеньйори Асусени слабо миготіло вечірнім блакитним світлом: схоже, старенька дивилася телевізор.

Різкий крик, що пролунав ніби зовсім поруч, і за ним пронизливий дитячий плач прозвучали настільки несподівано, що хлопець здригнувся. Слідом почувся дзвінкий ляпас і рев вже двох дитячих голосів упереміш з сердитим жіночим. Звуки долітали з відритого вікна сусідів праворуч. Через хвилину до лайки матері додався ще й незадоволений чоловічий голос. Напевно, спритні близнюки-шестирічки знову щось накоїли. «Виховний процес» тепер міг затягтися надовго...

Одним ковтком допивши холодний чай, Себастьян повернувся в будинок і зачинив за собою двері. Не знаючи, чим зайнятися, він зупинив погляд на старенькому телевізорі в кутку, але тут же передумав вмикати його. Набагато краща ідея раптом повернула хлопцеві бадьорість, і він увімкнув світло в другій кімнаті, котра була йому одночасно спальнею й майстернею.

Не гаючи часу, Себастьян зірвав простирадло із захованого в кутку мольберта, а з-під ліжка висунув ящик з фарбами. Палітра, пензлі... Це була його пристрасть, його маленька таємниця. Він провів рукою по м'якій рудуватій щетині пензлика — дідусевого подарунку.

Рішуче встановивши мольберт посеред кімнати, поспішив закріпити на ньому невелике полотно. Куплене давно, це полотно вже кілька місяців очікувало свого часу, але натхнення все не приходило. Здавалося, сірі, безликі будні настільки накрили його своїми каламутними хвилями, що з їх глибин неможливо було розгледіти яскравих фарб справжнього, істинного життя — щось гідне того, щоб знайти відображення на полотні.

Стіни його невеликої кімнати зі шпалерами, котрі втратили колір від сонця і часу, прикрашали численні картини в найпростіших рамах або взагалі без них. Акварельні та малюнки олівцем, зрідка — маленьке полотно олією: єдина розкіш, яку міг дозволити собі молодий художник, вимушений заробляти на життя доставкою піци.

На більшій частині його картин був зображений океан: суворий і похмурий, вкритий грізними валами під скупим світлом місяця або пронизливо-блакитний з відтінками зеленого, ніби сміється в обличчя вітру і, немов кошеня, пеститься об берег...

Часто, беручи олівець або пензлі, Себастьян не мав жодного уявлення, що з'явиться під його рукою через хвилину. Бо далі його вело натхнення, і нерідко він міг зупинитися лише пізно вночі, хитаючись від утоми, але з палаючими від задоволення очима. Цей світ мистецтва давав йому те, чого не могли дати сумні будні, схожі один на одного, немов близнюки-брати. І неважливо, наскільки гарні чи погані були його картини, він віддавав належне одній з найголовніших своїх потреб — жадобі творчості.

На якийсь час жалюча туга відступала, з'являлися сили знову борсатися в сірих хвилях безбарвних подій — до наступного разу, поки рука знову потягнеться до олівця. Тоді все навколишнє розчинялося в імлі, ніби морок, втрачаючи фарби. Але ці фарби знаходив справжній світ — той, що розквітав на скромному полотні. Його Світ...

Однак зараз, приступаючи до роботи, Себастьян вже точно знав, що саме буде малювати. Образ не відпускав його весь сьогоднішній день. Так чому б не присвятити йому ще й ніч? Ніколи не малюється легше, ніж в цю пору дня: прохолодне повітря допомагає зосередитися, а голоси і звуки вулиці за вікном поступово стихають, перетворюючись в боязку тишу. І тоді така ж тиша залишається в серці, немов після пролитих сліз, — чиста й глибока.

Щоб налаштуватися на потрібний лад, хлопець увімкнув радіоприймач і зловив улюблену хвилю, де крутили старі й нові пісні. Неголосна мелодія заповнила собою кімнату, а очі художника дивилися на біле полотно — вже загрунтоване, готове прийняти його задум. Але бачив він зараз не білу тканину, а теплі карі очі, в яких можна потонути...

Кінчиком олівця Себастьян торкнувся полотна, котре містило в собі весь ще не проявлений світ. І ніби паросток, що пробивається крізь асфальт, до сонця і життя потягнувся, розправляючи непевні тіні, новий образ...

Глава 3
Дівчина з пісні

Коли вранці він розплющив очі, в будинку вже стояла спека, а сонячні промені наполегливо намагалися проникнути крізь опущені запилені жалюзі. Він одразу відшукав поглядом свою вчорашню картину. Значить, вона йому не наснилася.

Сон миттю злетів з вій, і художник потягнувся до свого творіння, торкаючись його рукою так обережно, ніби воно могло в будь-яку хвилину зникнути разом із залишками сновидінь. Його картина.

На уступі залитої сонцем скелі стояла дівчина у квітчастій сукні, задумливо проводжаючи поглядом хмари, котрі пробігають над нею. Мрійлива усмішка торкала повні губи, ніжний овал обличчя обрамляло хвилясте темно-каштанове волосся з теплим відтінком. Струнка, гнучка фігура, витончені кисті рук. А карі очі в спалахах золотистих іскор дивилися в небо і здавалися такими ж бездонними...

Так, саме такою він її й запам'ятав. І тепер прекрасна незнайомка залишилася поруч — хоча б у вигляді образу, недосяжного ідеалу зухвалих мрій.

Задоволений своїм творінням, Себастьян довго розглядав картину, підмічаючи дрібні деталі. Вона ще вимагала доопрацювання: фон поки мав вигляд легкого начерку, чорно-білої плями серед несподівано яскравих фарб. Але найголовніше вже міцно виписалося, проявилося, і картина, незважаючи на свою незавершеність, виглядала тепер живою. Недаремно він майже до самого світанку трудився над нею як одержимий.

Однак бурчання в животі повертало до реальності, і купа буденних справ вимагала уваги, адже одним мистецтвом ситий не будеш. Зітхнувши, Себастьян змусив себе на якийсь час відкласти улюблене заняття. Він знав, що, взявши в руки пензля прямо зараз, може знову легко забути про сніданок, обід і вечерю. А потім знову і знову вислуховувати від Ігнасіо лекції про нікчемних сучасних молодих людей — зовсім не таких, які були колись...

Побачивши, що стрілка годинника вже перетнула обідню пору, хлопець приступив до необхідних справ. Трохи упорядкував своє житло, виправ одяг, сходив в крамницю на розі вулиці по хліб і прикупив ще різного їстівного.

Нарешті він пообідав — після сніданку, котрий благополучно минув. Лише потім Себастьян дозволив собі знову взятися за картину — поки не згас його творчий азарт.

Він цінував такий свій стан: адже якщо занадто «перетримати» потребу висловити почуття або думку фарбами, то бажання писати начебто перегорає. Необхідна енергія розсіюється, немов ранковий туман, а ненароджені на полотні образи продовжують турбувати душу ще дуже довго...

Коли робота була закінчена, Себастьян вийшов на ґанок, щоб трохи розім'яти затерплу спину. Сонце знову пірнуло аж за край далеких будинків. Так відбувалося завжди: здавалося, день за улюбленою роботою пролітав на крилатій колісниці, а за нелюбим заняттям — мимо, запряжений десятком найледачіших равликів...

Тим часом двері в будинку навпроти відчинилися і на вулицю вийшла колишня сусідка — статна засмагла темноволоса жінка років тридцяти. Незважаючи на вже досить пізній час, на ній були сонцезахисні окуляри з широкими лінзами.

— Привіт, Слай! — радо помахав він їй. — А я недавно чув пісню про тебе по радіо! — крикнув Себастьян, пригадавши, що вночі дійсно звучала пісня про дівчину з таким ім'ям.

Слай навіть не посміхнулася.

— Так, звичайно... Половина цих дивних пісень — точно про мене, — буркнула вона несподівано різко і попрямувала повз нього, не зупиняючись.

Себастьян здивовано дивився їй услід. Хлопець зовсім не образився, але така поведінка була не властива Слай. Він простежив за тим, як сусідка важкою ходою перейшла вулицю, і похитав головою:

— Щось з тобою не так...

Вони знали одне одного з самого дитинства. Дівчинка була старшою на вісім років, часто дбала про малюка. Підростаючи, він звик бачити Слай поруч. Її красуня-мати більше тридцяти років тому відправилася підкорювати Мехіко... Вона повернулася вже з малятком на руках. Не залишивши їй нічого, крім романтичного імені, через деякий час недолуга матуся зникла знову — влаштовувати своє особисте життя. І у неї начебто це вийшло — в якомусь там місті, але для дочки місця в новому житті не знайшлося. А Слай так і залишилася з батьками матері, які в міру сил її виховували.

Себастьян пам'ятав свої гіркі сльози, коли вона виходила заміж. Ще десятирічним хлопчиськом він не сумнівався, що закоханий в вісімнадцятирічну дівчину — чорнооку і квітучу...

Сімейне життя, турботи про трьох дітлахів і чоловіка з непростим характером згодом перетворили її в нервову жінку, на обличчі якої відбивалася постійна втома. Вони з Себастьяном так і залишилися друзями, і нерідко вона забігала до нього — випити чаю або просто посидіти на ґанку. Вони говорили про різні речі, іноді вона потайки скаржилася на своє життя... І те, як зараз відповіла йому, наводило на думку, що у них з Педро знову проблеми.

— Нічого, я не образився. Почекаю, коли ти прийдеш і сама все розкажеш, — тихо вимовив він услід Слай, пригніченій через турботи, які на неї звалилися.

Глава 4
Теорія неймовірності

Ніч не принесла нічого нового. День зустрів його нагрітим асфальтом міських вулиць і черговими турботами.

Години тягнулися одна за одною. Себастьян знову і знову повертався «на базу», так між собою називали розвізники закладу піцерію «Карло-піца». Він отримував нові адреси і коробки, які потрібно було доставити «півгодини назад», і знову їхав вперед на скрипучому моторолері. Як завжди, думки його витали далеко і від гарячого дихання міста, і від одноманітної роботи, і тільки він сам міг би відповісти, що зараз дійсно турбує його.

«Напевно, так живе більшість, — думав іноді Себастьян, вдивляючись в обличчя перехожих. — Усі поспішають у своїх справах, але ж часто люди працюють лише через необхідність — щоб забезпечити себе і свою сім'ю. По-справжньому любити свою справу, якою б вона не була, — це, мабуть, рідкість...»

Розвізник піци за родом своєї роботи вхожий до багатьох місць. Він зустрічає безліч людей і мимоволі стає свідком різних життєвих сцен.

Себастьян бачив, що навіть чималі начальники в великих офісах часто не виглядають щасливими. Вони командували іншими, але й самі змушені були виконувати свої рутинні обов'язки.

Поки що він не зустрічав насправді щасливої людини, яка була б в захваті від своєї роботи, котра б давала можливість заробляти на життя. Втім, і сам він не належав до таких...

Єдине, що трохи прикрашало одноманітні, нудні обов'язки, — їзда на моторолері. Так, звичайно, старенький службовий скутер не витримує ніякого порівняння з його прекрасним мотоциклом, що залишився від батька. Але одного разу він пообіцяв матері більше не торкатися до нього. І до цього часу тримав своє слово. А моторолер назвати мотоциклом не змогла б навіть мама, котра ненавиділа всю цю двоколісну техніку, як особистих ворогів.

Такий легкий обман дозволяв Себастьяну без докорів сумління відчувати за спиною вітер і слухати шум двигуна, не вдаючись у подробиці, на чому саме пересувається він по сонному від спеки місту...

Цього разу шукати потрібну адресу довелося довше, ніж завжди. Табличка з номером чомусь була відсутня в тому місці, де їй належало бути, а наступний будинок на цьому боці вулиці розташовувався вже за невеликим сквером. І хоча протягом півтора року роботи він об'їздив своє рідне місто вздовж і впоперек, тут йому доводилося бувати нечасто. Та й не дивно: по обидва боки вулиці з поганим асфальтом тяглися сумні п'ятиповерхівки, де здавали найдешевші квартири і кімнати в усьому Росаріто.

Тут жили лише роботяги, які не мали коштів на пристойніший притулок, і різні темні конячки, які вважали за краще загубитися на загальному тлі. Ні ті, ні інші не були постійними клієнтами «Карло-піца».

Двоє темношкірих хлопців, улаштувавшись просто на бордюрі, не без цікавості поглядали на моторолер Себастьяна.

Зробивши ще одне «коло пошани» біля безіменного будинку, він уже почав нервувати. Може, це й потрібна йому адреса, але чи варто залишати тут свій транспорт навіть на кілька хвилин? Навряд чи дон Карло буде в захваті, якщо його працівник повернеться в піцерію пішки...

Підтягнувши скутер до себе, молодий чоловік наблизився до дверей під'їзду, ігноруючи цікаві погляди. Як раптом ці самі двері відчинилися і...

Він застиг на місці — точно так само, як і вперше. Але тепер повірити в те, що бачив, було ще складніше: теплі яскраво-карі очі незнайомки здивовано спалахнули світлом назустріч йому. Це була та сама дівчина!

«Неймовірно! — встиг подумати Себастьян, доки серце билося лунко, немов дзвін, а ноги самі несли його до неї. — Більше такого подарунка долі не буде! Тепер або ніколи...»

Дівчина на секунду зупинила на ньому погляд, здається, в її очах промайнула розгубленість. Губи затремтіли в усмішці, і вона вже зробила крок в бік, щоб обійти несподівану перешкоду.

Ще кілька секунд — і немислимий подарунок долі буде втрачено назавжди. Себастьян відчував це. Одна лише мить — і більше вони ніколи не зустрінуться...

— Добридень! — вигукнув хлопець уже майже навздогін їй.

Дівчина не зупинилася, але на ходу кивнула йому головою, вітаючись. А Себастьян продовжував стояти, відчайдушно намагаючись придумати що-небудь таке, дотепне — те, що могло бути приводом для знайомства.

— Вітаю вас! Ви стали учасницею акції від нашої компанії! Безкоштовна піца в обмін на номер телефону! — бадьоро заторохтів хлопець, наздоганяючи дівчину.

Жестом фокусника він витягнув із заплічної сумки коробку.

— «Карло-піца»! Краща піца в місті! І... Я чекаю номер вашого телефону!

Та тільки-но він з галантним поклоном простягнув коробку дівчині, як зауважив, що посмішка на красивому обличчі зникла, а вираз доброзичливості змінився на холодну відстороненість.

— Дякую. Однак, думаю, ви знайдете для своєї акції більш вдячних клієнтів. Я не люблю піцу.

Він вперше почув її голос і відразу ж про себе відзначив, що звук його нагадує мелодію. Але зараз в ній звучали різкі нотки.

Відвернувшись, дівчина зробила кілька рішучих кроків і, обійшовши Себастьяна, як прикру перешкоду, кинулася геть.

А він залишився на місці, відчуваючи себе цілковитим ідіотом.

— Я теж... — видихнув ледь чутно.

Незнайомка, раптом зупинившись, впівоберта повернулася до нього.

— Що ви сказали? — так само різко перепитала вона.

— Я теж... Не люблю піцу... І вуличних зазивак терпіти не можу... Вибачте мені, — пригніченим голосом додав він, вже ні на що не сподіваючись.

Почуття сорому охопило хлопця. Себастьян готовий був провалитися крізь землю прямо тут і зараз... І, дивлячись на запилені носки своїх кросівок, тільки через деякий час зрозумів, що дівчина все ще не пішла.

Вона стояла прямо перед ним і дивилася — тепер уже трохи глузливо, але з цікавістю.

— Вибачте... Я просто не придумав нічого розумнішого, щоб познайомитися з вами, — чесно зізнався він, з досадою відчуваючи, як небажаний рум'янець заливає його щоки кольором стиглого помідора.

Ось зараз вона буде сміятися, презирливо блисне очима і тепер уже остаточно піде, зникне, дасть невдалому кавалеру відчути, наскільки він жалюгідний.

— Ви так завжди знайомитеся з дівчатами? І що, вдається? — запитала вона.

В її голосі досі чулися глузливі нотки, але колишньої холодності вже не було.

Ледве відчувши цю невловиму зміну, Себастьян раптом піднісся духом, боячись повірити в неможливе.

— Ні, ви перша, — чесно сказав він і розгублено посміхнувся.

Щось дивне промайнуло в її очах. Йому здалося, за якусь мить вона встигла прийняти якесь рішення, проте ще сумнівається в ньому.

— Мабуть, я вам повірю. Інакше ваша «Карло-піца» вже давно б розорилася на подібних акціях.

Незнайомка раптом посміхнулася — абсолютно щиро, і Себастьян вмить відчув себе пташеням, виловленим моряками з бурхливої безодні штормового океану: таким же безпомічним, жалюгідним, незграбним, але... живим.

— Мені правда соромно, — повторив він знову і розвів руками, ледь не впустивши при цьому коробку зі злощасною піцою.

Розгубленість заважала хлопцеві придумати ще хоча б парочку розумних фраз, що годяться для підтримки розмови. Дівчина бачила це і прийшла на виручку, змінивши тему:

— Ви, напевно, когось тут шукаєте?

— Так, звичайно...

Він тільки зараз згадав про свою роботу, і сонце радості, що вже було блиснуло на його горизонті, знову безнадійно зайшло за хмари. Адже тепер вона люб'язно пояснить йому, куди прямувати, і піде, назавжди забувши про невдаху-піцевоза...

— Мені потрібен будинок номер вісім по вулиці Каса дель Торо. Я ніяк не можу його знайти.

— Уже знайшли, це він і є. Просто табличку з номером якісь бешкетники давно згвинтили, а нову повісити так ніхто і... — махнувши рукою, вона знову посміхнулася.

Тепер вони удвох відразу глянули на підозрілу парочку молодиків на іншому боці двору — ті відверто розглядали їх, перемовляючись між собою.

— Думаю, вам не варто залишати тут моторолер без нагляду, — неголосно сказала дівчина. — Хочете, я догляну за ним, поки ви доставите замовлення?

— Правда? — обличчя хлопця засяяло, але лише на мить. — Однак я... не можу прийняти вашу допомогу: вам одній залишатися тут небезпечно.

Незнайомка знову посміхнулася, цього разу трохи сумно.

— Не думаю, що мені щось загрожує. Я живу тут. А місцеві забіяки не завдають шкоди «своїм».

— Тоді буду дуже вдячний. Я швидко! — вигукнув Себастьян і кинувся в під'їзд.

Злітаючи вгору напівтемними сходами, він все ще ледь вірив своєму щастю. Дівчина сама запропонувала йому повартувати моторолер! Сама! І її слова — «я живу тут», вимовлені трохи зніяковіло, додали ковток надії. Себастьян боявся, що вона належить до багатої сім'ї, — це могло значно ускладнити їх знайомство. А той факт, що живе в такому непопулярному районі, розвіяв його побоювання. Якщо тільки красуня не якась там втікачка-принцеса...

Себастьян повернувся на грішну землю: багата уява часто заводила його занадто далеко. Не раз він страждав від цього, сам собі обіцяючи стати нарешті «серйозним реалістом». Але варто було йому помітити на горизонті щось хвилююче, як уява, зірвавшись з прив'язі, неслася навскач необ'їждженим конем...

Огрядна сеньйора — замовниця піци, схоже, цілу вічність рилася в своєму старому гаманці, зсунувши на носа окуляри, поки витягувала звідти купюри — такі ж пошарпані життям, як і вона сама. Нарешті набрала всю суму без решти, ще раз прискіпливо перерахувала дрібні гроші й пересипала їх в долоню Себастьяна.

— Дякую-що-зробили-замовлення-в-«Карло-піца»-звертайтеся-до-нас-ще-до-побачення! — на одному диханні скоромовкою протараторив він і, не перерахувавши гроші, кинувся до виходу.

Коли зверху, на восьмому поверсі, почулося клацання дверей, Себастьян вже був на півдорозі вниз.

Дівчина, на превелике його полегшення, залишалася на місці, поруч з моторолером.

— Дуже вам вдячний! — захеканий хлопець ледве зупинився, щоб не налетіти на власний транспорт, чим викликав нову усмішку темноволосої красуні. Здається, його незручність веселила її.

— Власне, нема за що, — дівчина знизала плечима. — Цей кінь поводився тихо і не намагався поскакати.

Вони стояли навпроти, всього в декількох кроках один від одного, і така одурманююча близькість в черговий раз зовсім збентежила Себастьяна. Потрібно було сказати хоч щось зв'язне і дотепне, врешті-решт, дізнатися її ім'я... Тим часом хлопець продовжував дивитися на неї. Всі слова, схоже, розбіглися, покинувши його голову: так біжать щури з корабля, готового піти на дно...

Мовчання затягнулося. Не придумавши нічого кращого, він просто простягнув руку:

— Себастьян.

— Каміла, — дівчина подала руку у відповідь і злегка торкнулася пальцями його долоні.

В цю мить очі їхні зустрілися. Він з самогубною ясністю зрозумів, що ось тепер вляпався вже всерйоз. Або відразу — пропав... Але ще одну річ хлопець відчув настільки ж чітко: до цього часу він ніколи не відчував нічого схожого на цю хвилю, що перехоплює подих, вона накрила його з головою, — від одного погляду, від одного дотику, від звуку її голосу... Хвилю, здатну піднести до небачених раніше висот. Або поглинути, стерти з реальності, залишивши лише вологий слід...

— Може, я міг би провести вас? — нарешті зважився вимовити Себастьян, коли дівчина першою відвела очі.

— Можливо... Тільки хіба ти... ви...

— Давай на ти? — сказали вони одночасно і так само разом розсміялися.

— Ти хіба не на роботі? — перепитала вона.

— О боже! — хлопець ляснув себе долонею по лобі. Робочий час не закінчився, і у нього залишалося ще кілька замовлень. — Твоя правда, — сумно зітхнув він. — Мені потрібно доставити ці коробки.

— Я взагалі-то теж сьогодні зайнята, — відповіла Каміла і поспішно додала: — Обіцяла відвідати одну знайому, вона живе тут неподалік.

Розмовляючи, вони дійшли до рогу будинку і так само синхронно зупинилися, запитально дивлячись одне на одного. Виходить, ледь познайомившись, ніби вже домовлялися про зустріч.

— Може... Зустрінемося завтра? Погуляємо десь, — вхопився молодий чоловік за рятівну ниточку, що простяглася між ними.

Каміла секунду подумала.

— Чому б і ні... Тільки після роботи, — кивнула вона.

— Тоді давай завтра ввечері. Куди тобі зручно буде прийти?

Вона трохи зніяковіло повела плечима і в цю мить здалася йому ще милішою.

— Не знаю... Я не дуже часто гуляю містом.

— На площі біля кінотеатру «Кале Падре», — несподівано швидко зорієнтувався Себастьян. — До семи встигнеш? Чи заїхати за тобою?

Він просто на очах знаходив начисто втрачену впевненість. Дівчина заперечливо похитала головою, не дивлячись на нього.

— Ні-ні, не варто. Там недалеко автобусна зупинка, і мені доїхати буде зручно, так що до семи я цілком встигну.

— Тоді побачимося, — видихнув Себастьян.

Зараз він люто ненавидів свою роботу, адже вона заважала хлопцеві залишитися поруч з цим небесним створінням, неймовірну зустріч з яким подарував йому, напевно, ангел-хранитель, втомившись спостерігати за його самотністю... Але робота є робота, навіть така сумна, як розвізник піци...

— До побачення, Себастьяне, — Каміла простягнула руку для прощального рукостискання, і він знову був вражений відкритістю її жесту.

Дівчина вела себе так просто і природно, немов вони були знайомі вже не один місяць і в ту мить розлучалися ненадовго, як старі друзі, — щоб потім зустрітися знову.

— До побачення.

Він злегка стиснув її пальці і знову відчув зрадницьку слабкість в ногах. Що це таке з ним коїться?!

На щастя, Каміла не звернула уваги на густий рум'янець, котрий знову покрив його щоки, — таке трапляється з тінейджерами, проте йому вже стукнуло двадцять два. Махнувши на прощання рукою, дівчина легкою ходою перейшла через вулицю і поспішила далі. Себастьян дивився їй услід, поки виточена дівоча фігурка не сховалася за похмурим сірим будинком. Тільки тоді він прийшов до тями, здавалося, від мари.

Реальність обрушилася на нього разом з шумом вулиці, і, прийшовши до тями, хлопець з досадою стукнув кулаком по лобі:

— Який же я дурень! Я так і не взяв номер її телефону!

Він вигукнув це настільки голосно, що одна старенька, проходячи повз, злякано відскочила в сторону і прискорила ходу.

Себастьян, зітхнувши, попрямував до свого скутера: тепер уже дійсно не залишалося нічого іншого, як їхати розвозити безнадійно остиглі замовлення... До того ж з усіх сил сподіватися, що Каміла все-таки прийде завтра.

Глава 5
Пиріг з мрією

Дівчина швидко крокувала вулицею, мрійлива усмішка все ще грала на її вустах. Тільки тепер, відійшовши досить далеко, Каміла дозволила собі озирнутися. Звичайно, дивний хлопець уже зник.

Все сталося так швидко: вони познайомилися, домовилися про зустріч... Вона ніколи ще не погоджувалася на побачення після декількох хвилин спілкування. Та й, чесно кажучи, самих побачень у неї теж було не так вже й багато. І зовсім не тому, що не вистачало охочих...

Однак молодий чоловік, якого вона зустріла сьогодні, разюче відрізнявся від усіх цих випещених мачо. Щось в ньому було таке, що змусило її зупинитися, коли він безпорадно опустив руки. Його розгубленість і збентеження були такими... справжніми! Як і всі слова хлопця — нехай трохи нескладні, але щирі.

— Так, саме щирість, — тихо повторила Каміла цю думку вголос. — Саме щирість — ось що відрізняє його від інших...

Вона завернула у вицвілий від сонця двір з кількома кволими деревцями біля будинку і увійшла в перший під'їзд.

Піднявшись сходами на п'ятий поверх, подзвонила в двері з потріскану фарбою. Напевно, це дерев'яне полотно фарбували стільки разів, що перший колір ніхто б уже й не згадав.

Тільки через кілька хвилин почулося човгання. На порозі з'явилася літня жінка з темним, трохи одутлим обличчям. Навіть кинувши оком, ставало ясно, що сеньйора виглядає нездоровою. Губи жінки ворухнулися в усмішці.

— Каміло, ангеле мій, а я вже думала, ти не прийдеш сьогодні...

— Ну як би я могла забути про вас, сеньйоро Маріїто? Адже я пообіцяла, що зайду і ми з вами приготуємо чудову вечерю. Ось, я й продуктів трохи з собою прихопила...

— Що б я без тебе робила? — зітхнула Марія і важкими кроками зачовгала вглиб квартири.

Каміла пішла за нею в кухню, де залишила свій пакет з покупками. Не встигла ще господиня крихітної квартирки зручніше влаштуватися на старому кухонному табуреті, як дівчина вже літала поруч — в витертому картатому фартуху, з акуратно зібраним у вузол волоссям.

— Дівчинко, ну навіщо ти знову стільки всього накупила? — сеньйора Маріїта докірливо похитала головою, проте на її обличчі таїлася благодушна посмішка, яка свідчила про те, як приємно відчувати старенькій таку турботу про неї.

— Минулого разу я обіцяла вам спекти пиріг — і заодно доведу, що ваші уроки домоведення не пропали марно!

Каміла спритно витягла з пакета пакуночки з борошном і фруктами. Метнулася до кухонних шафок, дістала качалку для тіста і велику миску: видно було, що тут вона готує не вперше.

Поки руки дівчини, мелькаючи, немов дивовижні метелики, місили тісто, готували начинку для пирога, змащували деко — старенька з любов'ю спостерігала за всіма її рухами, слухаючи при цьому розповідь про останні міські новини.

Але й коли пиріг відправився на плиту, щоб тісто трохи піднялося, Каміла не зупинилася. Вона відразу почала мити посуд і прибирати на маленькій кухоньці, де вистачало місця лише для невеликої грубки, пари підвісних тумбочок і крихітного столика з двома табуретами, на одному з яких сиділа літня сеньйора.

— А скажи-но мені, дівчинко, що таке трапилося з тобою? — раптом, короткозоро примруживши, запитала Марія.

Очі Каміли здивовано розширилися, тому стали ще більшими. Вона з подивом знизала плечима.

— Про що ви? Зі мною все добре!

— Ну я ж і не кажу, що погано. Навпаки — ти вся чомусь сяєш, немов весняна зірочка.

Щоки дівчини раптом спалахнули рум'янцем, і вона швидко відвернулася до кухонної раковини.

— Це все вам здається, сеньйоро Маріїто! Нічого такого я не помічаю...

— Зате мені, старій, все добре видно, — посміхнулася Марія. — Розкажи, хто він?

— Про кого ви говорите? — Каміла зніяковіла ще сильніше.

— Ну добре, не хочеш — не розповідай. Якщо не довіряєш...

Старенька нарочито голосно зітхнула, зобразивши на обличчі смуток. Однак в глибині запалих очей миготіли лукаві іскорки.

— Ну що ви... — дівчина, здається, відчувала себе винуватою. — Нічого особливого не сталося... Просто сьогодні я познайомилася з одним хлопцем. Його звуть Себастьян.

— І який він?

Марія швидко забула про надуману образу і з нетерпінням чекала продовження розповіді.

— Він такий гарний. Високий, трохи смаглявий, темноволосий... І такий кумедний! Спершу спробував заговорити зі мною розв'язним тоном... А потім я зрозуміла, що він зовсім не вміє знайомитися з дівчатами і просто повторив дурість з якогось фільму, — посміхнулася Каміла. — Після цього він попросив вибачення і став самим собою...

— І він тобі сподобався?

— Так... — Каміла опустила очі, вираз обличчя дівчини став задумливо-мрійливим. — Ми домовилися зустрітися завтра після роботи.

— От і добре, дівчинко! — підтримала її Марія. — Давно вже треба знайти надійного друга, який би про тебе дбав і став би рідною душею.

— Знайти рідну душу непросто, — зітхнула Каміла з сумом.

— Доля така, що посилає різні випробування. Від неї не втечеш! Але це ж не означає, що треба зачинитися в чотирьох стінах, відгородивши себе від життя... Ось навіть я — зовсім вже стара — і то хочу почути, що в світі робиться, поговорити з живою людиною, а не дивитися лише в цю коробку! — сеньйора Марія сердито кивнула в кут кімнати, де на старій тумбочці примостився телевізор. — А якби не мої хворі ноги — хотіла б я поглянути на того, хто посмів би утримувати мене вдома!

Каміла теж засміялася разом з Марією — вона чула про бурхливу молодість бабусі від неї самої. Поглянувши на пиріг, який вже трохи піднявся на жаровні, дівчина підхопила його, щоб поставити в духовку.

— Не поспішай, — зупинила її старша подруга. — Я відкрию тобі один секрет: як зробити, щоб це був не звичайний пиріг, а пиріг, котрий виконує бажання!

Каміла глянула на неї з подивом: дивні слова, сказані всерйоз урочистим тоном, — все це було дуже незвично.

— Мене навчила такому прийому моя власна бабуся, і я користувалася ним не раз... Якщо чогось дуже сильно хочеш, потрібно, коли готуєш тісто, зробити в ньому невелику ямку і прошепотіти туди бажання, а потім запечатати її. А коли пиріг буде готовий, з'їсти той шматочок самій. Тоді твоє бажання здійсниться: адже воно росте разом з тістом і здобуває тіло, з'являючись в нашому світі вже не тільки в якості думки. Треба лише дуже сильно хотіти цього — і все обов'язково здійсниться, — додала Марія, мимоволі посміхнувшись. Каміла слухала її так уважно, ніби старша подруга розкривала велику таємницю всесвіту.

Не вагаючись ні секунди, дівчина кивнула і повернулася до тіста. Злегка пом'явши один бік пирога, вона нахилилася над ним і швидко прошепотіла: «Хочу любові — справжньої, щирої. І такої, щоб до кінця моїх днів!» Швидко заліпила край і крадькома глянула на Марію: старенька сиділа, дивлячись прямо перед собою. Але зараз її короткозорі очі, здається, бачили не убогі стіни з давно вицвілими шпалерами, а щось зовсім інше, доступне тільки їй одній.

Каміла не стала переривати розмовами спогади сеньйори Маріїти. Можливо, це найяскравіше і цінне, що залишилося у самотньої жінки від її життя.

Дівчина швидко засунула пиріг в духовку і навшпиньках вийшла з кухні в кімнату, залишивши Марію наодинці з її мріями.

Глава 6
Перше побачення

Електронний годинник на невеликій площі біля кінотеатру «Кале Падре» вважався найточнішим в місті. Ледве на циферблаті майнули цифри — 18:01 — як Себастьян, озброєний букетом, вже стояв на своєму посту.

Звичайно, він розумів: за годину раніше зазначеного часу дівчина навряд чи з'явиться, тим більше, якщо вона закінчує роботу о шостій. Але змусити себе залишатися вдома було просто вище його сил.

Очікування тут виявилося вже не настільки болісним: кожна наступна хвилина на тьмяному табло наближала його до Каміли. І все ж неспокійні думки постійно лізли в голову, не даючи Себастьяну спокійно очікувати появи дівчини своєї мрії: «А якщо не прийде?.. Може, вона просто посміялася над тобою, ідіотом, і погодилася на побачення, тільки щоб ти відчепився від неї зі своїми дурними розмовами...»

Чи варто говорити, що цю ніч він провів майже без сну, і якби не мольберт і рятівні фарби, то взагалі міг би збожеволіти від хвилювання?

Себастьян вкотре докоряв собі, адже не взяв у дівчини номер телефону, хоча й сам прекрасно розумів, що тепер уже цього не виправити...

Нервово пригладжуючи волосся, він знову прискіпливо оглянув букет. Звичайні троянди, ніжно-рожеві... А раптом це занадто примітивно? Може, сучасні дівчата не люблять троянд?..

«Але зараз пізно що-небудь міняти, тому заспокойся і просто чекай...»

Однак чим довше Себастьян дивився на букет, тим більше сумнівів у нього виникало. А якщо на перше побачення не слід приносити квіти? Хто б відповів? Непогано б розпитати про це Слай, яка в таких справах більш досвідчена. Але колишня сусідка і нерозлучна подруга вчора не з'являлася.

Ще через десять хвилин очікування рожеві троянди стали здаватися Себастьяну абсолютно безглуздими. Перейшовши вулицю, він увійшов в маленький скверик і кинув квіти на найближчу лавку. Нехай. Так краще: він вийде до неї, спокійно посміхнеться, привітає і візьме під руку... І ніякого букета!

Вкотре нервово обсмикавши сорочку, Себастьян знову повернувся на свій пост, ближче до автобусної зупинки. Чекаючи, спробував зайняти себе тим, що вдивлявся в обличчя випадкових перехожих: а раптом вона і справді прийде трохи раніше?

Але вже через п'ять хвилин він став ловити себе на тому, що краєм ока нервово сторожує ту саму лавку в скверику через дорогу — там, де залишив свій букет. А якщо його хтось забере? І він дістанеться зовсім не Камілі, а якій-небудь іншій дівчині... Уява відразу намалювала картину: вони з Камілою йдуть в кіно, а назустріч їм — парочка: спритний хлопчисько, котрий підібрав букет, і його дівчина — з квітами, купленими для Каміли... І все тому, що він викинув троянди!

Не чекаючи подібного результату, хлопець знову рвонув до скверика і підбіг до лави — нещасні квіти досі були там. Він в черговий раз прискіпливо оглянув букет: троянди як троянди, дуже навіть непогані...

«Не сподобається — викине сама», — зітхнувши, прийняв рішення і знову повернувся на місце, не помічаючи на собі цікавих поглядів відпочивальників.

Напевно, якби від чиєїсь посиленої уваги предмети мали властивість нагріватися, то ні в чому не винний електронний годинник на площі давно б уже сплив на асфальт купою зотлілого пластику — настільки пильно дивився на нього неспокійний хлопець з букетом. Особливо коли байдужі цифри змінилися з 19:00 на 19:05, а потім і 19:10.

Темна хвиля відчаю накрила Себастьяна, і фарби навколо немов змарніли, як і ранній, ще сонячний вечір. Єдиною пульсуючою кольоровою плямою залишився лише темний циферблат годинника з червоними цифрами. А крім того — автобусна зупинка, біля якої млявий вітерець катав взад-вперед паперовий стаканчик з-під кави...

І коли безжальні червоні цифри показали 19:22, він раптом почув за спиною швидкі кроки. Різко обернувшись, ледь не зіткнувся з Камілою — схвильованою і задиханою.

— Здрастуй, Себастьяне! Вибач, будь ласка, що запізнилася: мені довелося спочатку заїхати додому, а потім довго чекати автобус...

Очі дівчини були повні щирого каяття, від її погляду фарби стрімко поверталися в світ з новою силою. Каштановий блиск волосся, світла легка сукня на витончених плечах, і сяйво світла, що заповнює собою всю вулицю... місто... світ... Він стояв і посміхався їй. Думки знову зрадницьки розбіглися, не залишивши жодного шансу так ретельно відрепетируваному красномовству.

— Здрастуй! — тільки й зумів вимовити хлопець.

Якось позначити словами свій букет було б зараз вищим пілотажем красномовства, на яке він виявився просто нездатний. І тому без слів простягнув квіти Камілі.

— Які милі! Дякую!

Щоки дівчини трохи залились рум'янцем, і від цього вона стала ще красивішою.

— Може, тобі не подобаються троянди? — розгублено знизав плечима він.

— Подобаються, — поспішно запевнила його Каміла. — Я взагалі люблю квіти, різні.

Себастьян не знав, як продовжити розмову, тому дівчині довелося знову прийти йому на допомогу.

— Ми ще не запізнюємося на сеанс? — нагадала вона.

Тільки тепер він зрозумів, що навіть не подивився розклад фільмів на сьогодні, і тому був абсолютно не в курсі, яке саме кіно вони зараз йдуть дивитися.

— Я вирішив, що ми разом виберемо фільм, — на ходу вигадав хлопець. — А то раптом наші смаки не співпадуть...

Він обережно торкнувся руки Каміли. Її маленька долонька довірливо вмістилася в його долоні, і Себастьян відчув справжнє блаженство...

Вона не забрала свою руку з його руки — ні в той момент, коли вони швидко йшли по вулиці, ні пізніше, коли разом ступили в прохолодне приміщення кінотеатру.

Піймавши заздрісний погляд якогось вже не дуже молодого чоловіка, хлопець його прекрасно зрозумів: він сам би теж заздрив, якби таке чудове створіння, як Каміла, тримало за руку когось іншого... Від неї немов ішло м'яке світло — непомітне, але відчутне усім навколо...

Особливого вибору в кінотеатрі не було: саме зараз починався детектив, а трохи пізніше — комедія. На величезному постері з назвою фільму-комедії напівгола дівчина виконувала на столі незрозумілий танець: напевно, це повинно було виглядати смішно. Поглянувши на плакат, хлопець і дівчина віддали перевагу детективу — і поспішили займати свої місця в напівпорожньому залі для глядачів.

Фільм не вразив: розслідування відбувалося в Ірландії, в селищі біля болота — такого ж похмурого, як і саме слідство. Трохи врятував ситуацію лише актор, блискуче виконав головну роль слідчого: високий, ефектний чоловік років сорока з пишними кучерями і чорними вусами. Він здавався справжнім втіленням сищика...

Вибравшись нарешті з кінотеатру на вже залиту жовтуватим світлом ліхтарів вечірню вулицю, Себастьян і Каміла, сміючись, визнали, що насилу переглянули фільм: лише для того, щоб дізнатися — яким чином детектив знайде справжнього винуватця...

Себастьян трохи злукавив: він майже зовсім не стежив за сюжетом, набагато цікавішим було те, що Каміла дозволила йому, як і раніше, тримати її за руку.

Не забрала вона руки й тепер, коли вони вже неспішно брели через той самий скверик, де кілька годин тому нудився нещасний букет... Тепер його дбайливо тримала Каміла.

Від запрошення в ресторан вона чемно відмовилася, але із задоволенням підтримала ідею зайти в найближчу кафешку поїсти морозива.

Час летів немов на крилах: вони їли солодкі холодні кульки, базікали про щось, сміялися. В її компанії розгубленість Себастьяна зникла сама собою, і він знову перетворився на себе колишнього — веселого і легкого в спілкуванні. Він розповідав історії, сипав анекдотами й жартами, і йому здавалося, що дівчині зовсім не було з ним нудно — ні в кафе, ні коли вони гуляли вулицями Росаріто.

Вечірніх перехожих ставало все менше. Дедалі більше вивісок занурювались в темряву, а вони, не помічаючи, що пролітають хвилини, як і раніше трималися за руки і продовжували йти лабіринтами вулиць і вуличок, де вже давно дрімала ніч.

Каміла отямилася першою: зупинившись, вона глянула на небо, що починало бліднути в передчутті близького світанку.

— По-моєму, вже пізно...

— І зовсім не пізно... Навпаки: ще трохи — і стане рано, — зітхнув Себастьян: йому зовсім не хотілося залишати дівчину. — Напевно, не завадило б відпочити — тобі ж завтра знову на роботу.

— Для мене робота — задоволення... — посміхнулася Каміла.

— А ось тобі дійсно варто виспатися.

— Я відвезу тебе додому, — додав хлопець беззаперечним тоном. — Зараз викличу машину.

Таксі довелося трохи почекати. Коли автомобіль нарешті прибув, вони, не змовляючись, влаштувалися на задньому сидінні і всю дорогу сиділи поряд, немов не помічаючи просторого салону.

— Я можу не їхати, поки ти проведеш свою дівчину, — з розумінням кивнув Себастьяну літній вусатий таксист і з посмішкою підморгнув йому трохи сонним оком.

Хлопець відчув вдячність: залишатися одному вночі в небезпечному районі міста не надто хотілося. Тим більше, що з ліхтарями тут було сутужно: лише один жовтий вогник горів на самому розі вулиці, біля перехрестя, двори ж були в повній темряві. Тільки кілька вікон тьмяно світилися десь на верхніх поверхах.

Себастьян наполіг на тому, щоб провести Камілу аж до дверей її квартири — і не просто з міркувань безпеки. Йому хотілося знати, де вона живе. Лише біля самих дверей він відпустив її руку.

— Дякую за прекрасний вечір, — неголосно вимовив, дивлячись їй в очі.

— І тобі спасибі! Давно я так не відпочивала, — зізналася вона.

— Хочеш, повторимо? Прямо завтра, — запропонував він, і хвилювання знову накрило його з новою силою.

А раптом вона, подякувавши йому, скаже, що їй все сподобалося, але краще як-небудь потім...

— Добре, — кивнула Каміла, і у молодого чоловіка відлягло від серця. — Давай зідзвонимося завтра. А зараз — на добраніч!

— На добраніч! — луною промовив хлопець.

Стиснувши теплу долоньку, він підніс її до своїх губ і торкнувся ніжним поцілунком.

— До завтра...

— До завтра, — прошепотіла Каміла, похнюпившись.

Але від його погляду не міг сховатися ні легкий рум'янець, що спалахнув на її щоках, ні блиск очей, прихований під віями.

Він постояв поруч ще хвилину, поки вона дістала з сумочки ключі, відчинила двері і, посміхнувшись на прощання, зникла за порогом в темряві. Під дверима блимнула жовта смужка світла, і лише тоді хлопець знехотя спустився вниз з четвертого поверху...

Себастьян пішов, але Каміла застигла на порозі, слухаючи звук його стихаючих кроків. Навіть коли вони затихли, дівчина ще деякий час продовжувала стояти так, притулившись спиною до дверей.

«Господи, невже Ти почув мої молитви? Невже це дійсно Твій подарунок — кохання, про яке можна лише мріяти? Кохання, про яке я так молилася... Дякую Тобі...» — прошепотіла вона, тремтячи від надлишку почуттів. Їй здавалося зараз, що ще трохи — і за спиною здригнуться і розкриються білосніжні крила, здатні підняти її над землею... І віднести до щастя.

Знову і знову повторюючи в молитві слова подяки, дівчина не знала, що, йдучи по дорозі, юнак думав про те ж саме...

Машина, як і раніше, стояла на місці, і, назвавши свою адресу, Себастьян влаштувався поруч з водієм. Звичайно, такий засіб пересування, як таксі, був для нього не звичним і не найдешевшим, але зараз він просто не думав про це.

Поки автомобіль не завернув за ріг, хлопець ловив очима примарний вогник з вікна на четвертому поверсі.

Весь цей час — весь вечір і більша частина ночі — здавався неймовірним і фантастичним, нереально прекрасним сном. І навіть повільно крокуючи до свого дому, Себастьян ще відчував себе зануреним у нього — в це солодке маріння, що накрило його повністю, з головою, не залишивши просвіту...

— Зідзвонимося завтра, — повторював він, немов дорогоцінне заклинання, яке не можна забути, бо тільки в ньому — чарівний ключ до чарівного завтра. — Зідзвонимося...

І лише повертаючи звичайний ключ у замку власних дверей, раптом стрепенувся від жахливої думки, застогнав і боляче тріснув лобом об одвірок.

— Як можна бути таким ідіотом?! — видихнув Себастьян, потираючи забитий лоб. — Я знову не взяв номер її телефону... Як можна було забути про це?! Склеротик...

Тиша вдома не відповіла йому. Як не відповіла і дівчина з полотна, яка тепер стояла на мольберті проти його ліжка.

Але, незважаючи на прикре невдоволення власною забудькуватістю, Себастьян все одно відчував, як розливається по жилах тепла хвиля. Напевно, саме так і виглядає щастя.

Глава 7
Чай утрьох

Весь день Каміла відчувала себе якось дивно: окрилений настрій різко змінювався періодами замисленості. Занадто стрімко зростали в її серці нові, незвідані раніше відчуття: абсолютно чужа людина раптом несподівано стала частиною життя дівчини. І не тільки життя: юнак став частиною її самої, і їй вже складно було уявити Себастьяна окремо від себе.

Згадуючи їх вчорашню зустріч, Каміла знову і знову усвідомлювала, що посміхається — мрійливо і несвідомо. Це не сховалося від чіпких очей її начальниці. Не чекаючи, поки їй зроблять зауваження, дівчина зосередилася на своїх обов'язках.

День тягнувся надто довго. А вечора вона чекала зі змішаним почуттям радості, надії і побоювання.

Себастьян обіцяв їй зателефонувати, але про те, що вони так і не обмінялися номерами телефонів, вона згадала, лише коли, стоячи біля дверей, почула на сходах його стихаючі кроки.

Кричати йому вслід здавалося нерозумним... Однак зараз кінець дня неухильно наближався, і набагато більшою дурницею здавалося те, що вона не зробила цього.

А якщо вона не сподобалася йому на їхньому першому побаченні? І він зовсім не збирався брати її номер, а домовленість здзвонитися була всього лише хитрощами — щоб піти, не образивши...

Повернувшись додому, Каміла насамперед кинулася прибирати у своїй крихітній квартирці: адже тепер він знав її адресу.

І якщо подзвонити він точно не зможе, то прийти до неї додому — єдиний спосіб зустрітися.

Прибирання не зайняло багато часу: в кімнатці, всі меблі якої становили шафу, ліжко, тумбочку і крісло, завжди було чисто. Як і в маленькій кухні, де вона готувала собі їжу. І все ж Каміла змахнула неіснуючий пил і протерла листя величезної монстери. Шикарна рослина, що жила в дерев'яній діжці, ділила з нею кімнату, котра служила і вітальнею, і спальнею.

Більше прибирати було нічого, і дівчина почала готувати рагу з овочів зі шматочками курячого м'яса. А раптом доведеться пригощати гостя?

Час летів швидко, і страва давно вже була приготована, а Себастьян так і не з'являвся. Намагаючись якось упоратися з тривожними думками, Каміла старалася зайняти себе чимось, але зосередитися не вийшло, і все валилося у неї з рук. Щоб відволіктися, дівчина вирішила просто спуститися вниз і прогулятися біля будинку.

На вулиці звична спека вже потроху поступалася місцем вечірній димці. В досі жаркому диханні остигаючого міста запахи каменів і асфальту зараз були відчутні набагато сильніше. З розкритих навстіж вікон будинків виривалися звуки увімкнених телевізорів і аромати домашньої їжі. Дитячі голоси, шум музики, іноді крики і лайка, сміх молоді, яка зібралась біля під'їздів, — все це створило особливу, живу мелодію. Вечірній квартал жив своїм життям.

«В пустелі самотніх сердець — жодного дощу, що змив би сльози... — долинуло раптом з віконця проїжджаючої машини. Жіночий голос співав на хвилі радіо. — У пустелі самотніх сердець моя душа заблукала...»

Автомобіль зник, і слів уже було не розібрати. Каміла подивилася йому вслід: в цих рядках пісні проявився той настрій, котрий темною хмарою густішав на серці. Жодного дощу, що змив би сльози...

Вона сумно схилила голову, і тонка дівоча фігурка на розі вулиці біля будинку стала здаватися ще більш самотньою. Який сенс бродити, якщо тут так само сумно, як і вдома?

На майданчику у дворі вже зібралася молодіжна компанія. Три дівчини в коротких спідницях базікали, сидячи на колінах у хлопців. Варто було Камілі з'явитися на доріжці, яка веде до будинку, їхні балачки затихли: вони провели суперницю ревнивими поглядами, помітивши, що весь інтерес кавалерів зосереджений тепер на темноволосій красуні.

— Гей, красуне, привіт! — крикнув раптом хтось із хлопців, і Каміла, здригнувшись, мимоволі зупинилася.

Вона не була в цьому районі «своєю», хоча і прожила тут майже чотири роки. Досі нічого поганого з нею не відбувалося, але, ймовірно, саме тому, що вона намагалася не давати шансу сумнівним пригодам. Дівчина завжди трималася подалі від будь-яких компаній і виходила пізно лише в разі крайньої необхідності.

Каміла обернулася на голос, що здавався їй знайомим, і змусила себе привітно усміхнутися. Один з молодих людей дійсно був її сусідом знизу: дівчина одразу впізнала його широкі плечі і кругле обличчя з щетиною на підборідді.

— Здрастуй, Мігелю! — привіталася вона у відповідь.

— Приєднуйся до нас! — привітно махнув рукою хлопець, але Каміла заперечливо похитала головою.

— Дякую, у мене ще багато справ, а завтра треба рано вставати на роботу. А вам — добре відпочити! — крикнула вона через двір і пішла далі, фізично відчуваючи спиною колючі погляди.

Одна з дівчат щось неголосно сказала хлопцям — пролунав дружний регіт. Каміла навіть не сумнівалася, що і сказане, і сміх стосувалися саме її.

На очі навернулися сльози образи. Хіба вона винна в тому, що повинна жити в найбіднішому кварталі, бо на інше житло просто не вистачить її заробітку?

Володіючи безцінним даром — своєю красою, — вона легко могла б стати коханкою якогось багатого чоловіка, мати все, що забажає: дорогі речі і житло в престижному районі, — якийсь час, поки не набридне йому. А потім змінити його на наступного...

«Ні, — тихенько схлипнувши, сказала собі дівчина, — вже краще так, ніж красивою лялькою в чужих руках...»

Витираючи сльози, Каміла піднімалася сходами до своєї оселі. Вона сама не розуміла, чому сьогодні сміх в спину з боку якоїсь компанії видався їй таким образливим. Немов довго стримувана гіркота розчарування, котра збиралася не один рік, тепер вирвалася назовні, перетворившись в потік солоних крапель.

І тільки близько підійшовши до дверей власної квартири, вона побачила нерухомо сидячу біля стіни людину, уткнуту обличчям у коліна. Почувши кроки, юнак схопився і повернувся до неї. Його обличчя виявилося несподівано блідим, очі горіли дивним сухим блиском.

— Пробач... Я не взяв твій номер. Скутер сьогодні зламався, і я повинен був чекати, поки заберу його з ремонту. Тому й не зміг прийти раніше.

Помітивши сльози на очах Каміли, Себастьян схвильовано кинувся до дівчини.

— Ти плачеш? Тебе хтось образив? Скажи мені!

Він розгублено навис над нею, поки вона витирала обличчя.

— Ні... Просто... сумно стало чомусь. Я вирішила прогулятися і...

Наблизившись до неї, хлопець взяв її долоні в свої. У той момент, коли вона подивилася в його схвильовані, навіть перелякані очі, їй раптом стало затишно і тепло, як ніколи раніше. Він дійсно переживав за неї. І йому, схоже, було абсолютно байдуже, з якої вона родини, чи має гроші і де живе...

Несподівано Себастьян, обнявши дівчину за плечі, обережно, немов тендітну коштовність, притиснув до себе. Вона не відштовхнула його — навпаки, потягнулася до нього довірливо і з вдячністю. Заплющивши очі, двоє застигли в боязких обіймах, в яких змішалися і біль, і ніжність, і жага тепла — простого, щирого, справжнього...

Зі скрипом відчинилися сусідні двері. Молодий чоловік і дівчина на майданчику, ніби отямившись, відсторонилися один від одного.

— Може, ти погодишся прогулятися зі мною? — запропонував Себастьян, ховаючи очі. Цей спонтанний порив приголомшив хлопця, і йому потрібен був час, щоб отямитися. — Я приготував тобі сюрприз!

— Добре... — пробелькотіла Каміла.

Здається, вона перебувала в сум'ятті не менше за нього самого.

— Тоді збирайся! Ми поїдемо в гості до мого друга. Тільки хочу попередити заздалегідь, що це буде не зовсім звичайна зустріч. Цей мій друг... він особливий. Дуже великий друг.

— Ти говориш загадками... І мені вже цікаво! — вигукнула вона. — Великий особливий друг...

— Щоб його побачити, тобі доведеться терпіти кілька кілометрів дороги, нічого не поробиш, — розвів руками Себастьян, лукаво посміхаючись. — Але зате я впевнений, ця зустріч тебе не розчарує.

— Тоді я готова!

Все ще загадково посміхаючись, він взяв дівчину за руку, і вони побігли сходами вниз.

Як виявилося, хлопець приготував для Каміли не один сюрприз. Перший з них чекав внизу. Заходячи в будинок, вона просто не звернула на нього уваги.

— Прошу! — не без гордості кивнув Себастьян в бік великого чорного мотоцикла, який стояв біля будинку.

Очі дівчини округлилися від подиву.

— Що це?

— Мій залізний кінь! — задоволено відповів хлопець. — Сподіваюся, ти не боїшся швидкості?

— Напевно... Навіть не знаю, — чесно зізналася вона, з захопленням розглядаючи хромовані деталі мотозвіра, який, здавалося, всім своїм виглядом демонстрував міць.

— Я думала, ти їздиш тільки на скутері...

На обличчя Себастьяна набігла тінь. Трохи затримавшись, юнак вирішив пожартувати:

— Ну, якби я викладав усі свої козирі відразу, тобі було б зі мною нецікаво! Прошу на борт!

Він простягнув Камілі великий чорний, під стать транспорту, шолом, а сам стрибнув на мотоцикл. Дівчина слухняно надягла шолом і трохи боязко піднялася на сидіння за водієм.

— Тримайся міцніше! — попередив Себастьян.

Мотоцикл ожив, затремтів, заревів — і рвонув вперед.

Каміла, вчепившись пальцями в куртку Себастьяна, мружачись від вітру і захоплення, спостерігала, як проносяться повз знайомі вулиці.

Звір жадав швидкості. У тихому місті йому було тісно, не вистачало повітря — вона відчувала це всім тілом, коли на кожному перехресті Себастьяну доводилося вгамовувати його силою, стримувати від нестримного бігу.

Але варто було міським будівлям залишитися за спиною, мотоцикл немов відчув друге дихання: він летів вперед вогненною стрілою, з легкістю несучи на своїй спині двох завмерлих людей.

Вони мчали, все далі і далі віддаляючись від міста, і яскраві відблиски сяючих фар лягали на дорогу перед ними, ніби вистеляючи її золотом.

А потім з'явився океан. Величезний, затягнутий легким серпанком безмежний простір простягся зовсім поруч з трасою — лише дорожня огорожа і піщаний пляж розділяли їх.

Вгорі дорога розгалужувалася: вліво йшла ледь помітна смуга асфальту. Саме на неї, скинувши швидкість, і звернув Себастьян. Проїхавши ще трохи, вони зупинилися в самому кінці шляху, що огинав кам'яні валуни, за якими ліниво хлюпала вода. Маленька бухта, віддалена від центральної траси виступом кам'яної гряди, була схованою за нею і виявилася повністю безлюдною.

— Як тут гарно! — вигукнула Каміла, тільки-но звільнившись від не надто зручного шолома.

За їх спинами темніли порізані вітром камені, білий пісок поблискував під ногами в слабкому світлі сонця, котре зібралося йти на спочинок, а прямо перед ними простягався океан — величезний, багатоликий, незбагненний...

Скинувши взуття, хлопець і дівчина побігли по теплому піску до води. Хвиля грайливо лащилася біля берега, залишаючи на ньому сліди білої піни. Але ця ласкавість була несправжньою: в ритмічному диханні відчувалася первозданна міць, здатна в будь-який момент показати свій неприборканий характер.

— Здрастуй! — привітався з океаном Себастьян, ступивши кілька кроків по мокрій крайці піску.

І океан немов почув привітання: налетів вітер і по-дружньому скуйовдив волосся хлопцеві, а нова хвиля тут же підскочила біля берега, обливши його розсипом солоних бризок.

— Це і є мій друг. — Себастьян повернувся до Каміли, і на обличчі молодого чоловіка не було усмішки: він виглядав серйозним. — Я ж казав тобі — він дуже великий. Звичайно, ти сотні разів бачила його і заходила в його води. Однак... Не всі знають про те, що він по-справжньому живий. Що у нього є душа і характер. А між тим він теж вміє відчувати! Я впевнений у цьому, бо... часто приходив сюди раніше поговорити з ним. Ділився своїми бідами й радощами — якщо такі з'являлися... І він завжди відповідав мені.

Себастьян подивився на Камілу трохи зніяковіло.

— Ти, напевно, думаєш, що я божевільний...

Вона підійшла до нього і ніжно взяла за руку.

— Не кажи дурниць... Краще познайом зі своїм другом!

— Знайомся, це — Каміла. Найчудовіша дівчина на світі, — тихо вимовив Себастьян.

Зайшовши в океан по щиколотки, вони зупинилися. Мовчки, взявшись за руки, двоє закоханих спостерігали, як по блискучій зелені хвиль розходяться червоні смуги. Цей слід залишило Сонце — дивовижна риба, яка вирішила пірнути і висвітлити собою морське дно...

Себастьян обійняв Камілу за плечі, налетів вітер та змішав їх волосся й підняв, як солоні хвилі. Нічого не кажучи одне одному, вони насолоджувалися простою і одночасно величною картиною згасання дня. Вони дихали океаном, і його безмежна сила ніби вливалася в них, наповнюючи дзвінким відчуттям вічності...

А далі були прохолодні сутінки і теплий чай з термоса, дбайливо прихопленого Себастьяном для Каміли. На цьому маленькому пікніку відпочивали троє: адже океан теж брав участь в їх бесіді, час від часу вставляючи репліки шумом хвиль і торкаючись ніг закоханих прохолодною піною...

Вечір переливався в ніч, зірки розкинулися над їх головами, засліплюючи діамантовим блиском. Розчиняючись у всьому цьому, відчуваючи биття серця людини, яка несподівано стала близькою, Каміла подумала, що опинилася в якійсь чудовій казці — настільки нереально чарівним було все, що відбувається...

— Мені здається, ми потрапили в казку, — луною відгукнувся на її думки Себастьян.

— І краще б вона ніколи не закінчувалася... — прошепотіла дівчина.

Він глянув у її очі: в їх темній глибині відбивалося зоряне світло. Хлопець, обережно потягнувшись до губ Каміли, доторкнувся до них легким поцілунком. Вона не відсторонилася і не відвела погляду. Нескінченно довга частка секунди обгорнула їх гарячою тишею, перш ніж дівчина відповіла — несміливо, невміло, наївно і довірливо...

Океан немов збентежився: він несподівано притих. А може, для закоханих на березі просто перестало все існувати, крім теплих торкань губ, ніжного переплетіння пальців і нерівного дихання одне одного?

Третій скромно чекав, не заважаючи, поки двоє прокинуться від п'янкого запаморочення перших поцілунків і знову звернуть на нього увагу, взявшись бродити по самій крайці води, залишаючи ланцюжки слідів на прохолодному вологому піску...

Світанок розфарбував рум'янцем далеку смужку горизонту, океан же, ніби прокинувшись, пустував грайливо, з гуркотом розбиваючи пінні вали об кам'янисту гряду біля берега. І лише тоді хлопець і дівчина повернулися до дійсності.

За весь цей час вони сказали одне одному не так багато слів: схоже, океан навчив їх спілкуванню без зайвих хитросплетінь звуків. За усмішкою, поглядом, жестом вони розуміли один одного — так, немов Себастьян був продовженням Каміли і навпаки.

Поглянувши на схід сонця, закохані обмінялися трохи сумними посмішками: чарівна ніч закінчилася. Взявшись за руки, вони попрямували в бік скелі на початку пляжу — там давно нудьгував залишений ними великий чорний мотоцикл.

А повертаючись до міста вологою, дрімаючою в передранкових світлих сутінках дорогою, Себастьян і Каміла вже не сумнівалися: розлучитися тепер — неможливо ...

— Я заїду за тобою завтра, — пообіцяв Себастьян біля дверей її будинку, тримаючи в руках теплу дівочу долоню.

— Я буду чекати, — в свою чергу пообіцяла Каміла.

Затримавши на ній погляд, хлопець ледь пересилив себе, щоб знову не впасти в солодке забуття, як жадібна бджола, що не встигла насититися нектаром її губ... — Іди... Може, встигнеш трохи поспати. Адже завтра... ні, вже сьогодні — на роботу.

— І тобі також. Їдь, хоч пів години відпочинеш...

Сто разів зупиняючись і озираючись, вони нарешті розлучилися — щоб, звичайно ж, не спати, а прокручувати в пам'яті, як прекрасну кінострічку, чудово-радісні моменти минулого вечора... ночі...

І вже чекати наступних...

Глава 8
Нова знайома

Якби комусь спало на думку назвати кохання захворюванням, то виявилося б, що з симптомами цієї хвороби знайомий кожен. За ними нескладно визначити цей дивний недуг й у інших: безсоння, нерівний серцевий ритм, забудькуватість, ейфорія — коли закохані поруч, і важка депресія — коли їм доводиться розлучатися...

Дуже скоро всі симптоми підступної хвороби довелося випробувати на собі двом — тим, хто досі лише мріяв про щось подібне. І, звичайно ж, ні за які мислимі й немислимі блага вони не хотіли б вилікуватися! Адже що може бути прекрасніше за відчуття невагомості, польоту в хмарах, запаморочливої легкості, коли хочеться обійняти весь світ...

Тепер все життя «до Каміли» стало здаватися Себастьяну лише передмовою, безбарвним і нудним вступом до глави життя справжнього, живого, що буяє яскравими відчуттями і фарбами. Ніби й не було порожніх одиноких вечорів наодинці з власними мріями й думками, немов його серце завжди прагнуло бути поруч з тією єдиною, без якої тепер більше ніщо не мало значення.

Йому важко давалися навіть кілька годин без неї — час починав тягнутися повільно, ніби знущаючись. А поруч з коханою він летів з шаленою швидкістю: не встигнеш озирнутися, а вже світанок займається над головами, і потрібно хоч трохи змусити себе поспати, щоб потім на роботі не падати з ніг від втоми.

А Каміла парила як на крилах. Всі, хто знав її, не могли не помітити цієї зміни. Надто вже явно світилися щастям її очі, роблячи дівчину ще красивішою.

Не так багато часу пройшло з тієї першої зустрічі на галасливому міському перехресті, але думати про себе окремо від Себастьяна Каміла вже розучилася. Відтепер всі ночі безперервно вона проводила поруч зі своїм коханим. На океанському березі, на міських вулицях — скрізь вони були разом. Навіть в магазин за дрібними покупками виходили, тримаючись за руки, і радість не припиняла сяяти на їхніх обличчях...

Розлучаючись рано-вранці, вони вже чекали нової зустрічі. І з пам'ятної прогулянки до океану жодного дня, проведеного окремо, у них не було.

Цей вечір не став винятком. Ледве Каміла встигла переодягнутися і злегка привести себе в порядок, як чорний бік мотоцикла блиснув на сонці перед її вікнами.

З радісним калатанням серця вона вилетіла геть з квартири назустріч коханому. Квапливий поцілунок — і дівчина, легко стрибнувши на мотоцикл позаду Себастьяна, ніжно обійняла його за талію. Вона навіть не запитала, куди вони відправляться сьогодні: адже яке, по суті, це мало значення?

Мотозвір заревів в радісному передчутті швидкості. Вони помчали вулицями вечірнього міста, котре ще не охололо від спекотного дихання дня, наздоганяючи свою власну тінь попереду. Світлофори ніби розуміли, що ніяких затримок тут бути не повинно, і давали зелену дорогу. Чорний мотоцикл ніс своїх вершників, спритно обходячи автомобілі. Перехожі очима проводжали красиву пару на потужному залізному звірі...

Цього разу мотоцикл зупинився на околиці міста, на тихій вуличці, де тіснилися один біля одного невеликі старенькі будиночки. Тутешні споруди нагадували про не таке далеке, але міцно укорінене в цій місцевості минуле. Сам час, мабуть, уповільнював тут свій біг, і навіть смугасті коти пересувалися вузькою запиленою вулицею з характерною лінню — немов тут ніхто нікуди не поспішав.

Каміла зацікавлено озиралася на всі боки — місцевість була для неї зовсім незнайомою.

— Де ми? — запитала нарешті дівчина, знімаючи з голови шолом і спускаючись з мотоцикла.

Себастьян зробив так само: здається, й він більше нікуди не поспішав, пройнявшись загальним станом повільного спокою.

— На моїй вулиці. Сьогодні ми йдемо в гості до мене, — посміхнувся хлопець, беручи Камілу за руку.

— І який з них — твій дім?

— А ти вгадай!

Дівчина озирнулась на всі боки, хвилинку подумала і рішуче вказала пальцем в бік притихлого будиночка з низьким нерівним парканчиком і сумним, запиленим вікном, який дивився на дорогу:

— Цей!

— Ні, це будинок моєї сусідки, сеньйори Асусени. Колись я дружив з її онукою. А мій — трохи далі, — Себастьян махнув рукою через дорогу.

Вказаний ним будиночок не надто відрізнявся від попереднього — такий же невисокий, з похилим, вигорілим на сонці дахом. Проте виглядав він краще: свіжою фарбою блищали прості дерев'яні двері, віконні рами були пофарбовані в яскраво-блакитний колір, що робило весь зовнішній вигляд будинку ошатнішим. Але найпомітнішою прикрасою були пагони дикого винограду: його довгі гілки з яскраво-зеленим візерунчастим листям густо обплели стіну, забравшись навіть на дах; інша їх частина зеленим водоспадом звисала з невисокого паркану, що відділяв крихітний дворик від сусідського.

— Як гарно! — не втрималася від захопленого вигуку дівчина. — Хто так доглядає за цією зеленню, що вона відчуває себе тут по-королівськи?

— Якщо чесно — ніхто за нею не доглядає, — зізнався Себастьян. — Цей виноград росте сам, як йому заманеться. Насправді він уже дуже старий — хоча за його зовнішнім виглядом і не скажеш. Але якби я його не обрізав, він би вже давно заплів весь будинок повністю, і тоді всередину треба було б проникати через вікно.

Хлопець залишив мотоцикл у дворі, піднявся на скрипучий дощатий ґанок і дістав з кишені ключ.

— Прошу!

Він відчинив перед дівчиною двері. Каміла, зацікавлено оглядаючись, ступила на поріг. Але не встиг Себастьян зачинити за собою двері, як знайомий голос у дворі змусив його обернутися.

— Себастьяне, привіт! Ти не дуже зайнятий?

Не питаючи дозволу, колишня сусідка вже відиняла слабеньку хвіртку, а через дві секунди стояла поруч з хлопцем, задоволено посміхаючись.

— Я якраз згадувала про тебе і вирішила зайти провідати, — заторохтіла Слай, протискуючись повз сусіда у вузенький коридорчик. — Ой, у тебе гості! Я, напевно, невчасно...

Жінка хитро блиснула очима, зображуючи каяття, ніби хтось міг повірити, що вона тільки тепер помітила Камілу.

Однак Себастьян занадто добре знав свою давню подругу. Він лише посміхнувся її простакуватій безцеремонності. Друзям дозволено багато чого...

— Проходь, Слай, ти анітрохи не завадиш. Я познайомлю тебе з Камілою.

Тим часом жвава сусідка не дуже-то чекала, поки її представлять. Попрямувавши до Каміли, вона першою простягнула їй руку і дзвінко чмокнула в щічку, немов знала її сто років.

— Вітаю! Я - Слай, подруга цього розбишаки... А ти, як я зрозуміла, Каміла?

— Так. Дуже приємно, — Каміла посміхнулася новій знайомій, яка відразу ж окинула її уважним оцінюючим поглядом і, здається, залишилася задоволеною.

— А ти красуня! — випалила Слай, анітрохи не бентежачись. — Молодець, що відхопив собі таку красуню! — обернулася вона вже до Себастьяна.

— Дівчата — на кухню! Зараз я приготую нам холодний чай, — засміявся хлопець, підхоплюючи обох під руки.

Сівши на кухні за охайним маленьким столом, Каміла нарешті змогла як слід розглянути Слай. Та була великою жінкою років тридцяти, добре складеною, незважаючи на пишні форми. Її красиве чорне волосся, зібране на потилиці у великий локон, відтіняло колір обличчя, роблячи його ще більш смаглявим. Чорні очі на живому, рухливому обличчі завершували образ. І хоча красунею Слай вона б не назвала, все ж привабливості тій було не позичати. Не псували враження ні її проста, вже трохи заношена сукня, ні тонка смужка біля правого ока, що відливала фіолетовим.

Ця смужка не сховалася і від уваги Себастьяна.

Перехопивши його погляд, Слай хитнула головою і вказала пальцем на своє око.

— Зрозумів тепер, чому я в окулярах ходила? І ти... це... не сердься, що я на тебе тоді нагримала, ну, під час останньої зустрічі. Ти щось казав... але я була зовсім не в настрої, щоб слухати тебе.

— Та які образи, Слай! — відмахнувся Себастьян. — Ми ж ніколи всерйоз не сваримося. Тільки ці твої... — він перервав свою промову, намагаючись підібрати більш делікатні слова.

Тим часом Слай не дуже потребувала делікатності.

— Мій чоловічок знову став розпускати руки! Може, мені варто було б змовчати. Але як мовчати, якщо він знову з'явився додому, хитаючись, без єдиного песо в кишені — все просадив зі своїми дружками! Я йому: «Ти про дітей подумав? Що вони завтра їстимуть?» А він... Ех, — Слай лише приречено махнула рукою, відвертаючись. — Тут і говорити нема про що. Всі вони, мужики ці... Але Себастьян не такий! — раптом обернулася жінка до Каміли, у якої на якийсь час просто відібрало мову від нехитрих і сумних одкровень сусідки коханого. — Він жінку ображати не стане! Він навіть, знаєш, — вона раптом захихотіла, наче за секунду встигла забути про свої гіркі думки, — навіть павуків не вбиває! Я заходжу якось, а Себастьян з ганчіркою на ґанок вийшов і там цю ганчірку трясе! Я йому: «Що ти робиш?» А він мені: «Та ось, павутину зняв в кутку, а тепер павучка витрушую...»

Але Каміла не могла, як Слай, так швидко змінювати свій настрій і хід думок.

— Вибачте... — тихо промовила дівчина. — Ймовірно, це не моя справа... Але чому ви... не підете від нього?

Жінка навпроти важко зітхнула.

— А карапузів мені моїх куди подіти? Хіба я витягну їх на одній своїй шиї? А Педро... Він — паразит, звичайно, і побитися може... І все ж, коли не п'є, зароблене додому приносить, як-не-як легше вдвох... Ось і бабуся злягла, мені до неї часто навідуватися треба і приготувати, і купити там чого... Так мені хоч дітей є на кого залишити. Ну і взагалі... не все так погано: я ж і здачі дати можу!

Слай войовничо потрясла в повітрі кулаком, чим викликала у Каміли посмішку. Незважаючи на серйозні проблеми, ця жінка примудрялася залишатися справжнім зразком любові до життя і оптимізму.

— Ой, що ж це я!.. Я ж з собою печиво принесла — наче знала, що до тебе зайду, Себастьяне, — підхопилася Слай і, покопавшись у своїй неосяжній сумці, дістала звідти пакет з печивом. — У бабусі все одно зубів на нього немає, — додала вона, вручаючи пакет Себастьяну.

Хлопець уже встиг розлити напій в розмальовані глиняні кухлі і поставити перед дівчатами тарілочку з тістечками — мабуть, припасеними заздалегідь.

— Ой, мої улюблені «сонечка»! — сплеснула руками Слай.

Вона тут же підхопила з тарілочки одне маленьке тістечко, покрите золотистою крихтою, і з видимим задоволенням кинула собі до рота.

Додавши до пригощань печиво Слай, Себастьян на хвилину відлучився — треба було принести ще один табурет. Повернувшись, застав Камілу, яка від душі сміється над якимось жартом Слай.

Вони більше не торкалися сумних тем, навпаки, розповідали по черзі веселі історії, що відбулися з ними або з кимось із знайомих. Себастьян із задоволенням відзначив, що Каміла виявилася прекрасною оповідачкою. Вона так витончено вела нитку свого оповідання, що не заслухатись було просто неможливо. На відміну від грубуватих жартів Слай, історії Каміли виглядали набагато вишуканішими, часто завершуючись несподіваним фіналом.

Слай іноді нишком хитро поглядала на свого друга. Від її досвідченого погляду, звичайно ж, не сховалося, з яким захопленням той дивиться на свою дівчину.

За розмовами і веселощами час пролетів непомітно. Першою отямилася Слай, коли коротенька товста стрілка годинника міцно влаштувалася на позначці 11, а худа й тонка майже впритул підкралася до неї.

— Ой, котра це вже година? Це ж треба — так засидітися! — спохопилася жінка і тут же квапливо піднялася з табуретки. — А я ще й мобільний забути примудрилася! Педро там вже, напевно, злий, як лев, бігає!

— Стривай, Слай, давай я тебе проведу! — запропонував Себастьян, теж підводячись з-за столу. — Так буде надійніше.

— А може, ще й підкинеш? Щоб Педро вже напевне ганявся за мною і тобою, — глузливо підвела брову Слай. — Та й скутер твій нещасний в пил розвалиться, якщо я на нього стрибну!

— Взагалі-то можу й на мотоциклі, — поправив її Себастьян, від чого Слай здивовано відкрила рот.

— На мотоциклі? Ти знову їздиш на ньому?

Хлопець не відповів, кинув швидкий погляд на Камілу, взяв Слай під лікоть і потягнув її до виходу.

— Поки ти ось так міркуєш, час минає! Ми могли вже бути на півдорозі до твого ревнивого чоловічка... До речі, до мене він тебе не ревнує.

— Напевно, до тебе єдиного, — пробурмотіла Слай собі під ніс і шумно зітхнула.

— Каміло, я швидко проводжу Слай. Вона тут недалеко живе.

Він із занепокоєнням глянув на дівчину, боячись, що та образиться, але Каміла тільки махнула рукою.

— Звичайно, йдіть! Я тебе почекаю тут...

— От уже недотепа, не дав нам з Камілою навіть попрощатися! — раптом заявила Слай, різко розвернулася і кинулася до дівчини. Вона ще раз голосно чмокнула її в щоку. — Приємно було познайомитися, Каміло. Я рада... за вас двох.

— Я теж рада, Слай. Думаю, ще побачимося!

— Обов'язково! — голос Слай доносився тепер з двору, де на неї чекав Себастьян. — Бувай!

Але раптом все стихло, і несподівана тиша здалася дівчині некомфортною — особливо після гучної компанії колишньої сусідки Себастьяна.

Зачинивши вхідні двері, Каміла пройшла на кухню, прибрала посуд і витерла стіл. Дивлячись на розсип голубуватих і жовтих вогників, які пробиваються на вулицю з вікон сусідських будинків, вона раптом задумалася: а як би жилося в цьому маленькому будиночку разом з Себастьяном?

Слухняна уява жваво намалювала їй мирну картину: ось вони разом вечеряють, а потім п'ють чай на ґанку, до половини прихованому гілками дикого винограду. Ідуть удвох на роботу, а ввечері знову поспішають повернутися сюди... Все це здавалося таким простим, таким природним, ніби й не могло бути ніяк інакше...

Вона залишила кухню і перейшла в маленький передпокій, вся обстановка якого складалася з кількох крісел, невеликого диванчика і полиць, заставлених книгами і дрібничками.

Єдині двері, що ведуть в іншу кімнату, залишалися зачиненими. Каміла нерішуче постояла біля них, але цікавість узяла верх: обережно потягнувши за ручку, дівчина відчинила двері й зазирнула всередину.

Вона готова була побачити холостяцький безлад, однак приємно здивувалася, виявивши, що таємнича кімната — чиста спальня з акуратно прибраною постіллю.

Похапцем оглянувши приміщення, Каміла вже хотіла зачинити двері, коли погляд її привернув несподіваний предмет — високий мольберт з полотном. Не втримавшись, вона підійшла ближче. Скупого світла, що ллється з передпокою, було досить, щоб розгледіти полотно — закінчену картину. Дівчина в центрі в квітчастій сукні здавалася знайомою...

Від несподіванки і захоплення Каміла завмерла перед картиною: це була вона сама — тільки, можливо, ще гарніша! Натхненне обличчя, чуттєвий вигин губ, напівприкриті чорними віями очі і таємнича усмішка....

— Це я? Але як? Невже ти ще й художник, Себастьяне? — прошепотіла вона, звертаючись до невидимого співрозмовника. — І навіть не просто художник...

Скрип хвіртки по інший бік вікна перервав її роздуми. Щоб не бути пійманою на гарячому, Каміла тут же вискочила зі спальні і прикрила за собою двері. Якщо художник захоче, він сам покаже їй своє творіння...

Але у Себастьяна були інші плани.

— Їдемо кататися? Нарешті на вулицях прохолодно і менше машин. Саме час! — випалив він, тільки-но переступивши поріг.

Каміла, згідно кивнувши, вийшла йому назустріч.

— Ну і як тобі Слай? Вона, звичайно, своєрідна...

— Зате пряма і відкрита, — посміхнулася дівчина, згадавши нову знайому. — По-моєму, вона чудова. І така проста...

— Та вже, з нею не засумуєш, — погодився Себастьян. — Вона схожа на явище природи: Слай можна любити чи ні, але вплинути на неї так само нереально, як на дощ чи вітер.

Тим часом хваленої простоти Слай явно не вистачало Камілі: кинувши короткий погляд на зачинені двері кімнати, вона так і не зізналася Себастьяну, що бачила його картину.

— Ти їй теж дуже сподобалася, — продовжував розповідати він, вже прямуючи до залізного друга, котрий чекав наїзників. — «Стережися, щоб не проґавити таку дівчину!» — ось що вона мені сказала на прощання. Так, і ще одне — Слай запитала мене, де ти працюєш, і, на свій сором, я не знав, що відповісти.

Каміла вже збиралася надіти шолом, але на мить завагалася:

— В одному салоні, я — візажист. Я люблю свою роботу... Якщо захочеш — як-небудь розповім тобі. Тільки потім.

— Гаразд, — легко погодився Себастьян, влаштовуючись за кермом.

— Почекай, я теж хотіла запитати, — зупинила його Каміла. — Чому так здивувалася Слай, дізнавшись, що ти їздиш на мотоциклі? Ти потрапляв в аварію?

— Ні, — Себастьян рішуче похитав головою. — Нічого такого зі мною не було... — Він замовк на якийсь час, розмірковуючи, чи варто продовжувати цю не найприємнішу для нього тему, але потім знайшов відповідь: — Коли-небудь я теж тобі розповім. Це сталося давно, і я майже забув про все...

Його останні слова були правдою, але розкажи він все прямо зараз, почати хвилюватися могла б уже Каміла, а йому так цього не хотілося! Особливо після того, як вдалося поєднати воєдино дві своїх любові: летіти, розсікаючи повітря, відчуваючи під собою радісну силу мотозвіра, і в той же час відчувати спиною тепло коханої дівчини. Що може бути прекраснішим? І чи варто відмовлятися від цього?

Каміла, кивнувши у відповідь на його обіцянку відкрити їй як-небудь свою таємницю, прийняла пропозицію зробити чергову нічну прогулянку.

Приховавши полегшене зітхання, Себастьян повернув ключ у замку запалювання, і вірний «кінь», миттю прокинувшись, затремтів в передчутті дороги.

Вони спустилися вниз по вулиці, набираючи швидкість. Каміла ледь встигла провести поглядом спорожнілий будинок, прикрашений пагонами дикого винограду.

Глава 9
Затемнення

Той вихідний вони вирішили провести за містом. Тільки удвох — більше ніхто в цілому світі не був їм потрібен. Адже що може бути краще усамітненого пікніка на березі океану?

З самого ранку молода пара вирушила на улюблений віддалений пляж, надійно схований від цікавих очей нависаючою кам'янистою грядою. Побачити з дороги це красиве місце було неможливо, з боку океану його могли побачити хіба що випадкові серфери — любителі крутих хвиль.

Тому ніхто не заважав Себастьяну і Камілі провести майже цілий день разом, далеко від обридлої міської метушні. Давши собі волю, вони, немов діти, носилися берегом, бризкалися і дуріли. І, звичайно ж, пірнали і гойдалися на грайливих хвилях доброзичливої стихії.

Досхочу накупавшись, влаштувалися відпочивати на покривалі, яке дбайливо припас Себастьян. Від жаркого сонця їх захищала нависла скеля — її зморшкувата кам'яна шкіра виблискувала крупинками солі.

Милуючись грою сонячних відблисків на зеленій воді, вони ліниво спостерігали за далекими фігурками чотирьох серфінгістів, які намагалися осідлати могутні вали. Деяким це вдавалося, і щасливчики мчали на гребені хвилі, як по сніговій горі. Інші, менш вмілі, частіше падали, ніж досягали успіху, але знову і знову поверталися до свого полювання за бурунами.

— Можливо, ці люди приїхали здалеку за нашими хвилями, — задумливо промовила Каміла. — Я читала про одну дівчину, яка жила в країні, де було багато снігу. І мріяла покататися на гребені хвилі в теплому океані. Вона марила Мексикою... І залишилася тут. А ось ми живемо в цій мрії майже все життя — поруч з океаном і ставимося до нього, як до чогось звичного і буденного. До того, що нікуди від нас не дінеться.

— Ну, та дівчина, напевно, теж не думала про сніг на своїй батьківщині, як про щось прекрасне, — знизав плечима Себастьян.

— А мені б хотілося побачити сніг, — мрійливо протягнула Каміла. — Такий білий, пухнастий, м'який...

— Сніг — це просто замерзла вода!

— Але наскільки було б чудово доторкнутися до такої замерзлої білосніжної води! І кидатися нею одне в одного, як у фільмах про північні країни.

— Ймовірно, ми теж коли-небудь зможемо відправитися подорожувати в таку країну, — обережно сказав хлопець. — Адже мрії можуть здійснитися, якщо бажати чогось дуже сильно...

— Так, ти правий. Якщо дуже-дуже мрієш про щось, це обов'язково збувається, — тихо сказала дівчина, ніжно дивлячись на Себастьяна. — Але ще важливіше — цінувати і бути вдячним за все те прекрасне, що у тебе є.

— І за тих, хто став для нас чудом... — прошепотів Себастьян.

Їх губи зустрілися, інші ж чудеса світу на час потьмяніли...

Втомлені, але задоволені, закохані вирішили повернутися додому ще завидна, щоб провести залишок дня в кінотеатрі або просто гуляючи містом. Втім, як для нього, так і для неї вже не мало значення, де саме вони будуть знаходитися і що робитимуть, — аби якнайдовше залишатися разом.

Блискучою чорною стрічкою лягала під колеса дорога, а сонячний день переливався всіма фарбами: блакиттю тремтіло марево прогрітого повітря, яскравими плямами проносилися мимо машини, і чистим золотом сяяв високо вгорі жовто-оранжевий диск незмінного світила. Запах теплого асфальту несподівано змінювався свіжим солоним бризом, коли вітер налітав з боку все ще близького океану...

Схиливши голову на плече Себастьяну, Каміла розглядала хмари, які пливли попереду, вони нагадували їй неповоротких, ледачих риб. Підкоряючись несподіваному пориву, дівчина раптом швидко стягнула з голови шолом і підставила усміхнене обличчя струменям теплого повітря. Яке ж це все-таки блаженство — відчути себе майже птахом, котрий летить через хитке марево!

Різкий свист гальм вантажівки, яка йшла попереду, пролунав настільки раптово, немов був взагалі не з цієї барвистої і доброї реальності. Він здавався зойком, що долетів з іншого, тривожного і чужого світу... Невідома сила раптом круто розвернула вантажівку поперек дороги і кинула її в бік мотоцикла, що мчав по крайній лівій смузі. Намагаючись уникнути зіткнення, Себастьян загальмував так само різко — і, відчайдушно вильнувши на дорозі, їх мотоцикл вилетів на узбіччя...

Світ навколо перекинувся, а земля оглушила ударом по обличчю. Пекучий різкий біль полоснув по ребрах розпеченим лезом. Перемагаючи його, Себастьян вивернувся вугром, відчайдушно намагаючись відшукати дівчину. І побачив її — зовсім поруч. Каміла лежала на спині, безпорадно розкинувши руки, ніби зламані крила. Волосся каштановою хвилею закривало обличчя.

Він зробив спробу покликати її, але, приголомшений ударом, не почув власного голосу. Можливо, його почула Каміла: дівчина раптом повернула до нього голову, пасмо волосся, що закривало обличчя, ковзнуло в сторону. На мить їхні погляди зустрілися. Відблиски світла в її очах розбивалися і розліталися на іскри, немов комети в порожньому просторі крижаного космосу. Страшна здогадка, що зародилася в глибині серця, скувала Себастьяна крижаним жахом. Яскраво-червона крапелька крові скотилася з куточка трохи відкритого рота, залишаючи за собою вологий слід...

А потім світло потьмяніло...

***

Коли Себастьян знову розплющив очі, перше, що він побачив, було ясне високе небо — без єдиної хмаринки на всій його гладкій перламутрово-блакитній поверхні. А друге — обличчя

Каміли, яке схилилося над ним. Його голова лежала у дівчини на колінах, і легкі дотики тонких дівочих пальців він відчував на своєму волоссі.

— Нарешті ти прийшов до тями! — вигукнула вона, і немов важезна гора впала з його плечей, розсипавшись на тисячі піщинок. Вона жива! Жива! Жива! Жива!

— Слава богу! — вирвався з грудей хлопця хрипкий подих полегшення, хоча він швидше нагадував схлип. — Каміло, кохана, з тобою все добре?!

— Зі мною все добре, — посміхнулася дівчина. Вона і справді виглядала непогано, хіба що обличчя здавалося трохи блідим і волосся розсипалося по плечах поплутаними пасмами. — А ти? Я вже злякалася, що ти так і не прокинешся...

Себастьян спробував обережно підвестися — це вийшло не відразу. Руки-ноги теж, здається, були цілі, лише в голові оселився тупий біль та дуже нило обличчя.

Він обережно обмацав щелепу: так і є, шкіра обідрана... Але це все дрібниці в порівнянні з тим, що могло б статися з ними на дорозі!

Згадавши пережитий ним до того, як він знепритомнів, страх втратити Камілу, Себастьян, ненавмисно здригнувшись, зловив долоню дівчини і притулився до неї обличчям.

— Хвала богу... — прошепотів хлопець. — Я побачив, як ти лежиш... в пилу... кров... я вже думав...

Він не зумів стримати несподівані ридання й заплакав, ніби маленька дитина. Рвана щока тут же відгукнулася пекучим болем на солоні краплі, проте тепер біль здався йому навіть приємним — адже це були сльози полегшення.

— Ну що ти, заспокойся...

Каміла обняла його, втішаючи, її очі теж стали вологими від сліз.

— Все добре... Головне, все обійшлося...

Лепетання дівчини здавалося йому найприємнішою музикою — слухати б і слухати голос коханої. І кожен вимовлений нею звук, немов солодке заклинання, знову повертав його до життя.

— Тобі треба в лікарню... Ти сильно забився...

Юнак лише похитав головою і обійняв Камілу з такою силою, ніби ніколи не бажав відпускати.

— Ні, не треба ніякої лікарні... Це просто пара подряпин...

Він невідривно дивився на неї, бажаючи переконатися, що все обійшлося і найжахливіше тепер позаду, проте крижані уламки страху досі залишалися в його серці.

Себастьян обережно витер сльози тильною стороною долоні.

— Все буде добре... Ти тільки не залишай мене, чуєш? Ніколи не залишай... Я не зможу без тебе жити, — тихо додав він, не випускаючи її теплу долоню і дивлячись дівчині прямо в очі. — Я кохаю тебе, Каміло. Здається, я тобі ще не говорив про це...

— Я теж кохаю тебе...

Її гарячий шепіт торкнувся його щоки — і розбиті, потріскані губи вже тягнулися до її губ. Поцілунок був солоним від сліз...

Себастьян не відчував щодо водія вантажівки — винуватця події — ні злості, ні роздратування. Адже поруч з ним був його скарб — Каміла. Що ще могло мати значення?

Він стиснув долоньку дівчини в своїй руці.

— Ну що, я спробую завести його? — Себастьян нерішуче кивнув у бік мотоцикла, чекаючи протесту.

Але Каміла просто кивнула. Схоже, аварія налякала хлопця куди більше, ніж його супутницю.

Мотоцикл, як і вони самі, серйозно не постраждав. Він завівся відразу ж, і дівчина, не довго думаючи, знову зайняла місце за спиною Себастьяна.

«Тепер я буду — сама обережність», — пообіцяв собі він, хоча вголос нічого не сказав.

І дійсно, зараз хлопець їхав набагато повільніше — бажання летіти наввипередки з вітром поменшало. Більше ніяких неприємностей на дорозі їх не чекало.

— Себастьяне, зверни на бульвар Беніто Хуареса! — раптом крикнула йому дівчина, коли вони вже в'їхали в місто.

— Навіщо? — не зрозумів він.

— Ти ж хотів дізнатися, де я працюю, — ось і побачиш! І там у нас точно є аптечка.

Хлопець слухняно звернув на зазначену вулицю. Деякий час вони їхали вздовж бульвару, поки дівчина не махнула рукою вбік, показуючи, де завертати. Далі на них чекав ще один поворот. Коли мотоцикл минув його, Каміла подала знак зупинитися.

Себастьян заглушив мотор, і тільки тепер, знявши шолом, з подивом дивився на табличку поруч зі скромними чорними дверима.

Вивіска свідчила: «Салон „Санта Муерте". Ритуальні послуги».

Глава 10
Салон «Санта Муерте»

Не давши враженому Себастьяну схаменутися, Каміла схопила його за рукав і рішуче повела до дверей під елегантною вивіскою.

Переступивши поріг, вони опинилися в прохолодному напівтемному коридорі. Щільні жалюзі на двох невеликих вікнах пропускали рівно стільки світла, щоб приємна напівтемрява не перетворилася на гнітючу темряву. Хрипкий голос мідного дзвіночка над дверима сповістив тих, хто був усередині, про прихід відвідувачів. Тут же їм назустріч вийшов високий статний мексиканець років сорока.

— Чим можу бути корисний? — доброзичливо поцікавився він, прямуючи до своїх гостей, але, побачивши Камілу, тут же широко посміхнувся. — Каміло, пташко моя, що ти тут робиш? У тебе ж вихідний сьогодні! Чи Регіна тебе викликала? — здивувався він.

Себастьяну таке вітання на адресу його дівчини здалося занадто непристойним. Що це ще за «пташка»?

— Привіт, Матео. Ні, мене ніхто не викликав, просто нам потрібна допомога. У нас тут, здається, повинні бути ліки...

— Звичайно ж, пташко моя! А що сталося? Ти захворіла?

На широкому смаглявому обличчі чоловіка відбилося непідробне занепокоєння.

— Ні, зі мною все в порядку. Допомога потрібна не мені, а... моєму хлопцеві, — додала вона трохи зніяковіло.

Матео тільки тепер глянув на Себастьяна, якого до цього ніби й не помічав зовсім.

— Здрастуйте, — стримано привітався хлопець. — Мені здається, Каміла перебільшує — це всього лише пара подряпин...

— Ми потрапили в аварію, — пояснила дівчина. — Слава богу, все обійшлося. Але Себастьян...

— Зараз я принесу аптечку, — закивав працівник салону і швидко прошмигнув всередину приміщення.

Себастьян озирнувся. Крізь відчинені двері він побачив біля вікна стіл з сучасним комп'ютером і стелаж, заставлений акуратними папками. Що було далі, звідси роздивитися було неможливо. Глибше в коридорі виднілося кілька однакових зачинених дверей. На перший погляд, салон виглядав цілком респектабельно.

Обернувшись, Себастьян побачив над вхідними дверима невелику гравюру: на чорному тлі сріблястими лініями промальовувався силует жінки в довгому одязі, що нагадував чернече вбрання. Замість обличчя був голий череп з порожніми очницями, в руці вона міцно затиснула косу з вигнутим довгим лезом. Гравюра, без сумнівів, зображувала Смерть.

Нічого незвичайного в цьому не було, з огляду на характер самого закладу. Неординарним гравюру робив яскравий німб над головою Смерті.

«Санта Муерте, Свята Смерть — це вона і є», — подумав Себастьян, вдивляючись в моторошне, але по-своєму красиве зображення. Йому доводилося чути про шанувальників незвичайної Святої.

Роздуми хлопця перервав Матео, він ніс в руках важку скриньку.

— Ану, підійди до вікна, — скомандував чоловік.

Себастьян неохоче підкорився.

— Так, тут і правда лише подряпини, — виніс вердикт працівник салону. — Ти головою бува не вдарився? Нічого не болить?

Себастьян негативно махнув рукою.

Каміла, яка весь цей час стояла поруч, кинулася до аптечки, витягла з неї пузату пляшку, спритно відкрутила кришку і вмочила в рідину клаптик вати. Неприємний специфічний запах тут же наповнив приміщення.

Дуже обережно, боячись заподіяти біль, вона промокнула садно на щоці Себастьяна.

— Ось так... Тепер все прекрасно, — запевнила його, закінчивши процедуру.

— Так ви, молодь, кажете, легко відбулися? — крякнув Матео, вже з цікавістю розглядаючи Себастьяна. — А як же ви примудрилися потрапити під машину?

— Ми їхали на мотоциклі, коли перед нами раптом різко загальмувала велика вантажівка. Її розвернуло, і, щоб не зіткнутися, нам довелося вилетіти на узбіччя, — розповів Себастьян.

Після проявленої участі з боку знайомого Каміли було б неввічливо не відповісти на його запитання.

— Я спочатку дуже злякалася, — відверто сказала дівчина. — Себастьян так довго був без свідомості! А тепер відмовляється їхати в лікарню.

— Правильно, нема чого там робити, — несподівано підтримав хлопця Матео. — Тільки слабаки через дрібниці біжать до лікарів. Руки-ноги цілі, голова на місці, значить — живи і радій. Пощастило тобі, вважай...

Чоловік схвально посміхнувся Себастьяну. Цією відкритою посмішкою і своїми словами він несподівано підняв власний рейтинг в очах юнака. З колишньою неприязню пішло і почуття ревнощів. Здається, цей добряк з круглим животиком, великими міцними долонями і чорними пухнастими вусами справді просто знайомий Каміли. Або... колега?

Себастьян все ніяк не міг цілком прийняти думку, що його дівчина працює саме тут. Чому вона раніше не говорила про це?

— Дякуємо, Матео! А тепер нам пора... Побачимося завтра, — привітно махнула рукою Каміла і знову першою поспішила до виходу.

Себастьян, мовчки кивнувши чоловікові, пішов за нею.

Повернувшись до мотоциклу, вони якийсь час не говорили одне одному ні слова.

— Слухай, а цей Матео... Він хто?

— Він працює у нас продавцем.

— А... мені почувся запах... Може, привітний продавець недавно піднімав собі настрій текілою? — ніби ненароком поцікавився Себастьян.

По суті, ніякого діла до любителя текіли йому не було, однак заговорити про те, що його дійсно цікавило, хлопець поки не наважувався.

— Так, водиться за ним таке, — майже весело кивнула Каміла. — Вже сеньйора Регіна стільки з ним воює... І все марно. Вона навіть штрафувала його, але і це не дуже-то допомагає. Сьогодні у всіх вихідний, а Матео випало чергувати. Ось він і радий старатися, поки ніхто не бачить...

Каміла, раптом перервавши свою розповідь, заглянула в очі Себастьяну.

— Але ти ж не про нього хотів запитати, правда? — тепер її неголосні слова звучали серйозно. — Тобі цікаво, чи дійсно я працюю тут або тільки розігрую тебе, так?

Не знайшовши що відповісти, хлопець просто кивнув.

— Себастьяне, я не обманювала тебе: я і справді працюю візажистом. Але тільки я... особливий візажист. Я роблю мертвих людей красивими. Знаєш, — продовжувала вона, оскільки Себастьян як і раніше мовчав, — це ціле мистецтво. Тут зовсім інший підхід, інші прийоми і матеріали... Але... я твердо переконана в тому, що, вирушаючи в потойбічний світ, люди повинні мати гарний вигляд! Адже це останній раз, коли зовнішність ще має якесь значення — нехай не для них самих, проте для їх родичів... Вони повинні запам'ятати своїх близьких красивими... А я вірю, що душа залишається жити і після смерті. — Вона помовчала трохи. — Напевно, тобі дивно чути все це. Але така вже в мене робота.

Себастьян як і раніше зберігав мовчання: новина про те, ким працює Каміла, спантеличила його.

— Можливо, тепер ти мене розлюбиш, — додала дівчина ледь чутно.

Юнак схаменувся і одним рухом повернув її до себе, обійняв.

— Що за дурниця, Камілo! Звичайно, що ні... Це ніяк не вплине на моє ставлення до тебе. Але те, що ти говориш, дійсно незвично, тому я і заслухався... Вибач, якщо дав тобі привід подумати інакше.

— Ти... Тебе правда не бентежить те, що я візажист в салоні ритуальних послуг? — з надією прошепотіла Каміла, дивлячись прямо в очі хлопцеві.

Він відповів їй чесним поглядом.

— Анітрохи. Навпаки, це навіть цікаво. У всякому разі — куди цікавіше, ніж пудрити носики живим, — спробував пожартувати він.

— Так, це дійсно цікаво, — охоче підтримала його думку Каміла. — А хочеш... Хочеш, я покажу тобі, в чому полягає моя робота? Ну, як я це роблю?

— Звісно хочу! — швидко відповів Себастьян, щоб не образити кохану, але питання трохи покоробило його.

В душі хлопця наростав дискомфорт, хоча він намагався запевнити себе в тому, що нічого незвичайного в їх розмові немає.

— Дуже добре! — зраділа Каміла. — Тоді приходь до мене завтра прямо на роботу, і я все тобі покажу.

— Завтра у мене не вийде: моя зміна — потрібно розвозити цю дурну піцу... Але післязавтра я зміг би до тебе заглянути. Ось тільки що скаже твій начальник?

— Начальниця. Її звуть сеньйора Регіна — вона власниця цього салону. Думаю, вона нічого не скаже, якщо ти зайвий раз не будеш з'являтися у неї перед очима... Матео ти вже знаєш, а з іншими я тебе познайомлю.

— Іншими? А скільки ж вас тут працює?

Каміла лише хмикнула, немов ця думка ніколи раніше не приходила їй в голову, і почала рахувати вголос.

— Сеньйора Регіна — вона директор і всім тут керує. Ще є її син, Алехандро, — він нічого не робить, хоча вона і намагається його хоч чомусь навчити. На щастя, він рідко приїжджає, так що рахувати його не будемо. Потім є ще один Алехандро — він художник, робить пам'ятники: це двоє. Матео, якого ти бачив, — три, і Матео Лопес — адміністратор, чотири. Потім Доротея — вона флорист, п'ять. Ще Пілар — дизайнер, і Освальдо — на ньому вся організація похорону, це вже сім. Ще є Дієго, водій катафалка, правда, він тут перебуває не постійно, а лише коли викличуть, — це вісім. Ну і я, звичайно, — дев'ять... Всього дев'ять працівників!

— У вас великий салон. А давно ти тут працюєш?

— Три роки. А салон наш — найкращий у місті! — не без гордості заявила Каміла. — Жоден в Росаріто не може запропонувати стільки послуг і супутніх товарів, як «Санта Муерте».

— А... ця ваша Регіна — вона з шанувальників Святої Смерті? — вже спокійно дав волю цікавості Себастьян.

Каміла на мить задумалася.

— Взагалі-то, мені здається, сеньйора Регіна понад усе шанує гроші, — чесно відповіла дівчина. — Шанувальником Святої Смерті був її батько — раніше салон належав йому. А після його смерті він дістався їй.

— Зрозуміло...

Себастьян нарешті випустив дівчину зі своїх обіймів — випадкові перехожі вже кілька разів звернули на них увагу.

— Ну що ж... У нас попереду — майже цілий вечір, — змінив тему хлопець. — Тому чекаю пропозицій...

Прийнявши рішення, куди відправитися тепер, вони повернулися до свого мотоцикла і продовжили шлях — на цей раз обережно. Від'їжджаючи, краєм ока Себастьян встиг вловити ледь помітний рух у вікні салону. Він не сумнівався, що продавець Матео нишком спостерігає за ними. І це було зрозуміло: не можна залишатися байдужим до такої дівчини, як Каміла, навіть якщо ти просто її колега...

Ставний мексиканець дійсно дивився їм услід з-за щільної штори салону. На його обличчі позначився задум, але про що були ці думки — не міг ніхто знати...

Глава 11
Складне рішення

Весь залишок дня Себастьян провів немов у тумані: напевно, все ж він заробив легкий струс. А ледь заплющивши очі, несподівано провалився в стан, подібний до сну...

...Вони знову були на кам'янистому узбіччі дороги. Сонце наполегливо пробивалося світлом під повіки, і важкі краплі поту стікали по стесаному обличчю. Насилу розтуливши очі, хлопець побачив перед собою лише прозору синяву неба. Не цілком усвідомлюючи, де він і що сталося, Себастьян спробував підвестися — це вдалося йому лише з третьої спроби.

Тоді він і побачив Камілу — вона лежала нерухомо, розкинувши руки, — в тій же позі, що залишилася в його пам'яті до того, як він знепритомнів. Обличчя дівчини закривало волосся. Скрикнувши немов поранений звір, Себастьян рушив до неї — повз, бо встати не міг.

— Камiло!

Дівчина не відповіла. Вітер грав неслухняним пасмом каштанового волосся і раптом відкинув його з чола. Тільки тепер юнак помітив, що з одного боку густе волосся Каміли стало липким від крові. Він важко оперся рукою об землю поруч з її обличчям і відчув під пальцями червону калюжку.

— Кохана, прокинься!

Себастьян відкинув волосся з її обличчя і відсахнувся: воно залишалося спокійним і все таким же гарним. Прекрасні карі очі дивилися вгору, не кліпаючи. У них не було більше життя.

— Ні!!! Каміло!

Чи то крик, чи то вовче виття полоснуло раптом вени тиші і розірвало на шматки залишки застиглого дня. Себастьян підхопив її на руки, щосили притискаючи до себе — до судоми в скорчених пальцях. Але тіло коханої залишалося нерухомим і безвольним, ніби у зламаної ляльки.

— Каміло!!!

Здавалося, від цього крику здригнулися стіни невеликого будинку, і хлопець підхопився на своєму ліжку. Його тіло все тремтіло, а по спині скочувалися холодні струмочки поту.

— Господи... Це тільки сон...

Знесилений після жахливого кошмару, він деякий час намагався заспокоїтися, але надто посилене серцебиття заглушало всі інші звуки. Нічого страшнішого цього сну йому ще не доводилося відчути. Тим часом ледь він прикрив повіки, як липкі щупальця марення знову потягнулися з темряви, обплутуючи його свідомість...

...Він біг по якомусь лабіринту, і мама дивилася йому в очі, намагаючись щось сказати, але він не чув слів... Якісь люди хапали його за руки, і різке світло звідкись зверху змушувало його відвертатися. Люди в формі, люди в білих халатах, голоси людей, невидимих в пронизливому білому світлі ламп... Він намагався вирватися з їх рук, але вони тримали його. Вони не пускали його, не пускали до неї...

Закричавши, Себастьян знову прокинувся і ледь не впав з ліжка. Мара сну ще не минула: йому продовжувало здаватися, ніби він досі там, на кам'янистій смузі узбіччя, і біль в його голові пульсує палаючою червоною плямою...

Нарешті він зміг відокремити події сну від реальності.

— Ну їх, такі сни, — простогнав хлопець і встав з ліжка.

Голова дійсно боліла.

Обережно, трохи похитуючись, не вмикаючи світла, він відправився на кухню. Довго рився в кухонному ящику в пошуках таблетки, поки знайшов. Проковтнувши пігулку, запив її водою з-під крана.

Навколо ще панувала ніч. Постоявши трохи біля вікна, Себастьян повернувся в свою спальню і потупив у стелю незрячий погляд. Навряд чи у нього вже вийде заснути — але це й на краще.

Зараз гостро, як ніколи, він відчував розлуку зі своєю дівчиною. І хоча прекрасно усвідомлював, що ця розлука короткочасна — адже ввечері вони знову побачаться, — туга і ниючий біль десь глибоко, в самому серці, не давали спокою.

Обійнявши подушку, він уявляв поруч кохану: посмішку Каміли, її зворушливі плечі, тонкі пальчики і теплу шкіру, що пахне чомусь мигдалем... Як йому хотілося, щоб прямо зараз, в цю хвилину, вона була поруч, розділила б з ним його життя, його будинок і його ліжко...

Від цих думок туга ставала все гострішою — настільки, що він готовий був зірватися і летіти до Каміли, стиснути її в обіймах і ніколи більше не відпускати. Він навіть схопився з ліжка і знову пройшов в кухню. Безпристрасний годинник на стіні показував за двадцять п'яту.

Себастьян змусив себе заспокоїтися і подумати про все тверезо. Звичайно, і мови бути не могло, щоб ось так, серед ночі, їхати до дівчини — це лише налякало б її. До того ж він не хотів квапити події: ті чуйні, довірчі стосунки, що склалися між ними, були занадто дорогі йому, щоб ризикнути зруйнувати їх імпульсивним вчинком.

Він жадав кохану найбільше на світі. Повертаючись пізно вночі, а то й під ранок з чергового побачення з нею, ще довго не міг вгамувати неспокійні спогади і фантазії... Але реальної фізичної близькості між ними поки не було, і Себастьян не хотів підштовхувати дівчину до такого рішення. Напевно, її почуття повинні дозріти — тоді плоди їх будуть солодкими. Нехай вона сама прийде до цього, а він стане терпляче чекати, адже в головному впевнений — кохає вона саме його. А все інше не так уже й важливо...

Себастьян крутився гадюкою на зім'ятому ліжку. Він не міг не думати про Камілу, і все ж ці думки не були радісними. Варто поглянути правді в очі: так, їм просто казково пощастило! Вони врятувалися лише дивом. Але якби... цього дива не сталося? І та вантажівка виявилася б крапкою в повісті його життя? Або, що у сто крат гірше, — якби він втратив Камілу? Або вона залишилася калікою... Чи зміг би він пробачити собі таке? Навряд чи.

— Але ж вона могла загинути через мене, — сказав він уголос, і від цих слів мурашки побігли по його шкірі.

І тільки через годину він нарешті зміг заснути — на цей раз без сновидінь.

Ледь прокинувшись, Себастьян тут же схопився з ліжка — йому здалося, на вулиці вже давно за полуднем. Але навколо було все ще тихо, лише в декількох вікнах сяяли вогники: хтось уже збирався на роботу.

Він знову подивився на годинник — пів на шосту. Зі сном в цю ніч явно не склалося... Спати більше не хотілося, і, щоб чимось себе зайняти наступні пів години, Себастьян дістав відро з щіткою, вирішивши поприбирати. Він не тільки вимив підлогу в усіх кімнатах і на кухні, але навіть для чогось спустився в підвал, вхід в який був захований в підлозі веранди.

Дощаті двері відкривали доступ до вузьких сходів, які спускалися під підлогу, досить глибоко під землю. Колись підвал заміняв бабусі з дідусем холодильник: таку техніку в ті часи прості люди ще не мали. Зараз же там зберігалися непотрібні речі, іншими словами — різний мотлох, який не доводилося використовувати, але шкода було викинути.

Оглянувши підвал і чесно вирішивши, що прибирати ще й тут — це вже занадто (може, коли-небудь руки і дійдуть, але...), Себастьян вибрався назовні і переодягнувся в свій звичайний одяг для роботи — джинси і світлу теніску. Зачинивши двері, він вивів з гаража свого мотозвіра і довго дивився на нього. Обережно провів долонею по хромованій поверхні, погладив ручку керма, сідло. Немов хотів назавжди запам'ятати його — на вигляд, на дотик, перед довгою... дуже довгою розлукою.

— Пробач, — прошепотів він мотоциклу і ледь стримав сльози. Але слідом за цим рішуче скочив у сідло і завів мотор.

Через десять хвилин він стояв біля будинку Айвена — свого знайомого. Той, сонний, здивовано витріщався на Себастьяна і старанно скріб рукою верхівку коротко стриженої голови, ніби хотів вичесати звідти мудру думку.

— Так що, по руках чи мені пошукати іншого покупця? — запитав Себастьян.

— Ти чого, аміго! Не треба нікого шукати. Просто це... Ну, я вмовляв тебе скільки — продай, стоїть же мотлохом такий апарат... А ти мене куди посилав? А тепер ось так-от зранку припер і сам пропонуєш...

— Як тобі пояснити... — Себастьян зітхнув. — Я і сам не думав його позбавлятися. Це пам'ять... Ну гаразд. Не в тому річ. Але вчора ми з моєю подругою... — він знову зітхнув, так і не доказавши. — Це, напевно, теж неважливо. Просто я дуже боюся втратити її, розумієш?

Айвен непевно хмикнув і знову почухав маківку довгими пальцями. Високий, у своєму звичайному реперському одязі він виглядав досить стильно. Але в той момент, стоячи перед Себастьяном в одних домашніх шортах, ще не зовсім прокинувшись, нагадував лелеку на довгих тонких ногах.

— Все одно... не доходить... — пробурмотів він собі під ніс.

— Гаразд, якщо тобі треба ще подумати — думай, передзвониш, — похмуро буркнув Себастьян і попрямував до мотоцикла, що стояв в декількох кроках.

— Стій, кажу тобі! Є варіант і досить непоганий. Не твій крутий мотик, звичайно, але...

— «Але» — це що?

— Це «жук». І за ним ще потрібно змотатися в Тіхуану.

— Чи не викрадений?

— Та ти про що? — замахав руками Айвен, немов відганяючи від себе настирливих мух. — Щоб я амігосу дурницю підігнав? Ображаєш! О, Санта Маріє, порка Мадонно. Він, звичайно, не новенький, але бігає не гірше твого мотика, не сумнівайся!

— Добре, — видихнув Себастьян. — Прижени мені його ввечері до піцерії. Знаєш куди?

— Карло-шмарло-піца — не можна не вдавитися? — знову реготнув Айвен. — Знаю, звичайно. Пржену, все буде на вищому рівні, — він простягнув руку Себастьяну. — Лади?

— Лади, — через силу посміхнувся той. — І... знаєш, я віддаю його тобі тому, бо точно будеш за ним доглядати, як годиться. І оціниш його гідно, — видихнув Себастьян, витягуючи з кишені джинсів ключ з блискучим брелоком. — Тримай, — він опустив ключ в долоню Айвена.

— Ось так і віддаси — просто зараз, так?! — вигукнув хлопець.

Сон миттю злетів, і очі заблищали, коли він окинув поглядом мотодиво, що стояло біля його будинку.

— Зараз. Поки я не передумав. І не проводжай мене! Чекаю ввечері, — Себастьян махнув рукою, ставлячи крапку в такій болісній для нього розмові.

Йдучи геть, він не дивився на залишеного залізного друга — бо відчував себе зрадником.

— Айвен, звичайно, — придурок, але тобі у нього буде добре... Ніхто так, як він, не любить мотоцикли, — прошепотів хлопець в порожнечу, як і раніше не обертаючись.

Йому ще потрібно було встигнути на роботу.

Глава 12
Блакитна мрія

Зустрівшись цього вечора, Каміла і Себастьян спілкувалися наче й не було нічого, намагаючись не зачіпати тему недавньої аварії. Правда, сьогодні її коханий не приїхав на своєму обожнюваному мотоциклі, але Каміла не стала його розпитувати. Взявшись за руки, вони вирішили просто прогулятися по місту.

Себастьян здавався трохи сумним. Каміла намагалася підняти йому настрій, що у неї майже вийшло, поки не задзвонив телефон. На диво, цього разу Себастьян не проігнорував дзвінок, як зазвичай під час побачень з коханою дівчиною, і навіть назвав їх точне місце прогулянки тому, хто дзвонив. Видно було, що хлопець трохи нервує, але Каміла тактовно не стала дізнаватися причину його переживань. Все прояснилося через кілька хвилин, коли на узбіччі, прямо перед ними зупинився... акуратненький «жук» небесно-блакитного кольору.

З-за керма насилу (кабіна виявилася для нього замала) вибрався бритоголовий здоровань майже двометрового зросту в величезних кросівках, широких штанях кольору хакі і білосніжній майці.

— Хелоу! — махнув рукою хлопець, з цікавістю розглядаючи Камілу. — Йоу! Ця ціпочка — з тобою?

Себастьян подав йому руку для вітання.

— Познайомся, це Каміла, моя дівчина. А це...

— Айвен! — здоровань сам підійшов до Каміли і, наскільки міг галантно, чмокнув їй руку. — Ох, якби ти не була дівчиною Себа, повір...

— Охоче вірю, — відповів за Камілу Себастьян.

Підхопивши приятеля під лікоть, він без церемоній відтягнув його в бік.

— Давай-но краще до справи.

— А, справа... Ну, так.

З цими словами довготелесий Айвен витяг з кишені два ключі на ланцюжку і простягнув їх Себастьяну.

— Документи в бардачку, — недбало кивнув він у бік автомобіля. — Все фактурно, без проблем — як і домовлялися. Тепер він твій. Ну... Всього, — кивнув Айвен і, засунувши руки в кишені, поспішив перебігти через дорогу — прямо перед носом проїжджаючого автомобіля.

Себастьян без особливого ентузіазму подивився на «жука» і зітхнув.

— Ти... купив машину? — не витримала Каміла.

— Скоріше — обміняв, — відповів хлопець, прямуючи до свого нового придбання. — У всякому разі тепер вона — наша. Сідай!

Каміла була занадто здивована, щоб відповісти щось. Широко розплющивши очі, вона дивилася на скромненьке «чудо техніки», яке у самого Себастьяна особливого захоплення не викликало.

— Тобі... зовсім не подобається? — перепитав він тихо, готовий остаточно засмутитися.

Але кохана раптом замість слів підбігла до хлопця і обійняла його за шию, сяючи радісною посмішкою.

— Дуже, дуже подобається! Ти не повіриш! Я саме таку машину завжди і хотіла. Саме такого кольору — блакитного, як небо! — захоплено вигукнула вона, і у нього відразу ж відлягло від серця.

— Бачиш, мрії збуваються. Тепер вона — твоя, — раптом озвучив він тільки що прийняте рішення.

— Як це — моя?

Від подиву карі очі Каміли стали великими, немов блюдця, і Себастьян остаточно переконався в правильності свого рішення.

— Дуже просто. Я дарую її тобі, — він взяв долоньку дівчини, повернув догори і опустив в неї ключі.

— Але... Я не можу прийняти такий подарунок, — прошепотіла Каміла, перебуваючи під враженням від вчинку Себастьяна.

— Чому?

— Ну... Хоча б тому, що не вмію водити.

— Але це легко виправити! У місті є хороші курси водіння — давай на вихідних поїдемо туди і запишешся. І я можу підучити тебе небагато.

— А як же ти сам?

— Для роботи мені потрібен всього лише скутер, — повів плечима він.

Каміла на хвилину задумалась, мило підперши щоку рукою, і прийняла рішення:

— Тоді давай зробимо по-іншому. Якщо ти й справді хочеш мені її подарувати... то зробиш це після того, як я добре освою водіння — адже до того часу я все одно не зможу скористатися подарунком. Та й мій квартал не найкраще місце, щоб залишати машину на ніч, — резонно зауважила вона. — І сам будеш підвозити мене, добре?

— Яка ж ти розумниця! — посміхнувся Себастьян, обіймаючи дівчину. — Ти, як завжди, права. Тоді нехай вона поки постоїть на моїй території — але лише поки ти не навчишся водити! А на курси поїдемо завтра ж.

— Добре, — Каміла знову повернула ключі Себастьяну. — Давай тепер покатаємося на нашій машинці, так?

Слово «нашій» з вуст дівчини чулося так просто і так по-сімейному, що у бідного хлопця здригнулося серце.

«Я деколи заздрю сам собі», — подумав Себастьян, спостерігаючи, як щаслива Каміла, підбігши до авто, розглядає його з усіх боків з неприхованим захопленням. І блакитненький «жук», що досі здавався йому таким скромним, раптом став привабливим. Якщо він так подобається Камілі, то і йому теж до душі...

Тепер з відмінним настроєм і не без гордості він відчинив дверцята перед коханою.

— Прошу, сеньйоро! Ваша карета подана!

Сам же, плюхнувшись на водійське сидіння, для початку озирнувся, звикаючи до обстановки. За кермом автомобіля він сидів не так вже й часто, хоча свого часу навчився водити і отримав права. Але відтепер, схоже, доведеться освоювати це.

Зітхнувши, хлопець повернув ключ у замку запалювання — і неголосне бурчання двигуна прозвучало веселою пісенькою.

«Все-таки життя — цікава штука! — думав він, обережно виїжджаючи на проїжджу частину. — І часом спонтанні вчинки призводять до найприємніших наслідків...»

Себастьян крадькома поглядав на Камілу, яка сиділа поруч, — з її обличчя не зникала щаслива усмішка, і він ще раз переконався, що зробив правильний вибір.

Попереду на них чекав радісний вечір...

Глава 13
Опівнічні неспання

— Ей, ти! Що ти тут робиш?

Хрипкий чоловічий голос вивів його із забуття, а промінь ліхтарика боляче різонув по очах. Себастьян, підхопившись, спочатку не зрозумів, де знаходиться і чого хоче від нього цей чоловік, невидимий за яскравим світлом.

Він підвівся, відчувши під пальцями суху землю. Промінь вихопив з темряви невеликий пагорб глинистого ґрунту. Зверху розсипом лежали підв'ялі квіти. Чорні стрічки на траурних вінках. Могила.

Розгублено озирнувшись на всі боки, він зрозумів, що опинився на кладовищі. І тут, прямо на цій могилі, він спав або лежав непритомний. А стоїть над ним чоловік — швидше за все, доглядач кладовища.

— Я... не знаю, — чесно зізнався Себастьян, піднімаючись.

В голові панував цілковитий безлад — все це виглядало занадто дивно.

— Іди додому, — грубо наказав доглядач. — Завтра прийдеш, вдень.

Все ще нічого не розуміючи, хлопець оторопіло продовжував дивитися на могилу — судячи з усього, ще свіжу, і на ряд інших поховань, таких же недавніх.

— Вона... Кимось була для тебе? — несподівано поцікавився сторож, і Себастьяна раптом сіпнуло, наче невидима рука з розмаху дала йому ляпаса, а потім щосили стисла тремтяче серце.

— Вона? Була...

Страшна здогадка змусила його затремтіти сильніше, ноги раптом підкосилися, і Себастьян звалився на горбик могили, що пах порожнечею.

— Ні, ні!

Він почав бити по землі руками і в запалі вдарив себе по обличчю...

Різко розплющивши очі, Себастьян вхопився за забитий лоб — падаючи з ліжка, він дійсно стукнувся ним об підлогу... Але зараз, важко дихаючи, був вдячний цьому болю, котрий вирвав його із задушливого лабіринту кошмару.

Як і минулої ночі, він не відразу зорієнтувався, що знаходиться в своїй кімнаті, на підлозі. Серце все ще вискакувало з грудей — здавалося, його удари віддають гулом в навколишній тиші.

— Знову кошмар... Коли ж це закінчиться? — простогнав хлопець, піднімаючись.

Знову кухня, і знову таблетка. Себастьян зовсім не здивувався, побачивши на циферблаті годинника, що ледь відсвічував в мутних відблисках далекого ліхтаря, цифру 4. На ній завмерла маленька стрілка, а велика ліниво підповзала до дванадцяти.

Знову. Здається, він уже починає звикати до страшних снів і безсоння, котре приходить за ними. Раніше завжди засинав миттєво і спав як убитий. Якщо на наступний день була не його зміна, міг проспати до самого обіду. Однак з появою Каміли сталося багато змін... І якщо за радість зустрічі з коханою потрібно платити, то він готовий пожертвувати всім...

Наливши собі чашку холодного чаю каркаде, Себастьян рушив на ґанок. Під завісою з гілок дикого винограду було спокійно і затишно. Ніч майже минула, а ранок ще не настав — ця пора сповнена особливої чарівності навіть тут, в місті. Але воістину чарівно зараз біля океану, особливо якщо б поруч була Каміла. Він не міг не думати про неї щохвилини, то мріючи, то хвилюючись, то боязко споруджуючи примарні замки, коли, можливо...

Але те, що хвилювало його тепер, було дуже навіть реально. Він намагався уявити собі, як ніжні руки Каміли, дотики яких обожнював, так само легко і акуратно торкаються... холодної шкіри трупа на столі!

Труп цей, що був колись чоловіком або жінкою, і є той самий клієнт, а вона повинна зробити його красивим. Себастьян насилу розумів, що Каміла — його ніжна Каміла! — здатна витримувати подібне. І нехай вона говорить, ніби їй це навіть до душі, але... Як може подобатися таке? Ось чому вона не поспішала розповідати йому про свою роботу, схоже, їй незручно було говорити про це. І хоча така робота не здавалася йому страшною або негідною, однак і особливого захоплення теж не викликала. Мертві не були тим, про що хотілося думати або говорити.

Звичайно ж, він, як і всі інші жителі містечка, на День мертвих брав участь у церемоніях. За традицією, Себастьян пригощав бідних, роздавав солодощі дітям. Разом з іншими згадував рідних і близьких, а крім того, приносив на їхні могили квіти.

І все ж іноді одна настирлива думка не давала йому спокою: а чи так потрібні покійним всі ці частування і ритуали? Хоча вголос висловлювати подібне він, звичайно, не наважувався: культ смерті завжди шанували особливо. Яким би бідним хтось не був, але залишити в свято своїх мертвих без подарунків — це було вже самим дном, на яке здатна опуститися людина...

Тим часом традиція — традицією, а будь-яка спроба представити його ніжну Камілу, яка робила красивими померлих, викликала у Себастьяна легку нудоту.

Бідна дівчинка! Як, напевно, важко їй кожен день долати те саме відторгнення смерті, властиве будь-якій живій істоті. Як непросто знову і знову торкатися до холодної шкіри.

Себастьян в черговий раз здригнувся, і добра половина чашки чаю вихлюпнулася йому на коліна. Зітхнувши, хлопець змахнув рукою пролиту рідину.

Що він міг сказати їй вчора з приводу її запрошення прийти сьогодні в салон? Звичайно ж, він погодився. Хіба можна було відповісти інакше? Він прийде і спробує зробити вигляд, ніби все нормально і його анітрохи не бентежить те, що їй доводиться робити...

— Може, поговорити з доном Карло? — запитав він вголос сам себе, як часто робив, коли думки просто не вміщалися в голові, а довірити їх було нікому. — Здається, він колись збирався додати столиків в свою піцерію і взяти ще одну офіціантку. А що? Каміла відмінно б справлялася з такою роботою! Може, «Карло-піца» і не найкраще місце для дівчини, але вже куди краще салону ритуальних послуг... Та я прямо післязавтра поговорю з доном Карло! І коли він побачить Камілу, то вже не зможе відмовити їй. А якщо й ні, я допоможу їй знайти іншу роботу — може, навіть недалеко від моєї піцерії. Тоді ми змогли б бачитися в обідню перерву, не чекаючи вечора...

Заспокоївши себе такими думками, Себастьян допив свій чай і подивився на вже світле небо. З чорного воно перетворилося в сіро-синє, з відтінками фіолетового. Вуличні ліхтарі погасли, ніби передчуваючи близький світанок.

Хлопець спокійно позіхнув і повернувся до своєї постелі — у нього ще був час якщо не поспати, то хоча б трохи повалятися в ліжку. Як тільки він знайшов вирішення питання, що не давало йому спокою, дрімота підкралася ближче.

І, вирішивши будь-що знайти Камілі гідну роботу, Себастьян заснув так само швидко й міцно, як раніше.

Глава 14
Птах у польоті

Припаркувавши блакитного «жука» недалеко від салону, Себастьян попрямував до акуратних чорних дверей під скромною вивіскою, проте несподівано зупинився на півдорозі.

— Непогано було б прихопити для Каміли чогось смачненького, щоб підняти їй настрій, — пробурмотів він і звернув до магазинчику.

Купивши пакетик зефірного печива, рушив на пошуки освіжаючого напою і пройшов майже два квартали, поки нарешті знайшов відповідний. А потім... Потім хлопець раптом зрозумів, що мимоволі тягне час перед тим, як переступити поріг того закладу. Це чомусь розлютило його, і рішучим кроком Себастьян повернувся назад.

Набравши в легені повітря, як перед стрибком у воду, юнак відчинив чорні двері. Він йшов до Каміли — інше було неважливим.

Сухо дзвякнув дзвіночок. З темного коридору до Себастьяна вийшов високий хлопець — абсолютний антипод вже знайомого продавця Матео.

Він був худим, якщо не сказати — сухорлявим, з гордовитим виразом обличчя і темним волоссям, щедро политим гелем. Стоячий комірець до хрускоту накрохмаленої сорочки засліплював своєю білизною, строгі чорні брюки і чорний жилет — дуже підходящий дрес-код для такого місця.

— Здрастуйте, — заговорив першим, наблизившись до розгубленого Себастьяна. — Чим можу бути корисний?

Правда, незважаючи на сказане, ні його голос, ні відсторонено-гордовитий вираз обличчя ніяк не підтверджували готовність дійсно бути корисним потенційному клієнту.

— Здрастуйте, — відгукнувся Себастьян, намагаючись не показувати свого хвилювання. — Чи можу я бачити Камілу?

— Камілу?

Брови хлопця трохи піднялися, зображуючи повне здивування, немов Себастьян запитав про щось вкрай дивне. Мабуть, якби відвідувач шукав в салоні ритуальних послуг бар з безкоштовною випивкою, це справило б на нього набагато менше враження.

— Камілу Алонсо, — уточнив Себастьян, ніби тут могло бути кілька дівчат з таким ім'ям. — Вона ж тут працює?

— Так, вона працює тут, — чинно відповів хлопець, склавши перед собою довгі худі пальці в замок. — А з якого ви питання?

— З особистого, — Себастьян вже почав втрачати терпіння. — Ви могли б її покликати?

— Справа в тому, що…

— Добрий день, — почувся ще один голос, і до них вийшла жінка років п'ятдесяти в скромному чорному платті, з товстою косою темного волосся, акуратно викладеною навколо голови. — Вибачте, здається, ви шукали Камілу? Я могла б її покликати.

Спокійний голос, що спритно вклинився в їх розмову, тут же розрядив обстановку.

— Дякую вам, — з полегшенням відповів Себастьян, і жінка миттєво зникла.

Було б непогано, якби її приклад наслідував і цей неприємний тип з похмурим обличчям, але він продовжував так само стояти в декількох кроках від Себастьяна, тримаючи перед собою схрещені руки.

Не минуло й хвилини, як в глибині коридору почулися швидкі кроки і до нього назустріч випурхнула сяюча Каміла. Вона вже попрямувала прямо до Себастьяна, щоб, як завжди, зустріти його поцілунком, але, побачивши, що поряд стоїть працівник салону, зупинилася.

— Привіт, Каміло!

— Вітаю! — відповіла, підходячи ближче. — Пілар сказала, ти тут. А я почала сумніватися, чи прийдеш взагалі...

Її обличчя осяяла посмішка, і Себастьян відчув, як полегшало у нього на душі. Поруч була його дівчина, тому неважливо, в якому місці вони знаходяться.

— Ну що, йдемо зі мною? Побачиш, де я працюю, — вона взяла Себастьяна за руку і потягла було за собою, однак голос все ще закляклого типа в чорному зупинив їх.

— Каміло, що це за розважальні екскурсії на робочому місці? — проскреготав він, повернувшись до дівчини. — Якщо ця людина не клієнт, йому нема чого робити в салоні.

— Я дуже навіть клієнт! — раптом не витримав Себастьян: пихаті манери довгого вивели його з себе. — Я тут збираюся померти днями, так мені треба упевнитися, як працює сеньйора Каміла. Якщо вона погано наносить макіяж небіжчикам, я нізащо не звернуся до вашого салону! — відповів він, зупинившись і роблячи кілька кроків назустріч нахабному молодчикові, немов готуючись до бійки.

За їх спинами почувся приглушений сміх. Себастьян лише встиг помітити тінь, яка промайнула і тут же зникла в глибині коридору.

— Заспокойся, Матео! Я не роблю нічого недопустимого, — спробувала заступитися за свого хлопця Каміла, але неприємний працівник ніби й не чув дівчину — його очі, злісно виблискуючи, як і раніше були прикуті до Себастьяна.

— Мені нічого не залишається, як повідомити про це порушення сеньйорі Регіні! — тамуючи зловтіху прошипів він.

— Сеньйора Регіна в курсі, я сама у неї попросила дозволу, — раптом спокійно вимовила Каміла і знову взяла Себастьяна за руку, даючи зрозуміти, що конфлікт вичерпаний. З переможним виглядом хлопець пішов слідом за дівчиною, задоволено помітивши, що худе обличчя супротивника витягнулося від розчарування.

— Дай вгадаю: добряк Матео, коли тверезий перетворюється на злого худого монстра, який кидається на людей в салоні в надії розірвати їх на шматки! І лише за допомогою порції хорошої текіли нещасний знову набуває істинного вигляду вусатого товстуна... — тихо прошепотів Себастьян їй на вухо, вже спускаючись крутими сходинками в якийсь підвал.

Каміла розсміялася і відповіла так само неголосно:

— Ні, це зовсім інший Матео... Це наш адміністратор, він у вихідні не працює. Думає, що найрозумніший, крім того, вважає своїм обов'язком стежити за порядком.

— І доносити директрисі, — додав Себастьян. Неприємне враження від цього типа погіршилося. — До того ж, по-моєму, цей Матео не просто так захищав тебе від мене всіма своїми худими грудьми, — пробурмотів він. — Може, він просто ревнує?

Очі Каміли від подиву розширилися: мабуть, подібне ніколи не приходило їй у голову, але через мить дівчина байдуже знизала плечима. Вона відчинила важкі двері підвалу, і Себастьян опинився в невеликому, яскраво освітленому приміщенні без вікон. У центрі кімнати стояв широкий стіл. Поглянувши на нього, хлопець остовпів, і думки про неприємного Матео швидко зникли з його голови: на столі, в світлі двох ламп, лежав мрець. Сивочолий старий з восковою шкірою був до плечей прикритий білим простирадлом.

Звичайно ж, Себастьян налаштовував себе на те, що може побачити щось подібне, і все-таки виявився не готовий до цього. Хлопець мовчки ковтнув. На хвилину відчув, що тут занадто мало повітря і все воно просякнуте цим ледь помітним, але все ж виразним запахом смерті...

Щоб не видати своєї слабкості, Себастьян повільно опустився на табурет, що стояв біля стіни. Пакет з печивом і лаймовим напоєм він продовжував тримати в руці — запропонувати їх Камілі тут, в цій кімнаті, здавалося вже блюзнірством.

Тільки тепер хлопець помітив маленький столик на коліщатках, заставлений численними баночками, коробочками і тюбиками. З усього цього різноманіття мирно визирало кілька пухнастих пензликів.

— Ти не дуже поспішаєш? — запитала Каміла так просто й буденно, наче поруч з ними і не було цього третього... Лежачого на столі... Небіжчика...

— Ні, не поспішаю, — якомога спокійніше відповів Себастьян. Але його погляд ніби магнітом знову і знову притягувався до каталки з мерцем, хоча він і намагався розглянути ще один стіл в кутку, так само заставлений різними художніми пристосуваннями.

Біля столу стояло крісло. У другому кутку розміщувався вузький білий стелаж з акуратно складеними простирадлами та рушниками. У стіні навпроти були ще одні двері. Куди вони могли тут вести, він поки знати не хотів.

— Добре, тоді я, мабуть, закінчу свою роботу, — голос Каміли вивів його з легкого заціпеніння. — За ним скоро повинні приїхати родичі, похорони призначені на другу годину.

Відвернувшись від Себастьяна, дівчина знову приступила до свого заняття, від якого, ймовірно, і відірвав її прихід коханого.

І раптом Себастьян помітив, як невловимо змінилося обличчя Каміли: воно стало зосередженим і одухотвореним. Дівчина не бачила навколо більше нічого: тепер вона повністю розчинилася в своєму особливому світі — творчості і натхнення.

Те, що відбувалося, було настільки дивовижним, що всі думки з голови Себастьяна розлетілися геть переляканими птахами. Зараз він просто спостерігав, заворожений рухами Каміли. Ось вона взяла в руки невелику баночку і широким пензликом стала наносити грим на застигле старече обличчя. Потім акуратно додала світлого тону, вирівнюючи тіні під очима.

Пухнастий пензлик метеликом затремтів над вилицями старого, і ось вже щось подібне до легкого смаглявого рум'янцю оживило воскове обличчя. Кущисті сиві брови під помахами олівця і щіточки набрали несподівано чітку форму, додаючи йому загальної виразності. Наступними під чарівні руки Каміли потрапили вуса: ножиці — олівець — щіточка — знову ножиці: і вони стали акуратної форми.

Вражений, просто шокований побаченим, Себастьян час від часу відривався від гіпнотичного видовища пурхання дівочих рук і вдивлявся в її обличчя. Дівчина працювала захоплено, забувши, здавалося, про все на світі. На нього вона глянула лише раз, і то мигцем, розсіяно посміхнувшись, — і знову заходилася біля мерця.

Саме він був зараз центром її уваги, і Каміла отримувала задоволення від свого заняття.

Себастьян, намагаючись зрозуміти, більш того — якось прийняти побачену ним картину, відчайдушно шукав пояснення побаченому. Він обов'язково повинен був його знайти, зробити для себе можливим або просто встати, вийти і ніколи більше не повертатися. Він шукав відповідь... І, здається, знайшов її.

Той вираз обличчя, з яким Каміла працювала... Напевно, таким же ставало і його власне обличчя, коли він цілком занурювався в створення чергової картини.

Її робота візажиста була творчістю художника. Тільки замість полотна перед нею був мертвий лик. І він вимагав особливого підходу: звичайних пудр-тіней-помад тут недостатньо. Грим для небіжчика більше нагадував театральний: спочатку треба було «намалювати» саму особу, а потім надати їй, наскільки це можливо, схожість з мирно сплячою людиною. І вона працювала так захоплено, що... Так, він не помилився: настільки натхненно-піднесений вираз очей Каміли не можна розтлумачити інакше — це радість творчості. І дівчина була справжнім художником, який працює в такій незвичній манері. Вона створювала шедеври на обличчях небіжчиків.

Саме ця робота була покликанням Каміли, робила її щасливою. Він зрозумів все, дивлячись, з якою любов'ю вона робить завершальні штрихи. Ось ще один помах пензлика, і... Чудо!

Себастьян навіть підвівся, щоб краще розгледіти чарівне перетворення: замість жовтої воскової ляльки зі зліпленими повіками і смужкою посинілих губ перед ним не просто лежав — спочивав! — навчений життям сеньйор. Його смерть не була буденною — він із гідністю відійшов за межу, залишивши своїм нащадкам все нажите і добру пам'ять про себе. Тепер він спав, його обличчя виражало спокій, гордість за свої справи і нащадків — дітей та онуків.

Каміла, нарешті полишивши своє заняття, підняла сяючий погляд на Себастьяна: вона пишалася виконаною роботою і очікувала від нього похвали.

— Як птах у польоті... — тільки й зміг вимовити хлопець, все ще перебуваючи під враженням від побаченого.

— Що? — не зрозуміла Каміла.
— Як птах у польоті, — повторив він. — Так кажуть про людей, які люблять свою справу і живуть в ній, немов птах у небі...

Він із захопленням дивився на дівчину, від якої не очікував подібних талантів — особливо в такому місці.

Їх розмову перервала поява ще одного працівника салону: у відчинені двері увійшов молодий чоловік. Трохи здивовано глянувши на Себастьяна, він кивком привітався з ним і звернувся до Каміли:

— Ну що, наш сеньйор готовий зустрітися з рідними? Катафалк на місці.

— Так, Освальдо, я вже закінчила.

Себастьян ревнивим поглядом скоса спостерігав за Освальдо: років тридцяти п'яти, високий і ставний, з виразними чорними очима — він цілком міг би виявитися гідним суперником в боротьбі за серце Каміли. Хлопець зазначив, як спритно той перемістив небіжчика зі столу на каталку.

Тут же Себастьян зрозумів, для чого потрібні інші двері: за ними була вузька кліть ліфта, в яку вміщалася каталка. Освальдо зачинив двері й натиснув кнопку. Ліфт відвіз «клієнта» Каміли нагору, нарешті залишивши їх наодинці.

Дівчина тим часом почала прибирати у своїй майстерні — баночки та тюбики швидко поверталися на свої місця на полицях.

— І багато тут у вас таких... молодих і красивих? — обережно поставив він запитання.

— Ти про Освальдо? — відгукнулася Каміла. — Так, він непогана людина, але я б не сказала, що він гарний... — Дівчина знизала плечима. — Хоча Доротея так не думає... Шкода тільки, що сам він цього не помічає.

— А Доротея...

— Вона вибирає квіти, робить вінки та букети. І прикрашає церемонію. Освальдо — наш менеджер, він організовує похорон.

— Давай сходимо куди-небудь пообідати, — запропонував Себастьян, раптом згадавши про смаколики. І потай злякався, що вона захоче перекусити тут: мабуть, це було б уже занадто.

Але Камілі, на щастя, подібне в голову не прийшло.

— Звичайно! — легко погодилася вона. — У мене заслужений обід, так що ми можемо вийти куди-небудь. Тим більше інші поки зайняті. Тут неподалік є місце, де варять смачну каву.

Залишаючи слідом за Камілою невеликий підвал, Себастьян думав про те, що пропонувати допомогу в пошуку іншого місця роботи для дівчини було б нерозумно: швидше, вже йому самому можна було б подумати про зміну роботи. Адже вона, а не він, робила свою улюблену справу — і це багато чого варте.

Глава 15
Неочікувана пропозиція

Попиваючи ароматну каву в затишному маленькому кафе на бульварі Беніто Хуареса, Себастьян насилу вірив в те, що ще двадцять хвилин тому спостерігав за незвичайним дійством в підвалі: Каміла, немов чарівниця, перетворила застиглу мертву маску в шляхетне обличчя...

— Про що ти думаєш? — раптом підстерегла його думки дівчина.

— Про те, що той старий і при житті, напевно, не виглядав так добре, як після зустрічі з твоїми чудовими пензликами, — чесно зізнався він.

— Значить, тобі й справді сподобалася моя робота? — Каміла виглядала задоволеною.

— Те, з якою майстерністю ти робиш свою справу? Звичайно! Це справжнє мистецтво. І я висловлюю думку не просто стороннього спостерігача, а людини, яка малює. Ти працювала з натхненням.

— А ти сам не хотів би малювати професійно? Може, зміг би стати успішним художником.

— Я пробував... — зітхнув хлопець. — Але розумієш... Напевно, не так уже добре я це роблю. Мені вдалося продати лише кілька своїх картин, і то... А лише мріями ситий не будеш.

— Шкода, — зітхнула слідом за ним вона. — Адже це так здорово, коли людина може робити свою улюблену справу...

— Не всім же щастить, — невесело посміхнувся він.

— Слухай, а якби ти спробував допомагати мені? Ну, робити те ж, що і я? — вигукнула раптом Каміла.

Від несподіванки Себастьян ледь не поперхнувся кавою.

— Ти серйозно?

— Ну звичайно, а чому б і ні? Якщо ти маєш навички художника, то і з цим би впорався, — захоплено щебетала Каміла, поки Себастьян насилу перетравлював її нову ідею. — Тут немає нічого складного, я змогла б тебе підучити. Ну то як?

— Навіть не знаю, — збентежено пробурмотів він. — Це трохи несподівано для мене... Напевно, мені треба подумати.

— Добре, ти подумай, — погодилася вона. — А я тим часом поговорю з сеньйорою Регіною: чи погодиться вона, щоб я взяла собі помічника.

Себастьян лише кивнув, запиваючи свою розгубленість залишками гіркої кави. Все це було дуже несподівано для нього. Але образити рішучим «ні» кохану, яка, як виявилося, сприймала світ трохи інакше, він зовсім не хотів.

Наступна ніч знову жбурнула в нього жмені кошмарів. Прокинувшись в холодному поту, хлопець знову бачив Камілу. Тепер вона лежала на каталці з коліщатами, а він розфарбовував її обличчя гримом з різнокольорових баночок...

Себастьян обхопив руками голову, яка готова була розірватися від болю, а серце, подібно до божевільної птиці, тріпотіло у грудях так відчайдушно, немов хотіло розбити тендітну грудну клітку і вирватися на волю.

Себастьян довго сидів у ліжку, приходячи до тями після жахливого сну.

Чому, чому всі ночі він бачить найнестерпніше — свою кохану мертвою? І неважливо, які деталі вимальовуються в кожному зі снів. Ці фільми з пекла були про одне — про вічну розлуку.

Якби він міг зараз доторкнутися до неї, почути її подих, відчути тепло шкіри! Тоді, можливо, кошмари відступили б. Але зізнатися їй у цьому... Все, все, що завгодно, він готовий був віддати тепер, тільки б Каміла була поруч! Навіть просто побачити її, доторкнутися рукою до її руки хоча б на мить, на коротку секунду. Хлопець переконував себе, що це лише сон, а завтра все знову буде добре і він знову її побачить, але зболілому серцю непросто було повірити в це.

Щоб якось заспокоїтися, Себастьян почав ходити по кімнаті з кутка в куток, поки нарешті чорні хмари всередині нього трохи розсіялися і свіже нічне повітря, вільно влітаючи в розчинене вікно, охолодило його палаючу голову. Взявши свою останню картину, що досі сиротливо стояла в кутку, хлопець обережно доторкнувся до намальованого дівочого силуету, ледь помітного в навколишній темряві.

Не вмикаючи в кімнаті світла, він несамовито шепотів дівчині з картини усіляку ніжну нісенітницю, ніби це могло зробити їх ближчими, скоротити відстань між ними, котра здавалася в ту беззоряну ніч величезною...

Він нарешті дав собі волю і більше не стримував сліз. Знову був готовий кинути все і мчати до її вікон, тільки щоб подивитися здалеку на слабкий вогник у вікні її спальні.

«Але ніякого вогника ти не побачиш — адже вона давно спить! Просто сполохаєш всіх кішок в окрузі. Потиняєшся, як навіжений привид, і ні з чим підеш додому. Почекай до ранку і передзвони, щоб переконатися, що все добре... І що ввечері вона знову буде чекати тебе в умовленому місці...»

Відпустивши на свою адресу ще добрий оберемок лайок, Себастьян все-таки змусив себе знову влягтися в ліжко. Але спати йому не хотілося. Лише влаштувавши поруч з собою картину, він зміг нарешті заспокоїтися.

Завтра поїде до неї. Завтра вони знову побачаться. Завтра знову буде все прекрасно...

— Чорт забирай, чому б і ні? Заради того, щоб бути поруч з Камілою цілий день, я згоден не тільки небіжчиків розмальовувати, а... на що завгодно... — прошепотів він раптом і сам здивувався цій думці.

Дійсно, чому б ні? Що він втрачає? Свою роботу розвізника піци, давним-давно набридлу, яку і так мріяв поміняти? А тепер його кохана пропонує йому можливість працювати разом — бути поруч з нею цілий день. Що ж заважає йому погодитися?

Навіть якщо це триватиме недовго і у нього нічого не вийде — що ж, він завжди зможе знайти собі інше місце. Було б бажання... Трохи коштів він зібрав — їх цілком вистачить на місяць-другий, а далі — час покаже.

— А далі — час покаже, — повторив Себастьян голосно в пустоту, несподівано провалюючись в неспокійний сон — але вже без сновидінь.

**

— Я згоден!

Це було перше, що він видихнув у трубку Камілі, ледве встигнувши привітатися.

— Ти про що? — мовила дівчина, ще позіхаючи.

Мабуть, він розбудив її своїм раннім дзвінком.

— Про салон. Я згоден попрацювати з тобою, — скоромовкою випалив юнак, сам дивуючись цим словам.

— О, це чудово! — пожвавішала Каміла. — Так і думала, що ти погодишся! Я сьогодні ж поговорю з сеньйорою Регіною.

— Але сьогодні ми зможемо зустрітися лише ввечері, — зітхнув Себастьян.

— Нічого... Я буду чекати тебе.

Навіть не бачачи її обличчя, він знав, що вона посміхається. Було приємно чути її голос і уявляти — трохи заспаною, зі злегка припухлими після сну повіками... Як йому хотілося бути поряд з нею в цю мить!

— Дякую, що розбудив: мій будильник, здається, заснув міцніше за мене... — Її сміх нагадував переливи дзвіночків. — А тепер треба бігти чепуритися... До вечора, Себастьяне!

— До вечора, — видихнув він, проте так і не зміг натиснути на мобільному червону кнопку «відбій». Замість цього продовжував слухати на тому боці її дихання.

— Чому ти не кладеш трубку? — несподівано запитала вона.

— А ти чому?

— Тому що не хочу прощатися з тобою, — нехитро відповіла дівчина, і йому ще більше захотілося розцілувати її.

У його коханої повністю відсутнє удаване кокетство. Каміла була зовсім іншою.

— Я теж...

— Ну тоді нам доведеться сидіти з телефонами до самого вечора, коли вже треба буде йти на побачення, так?

— Так. Я готовий сидіти так до вечора, — чесно відповів Себастьян.

— Ні, не вийде — ну хіба що наші клони раптом звідкись виникнуть і поїдуть замість нас на роботу... Тоді давай разом — на раз, два, три — натискаємо «відбій». Домовились?

— Гаразд, — погодився він.

— Раз два...

— Три. Я кохаю тебе, — видихнув хлопець, вже не сподіваючись, що вона його почує.

Але вона почула.

— І я тебе теж...

У мобільнику нарешті почулися короткі гудки, а Себастьян ще хвилин п'ять тримав в руках телефон, немов очікуючи, що вона ось-ось подзвонить. І тільки потім змусив себе сповзти з ліжка і приступити до ранкових процедур.

Глава 16
Свята Смерть

— Що з тобою, Себастьяне? У тебе нездоровий вигляд, — зазначила офіціантка Кароліна, ледь він переступив поріг маленької піцерії.

Ароматний запах випічки розходився по всьому залу. За столиками в цю ранню годину було всього два відвідувачі — вони пили каву.

— Чи не захворів ти?

— Не знаю... Можливо, — неуважно пробурмотів він.

Хлопцеві трохи лестило завжди уважне ставлення дівчини, але рум'яна і надто вже пишнотіла Кароліна ніколи не викликала у нього відповідної зацікавленості. Ось і зараз її турботливі запитання здалися йому настирливими.

— Я хотів поговорити з доном Карло... Він у себе?

— Ні, і ще два дні не буде, — спантеличила його новиною офіціантка. — Він поїхав з міста, обіцяв повернутися лише в п'ятницю. Тож потрібно почекати.

— Я вже зрозумів, — зітхнув Себастьян і поспішив на кухню за черговими замовленнями, махнувши Кароліні на прощання рукою.

Новина про те, що поговорити з господарем піцерії він зможе тільки через два дні, трохи засмутила хлопця — по дорозі на роботу він вже уявляв, як вони з Камілою будуть зустрічатися вранці і проводити разом цілий день... Хоча, мабуть, воно й на краще — за ці кілька діб він зможе морально підготуватися до нової роботи.

Звичайний день погнав його по звичайному колу: кілька коробок з піцою, яку очікували на сніданок городяни. А потім — знову піца, але вже на обід — для працівників, які не мають часу вийти з офісу і пообідати в якомусь кафе.

Замовлень сьогодні було так багато, що йому довелося ковтати свій обід майже на ходу. Правда, тепер їх велика кількість замість досади викликала дивну радість: адже з кожною доставленою коробкою робочий час невпинно скорочувався — а значить, наближав його до бажаної зустрічі...

Але коли залишилася всього одна коробка і на вечірніх вулицях вже засвітилися вогні, раптом подзвонила Каміла. Трохи схвильованим голосом дівчина вибачилася — їй доведеться, напевно, ще на годину-півтори затриматися в салоні.

— Що... так багато роботи? — обережно запитав він, зіщулившись всередині: в пам'яті відразу спливли особливості ремесла Каміли.

— Та ні, тут дещо інше. Сеньйора Регіна попросила допомогти їй з новою вивіскою... Я тобі потім розповім.

— Тоді... Може, я відразу заїду за тобою в салон? — з надією запитав хлопець. Гарний настрій вже впав до позначки «нуль», а в серці заштормили хвилі смутку. Невже їй треба проводити на роботі стільки часу? А йому — чекати ще кілька годин?

Але замість очікуваної ввічливої відмови Каміла відповіла ствердно — і стрілка настрою знову поповзла вгору.

Наскільки міг швидко, він доставив останнє замовлення і, вирішивши не заїжджати додому, рвонув на скутері прямо до салону.

Над закладом поки ще залишалася колишня вивіска — її, вочевидь, ніхто не знімав. Вікна салону яскраво світилися. Себастьян без коливань відчинив двері і переступив поріг. Нехай тільки спробує цей нахабний Матео знову встати у нього на шляху!

Однак, всупереч очікуванням, адміністратор до нього не вийшов: замість нього до дверей поспішала вже знайома співробітниця з добрим обличчям і товстою косою навколо голови — здається, Пілар.

— Вітаю! — радо привіталася вона і посміхнулася йому, немов старому знайомому. — Ви, звичайно ж, до Каміли?

— Вітаю! Так, я хотів забрати її... Але вона подзвонила і сказала, що буде ще зайнята.

— Ну, думаю, вже ненадовго — вони там, по-моєму, закінчують зйомку, — Пілар махнула рукою в глиб коридору.

— Зйомку... Яку зйомку? — здивувався Себастьян.

— Для нової вивіски. Каміла, вона така розумничка! Це була її ідея. Ходімо, я вам покажу. Тільки тихо!

Заінтригований, Себастьян поспішив услід за Пілар довгим коридором. Через прочинені двері однієї з кімнат він побачив, як приміщення раз у раз освітлюють спалахи фотоапарата.

Хлопець обережно наблизився до дверей. Світло по той бік було приглушеним, але картина, яка відкрилася перед очима, просто приголомшила Себастьяна: на тлі розкішних квіткових букетів, під спалахами камери стояла... сама Свята Смерть! Блідий череп дивився живими очима, урочистий погляд був спрямований уперед. Чорна мантія складками струменіла вниз, не приховуючи краси жіночої фігури. Густе волосся розсипалося по плечах і спині, а витончена рука тримала дві зрізані троянди. Від цього видовища у хлопця мурашки побігли по спині...

Приголомшений, Себастьян ледь не забув дихати. Тільки трохи придивившись, він нарешті зрозумів, що кістки черепа просто майстерно намальовані на обличчі живої людини. А ще через кілька ударів серця зрозумів, що в образі Святої Смерті перед ним — його Каміла...

— Правда, вражаюче? — прошепотіла Пілар, теж заглядаючи в кімнату, що служила чимось на зразок майстерні букетів.

— Та вже... — видихнув хлопець. — А хто... хто зробив такий візаж? — запитав він, хоча, здається, вже знав відповідь.

Пілар несподівано захихотіла.

— Та хто б зробив це краще нашої Камілочки! Ще на позаминулий День Мертвих вона так чудово розмалювала себе, що у нас тепер відбою немає від замовлень! У черзі на такий особливий макіяж від Каміли маса бажаючих, і перед святом у неї й хвилини немає вільної! Але все одно ніхто не виглядає в образі Святої Смерті так само добре, як вона.

Себастьян неуважно слухав жінку, не в силах відірвати очей від своєї дівчини, яка здавалася тепер частиною якогось темного чаклунства. Він сам ніколи не вдавався до «особливого макіяжу» на День мертвих, хоча любителів подібних речей ніколи не бракувало. Багато хто розмальовували собі обличчя у вигляді черепа, особливо — молодь, але часто їх старання мали лише символічний вигляд. Тим часом, якщо за справу брався професійний візажист, то такі живі картини виглядали дуже вражаюче... І все ж таки те, що він зараз бачив перед собою, було верхом професіоналізму!

— Вона просто... незвичайна, — прошепотів Себастьян, ні до кого конкретно не звертаючись.

Фотограф, нарешті закінчивши свою роботу, подякував моделі. Тільки тепер Каміла повернулася до дверей і помітила Себастьяна.

Залишивши квіти, дівчина випурхнула йому назустріч.

— Ну як я тобі? — посміхнулася вона.

Ця посмішка на розмальованому обличчі виглядала злегка зловісно.

— Непередаваною, — чесно зізнався він. — Але... Де ти такому навчилася?

Каміла повела плечима.

— Мені завжди подобалося робити цей особливий візаж до свята. А коли сеньйора Регіна заговорила про нову вивіску, я й запропонувала... Одяг мені пошила Пілар.

— Просто чудово! — немолодий фотограф, підійшовши до дівчини, засяяв. — Вийшло навіть ефектніше, ніж я думав! У вас буде найкраща вивіска в місті!

— А у нас із тобою — премія! — обійняла Пілар за плечі не менш задоволену Камілу. — Ходімо, шановний, я проводжу вас, — звернулася жінка вже до фотографа, ввічливо пропускаючи його вперед.

— Напевно, мені варто переодягнутися. І вмитися, — знову усміхнулася Каміла. — Почекай мене, я швидко!

Дівчина відразу ж зникла за наступними дверима, залишаючи Себастьяна одного серед розкоші похоронних букетів. Він мимоволі зіщулився: це місце зовсім не здавалася йому комфортним. Тому хлопець щиро зрадів появі Пілар.

— Так вам і справді сподобалося? — запитала жінка в продовження перерваної розмови.

— Дуже... вражаюче, — чесно відповів Себастьян. — Хоча я поки ще не зовсім звик, що Каміла займається... таким оригінальним видом мистецтва, — несподівано зізнався він.

М'який голос і привітне обличчя Пілар мимоволі сприяли довірі.

— О, вона у нас велика майстриня! Повірте, я раніше працювала і в інших салонах, але ніколи ще не помічала, щоб у кого-небудь виходило так само добре, як у Каміли. Сеньйора Регіна дуже пишається її роботою.

— Я зрозумів, що їй подобається це... заняття.

— Так, це просто дар! І вона використовує його вельми майстерно. Впевнена, коли-небудь Каміла відкриє свій салон — навіть в столиці її майстерність оцінили б гідно! — не без гордості додала жінка.

— Так, Каміла — просто чудо, — погодився він, хоча висловлювання Пілар про майбутній власний салон Каміли не дуже припало йому до душі.

— А ось і я!

Себастьян обернувся на її голос. У легкій ситцевій сукні і зовсім без макіяжу Каміла йому подобалася набагато більше, ніж в попередньому містичному образі.

— Ти справді швидко! Тоді поїхали?

Замість відповіді вона взяла Себастьяна за руку.

— Їдьте, я сама тут все приберу, — махнула їм Пілар.

— Дякуємо! І до завтра! — вже на ходу у відповідь помахала рукою Каміла.

— До побачення, — ввічливо відкланявся Себастьян.

Після незвичних запахів салону теплий міський вітерець йому здався рідним. Поруч знову була Каміла. Він продовжував тримати її за руку навіть дорогою до залишеного скутера — ніби дівчина могла раптом зникнути, випаруватися в важкому густому повітрі. Себастьян не хотів її відпускати ні на хвилину.

— Я подумав... І хочу працювати з тобою, — повторив він те, що сказав їй вранці по телефону.

Каміла радісно обійняла його.

— Це було б просто чудово, — прошепотіла дівчина. — Я обов'язково поговорю з сеньйорою Регіною — думаю, вона погодиться.

— Сподіватимемося, — щиро відповів він.

Вечір знову закрутив їх в танку вечірніх вулиць. Безтурботно гуляючи містом, вони говорили про все на світі, пили каву і просто насолоджувалися товариством одне одного. Прощання біля дверей Каміли зазвичай розтягувалося майже на годину, і сьогодні все було так само. Знову і знову цілуючи дівчину, він більше всього на світі хотів опинитися по той бік її порога... Але, як і раніше, не смів просити про це.

Коли двері знову зачинилися, приховавши за собою Камілу, Себастьян лише зітхнув. Він не буде її квапити. Не стане виявляти зайву наполегливість...

Ніч зглянулася над його сумним серцем: замість майже звичних кошмарів він бачив кохану в білій сукні — вона танцювала красивий повільний танець, легко кружляючи в хмаринці білого тюлю і мережив. Найтонша вуаль майже повністю приховувала її обличчя, а навколо розпускалися яскраво-червоні троянди. Заворожений чудовим видовищем, Себастьян поспішав до коханої, простягав до неї руки, але дівчина вислизала від нього, все кружляючи в своєму танці. Майже вибившись із сил, він біг за нею... поки не схопив її витончену руку в тонкій білій рукавичці. Їх пальці сплелися — так міцно, що навіть крізь сон хлопець відчув біль...

А прокинувшись, прийняв єдине можливе рішення, так вчасно підказане дивним сном. Звичайно ж, він зробить їй пропозицію! Каміла повинна стати його дружиною, адже він бачив, відчував і не міг помилитися — їхні почуття взаємні і вона дійсно любить його! Вони будуть разом... І весілля слід організувати особливе, прекрасне — таке, яке тільки може бути в дівочих мріях. Все повинно стати незабутнім! І він подбає про це.

Поки що Себастьян не знав, з чого почати, але був упевнений на сто відсотків — він зробить все, що вона тільки забажає. Все, щоб їй було добре...

Зігрітий такими думками, хлопець почав занурюватися в сон зі щасливою посмішкою на обличчі. І тепер не чув, як тривожно завила за вікном сирена на поліцейській машині, котра мчала вулицею. Всі тривоги і смуток решти світу не обходили його, поки він плив на хвилях фантазії в світі щасливих мрій...

Глава 17
Учень

— Значить, ви і є той самий Себастьян, про якого я так багато чула?

Голос сеньйори Регіни, сухий і звучний, був під стать їй. Висока, струнка, якщо не сказати худа, ефектна жінка років п'ятдесяти зі стриманим інтересом роздивлялася злегка збентеженого Себастьяна. Строгий чорний костюм, котрий вигідно підкреслював фігуру, додавав їй елегантності. Темно-карі, кольору міцної кави очі на блідому обличчі дивилися суворо й прохолодно. Її можна було б назвати красунею, якби не пряма лінія тонких вуст.

Під поглядом жінки, пильним, як у шкільної вчительки, яка вимагала ідеального порядку, Себастьян чомусь відчував себе учнем-бешкетником.

— Так, сеньйоро.

— Каміла розповіла мені про ваше бажання спробувати себе, працюючи в нашому салоні. Що ж... Поки не можу дати вам відповіді — вона буде залежати від того, як я оціню вашу роботу. Наскільки розумію, у вас більше досвіду в якості художника, аніж візажиста, чи не так?

— Саме так... — він не знав, що ще відповісти.

Власне, досвіду візажиста у нього не було зовсім — тим часом хлопець вирішив про це промовчати, щоб його негайно не виставили за двері.

— Але якщо ви такі вправні, як стверджує Каміла, — продовжувала господиня закладу, перевівши погляд на дівчину, — я дам вам шанс показати себе в роботі. Сьогодні в салоні є замовлення.

Нехай Каміла введе вас в курс справ і дасть можливість проявити свої таланти.

Дівчина лише слухняно кивнула у відповідь.

— Тоді я вас більше не затримую. Приступайте. І покличете мене, коли закінчите.

Давши зрозуміти, що вона вже все сказала, сеньйора Регіна різко повернулася на тонких високих підборах і пішла геть, дзвінко вистукуючи ними по паркетних дошках підлоги.

— Здається, я їй не сподобався, — пробурмотів Себастьян, прямуючи слідом за Камілою до входу в підвал.

— Чому ти так вирішив? Вона завжди така, — знизала плечима дівчина. — Побачиш, вона гідно оцінить тебе!

— Ось цього я й боюся, — чесно зізнався хлопець. — Адже досвіду у мене ніякого. Напевно, це була не найкраща ідея...

— Не кажи дурниць! — відмахнулася від його сумнівів Каміла. — Все у тебе вийде, якщо тільки захочеш. Досвід набувається в роботі. А я навчу тебе всьому необхідному.

Себастьян кивнув, проте його впевненість у своїх можливостях після зустрічі з директором салону серйозно похитнулася. Може, тому пояснення Каміли, які фарби і засоби для чого призначені, він слухав без ентузіазму. Дівчина не могла не помітити цього. Зупинивши свою лекцію, вона взяла хлопця за руку і заглянула йому в очі.

— Себастьяне... Даремно ти сумніваєшся в собі, — сказала серйозно. — А я не сумніваюся. І знаєш, чому? Повинна тобі де в чому зізнатися... Пам'ятаєш, коли я була в тебе в гостях і ти пішов проводити додому Слай?

— Пам'ятаю, звичайно...

— Ви пішли, і... Я не втрималася і заглянула до тебе в кімнату. І побачила ту картину... Це ж ти малював, правда?

— Правда. Але це ж просто картина, — злегка ніяково знизав плечима Себастьян, немов його викрили в недозволених пустощах.

— Ні, не просто картина — справжнє полотно! Її... мене малював не дилетант, а художник — це побачить будь-хто, хто б не глянув на полотно. Я не розумію, чому ти не користуєшся своїм талантом, а ховаєш його. Адже талант для того й потрібен, щоб привносити в наш світ щось хороше. Красу... І сьогодні ми будемо робити саме це. Просто замість полотна перед тобою буде обличчя людини. На ньому треба намалювати картину — так, щоб тобі повірили, що побачене очима оточуючих — теж справжнє. Смерть вимагає до себе поваги. І нашою роботою ми висловлюємо повагу до неї і до тієї людини, для якої робимо це.

Слова Каміли перервав різкий звук ліфта. В ту ж мить двері до підвалу відчинилися, в приміщення заглянув невисокий чоловік середніх років, одягнений в джинси і простору футболку.

— Можна? Привіт, Каміло!

Він відразу підійшов до них і дружньо простягнув руку Себастьяну.

— А це у нас...

— Себастьян! — хлопець потиснув простягнуту руку. — Сподіваюся, буду працювати у вас — помічником Каміли.

— Дієго! Я теж тут працюю. Транспортний відділ, так би мовити. Забезпечую клієнтам комфортну доставку, — не припиняючи говорити, хлопець відчинив дверцята ліфта і спритно виштовхав з кабінки вже раніше бачений Себастьяном столик на колесах. На ньому лежав небіжчик, прикритий білим простирадлом.

Себастьяну стало не по собі від думки про те, що він зараз змушений буде робити. Дієго, наче вгадавши настрій юнака, підійшов до нього і поплескав його по плечу.

— Не хвилюйся, у нашої Каміли ти теж станеш майстром! Якщо хоч трохи щось вмієш, то далі вона тебе навчить... Заради такої красуні, як вона, я б теж ризикнув. Але, на жаль, найкраще в руках я тримаю кермо, а пензликом тільки в школі пробував... Ну, ще, коли кота разом з сестрою прикрашали чорною фарбою, щоб зробити йому смужки, як у тигра. Ох і влетіло нам тоді від матері! Досі вуха болять, як згадаю, — Дієго широко посміхнувся. Похмура обстановка підвалу, здається, зовсім на нього не діяла. — Ну, удачі вам обом! А я побіжу — треба ще катафалк приготувати, а то ліве заднє чомусь знову приспускає. Побачить Регіна —

з мене колесо зробить, — продовжував базікати Дієго, вже зникаючи за дверима.

— Ой, не знаю, чи влетить йому через колеса, а ось за те, що знову не надів костюм, — точно отримає, — похитала головою Каміла. — Не любить він костюми страшенно, особливо з краваткою…

Себастьян тільки неуважно кивнув. Зараз його набагато більше, ніж подробиці про водія, хвилювало зовсім інше… І це інше ховалося під білим простирадлом.

Каміла зрозуміла його мовчання правильно. Підійшовши до каталки, акуратно зсунула простирадло, відкривши обличчя небіжчика — вірніше, небіжчиці. Це була жінка років під шістдесят. Худе, навіть виснажене обличчя зберегло на собі відбиток хворобливості.

— Що ти бачиш? — тон Каміли був зараз тоном вчителя, який викладає учням урок.

— Жінка. Не дуже стара. Напевно, вона хворіла перед смертю — тому така худа.

— Правильно, — погодилася його наставниця. — Значить, як тут слід діяти? Якщо ми додамо фарб і зробимо обличчя яскравим, виразним, це не буде виглядати природно. Тут потрібна обережність — злегка додати кольору, зробити обличчя як у сплячої людини. Мирно сплячої, доброї і милої жінки — такою вона повинна залишитися в пам'яті дітей та онуків. Отже…

Розкривши рот, Себастьян ловив кожне її слово. Вона дістала кілька баночок з гримом, пензлики — свої основні інструменти. Слухаючи пояснення, хлопець плавно і делікатно, трохи тремтячою рукою почав вирівнювати тон.

Все, що відбувалося, дійсно нагадувало створення картини. Кілька шарів фарби обережно змішувалися, створюючи новий образ. Захопившись, юнак вже забув про свої упередженняі і страхи, пензлики все впевненіше пурхали в його руках, додаючи, де потрібно, більш темний або ж більш світлий відтінок. М'який овал обличчя, більш рожеві — губи, чіткіший вигин брів… Себастьян не помітив, як давно вже сам, без допомоги Каміли додає останні штрихи до портрету. І тільки відчувши на собі ще чийсь пильний погляд, відірвався від свого заняття.

У дверях, на відстані кількох кроків від них, стояла сеньйора Регіна — схоже, вона перебувала тут вже досить давно, і він, захоплений роботою, не помітив її появи. Директриса, дзвінко застукавши підборами по кам'яній підлозі, підійшла ближче і уважним поглядом оцінила обличчя мертвої жінки.

— Непогано, юначе, дуже навіть непогано, — винесла нарешті свій вердикт завмерлому в очікуванні Себастьяну. — Думаю, з вас буде толк. Можете залишитися, — додала, зробивши ефектну паузу. — Каміло! За стажера відповідаєш ти. Нехай поки вчиться, а далі — подивимося.

— Дякую, — видихнув Себастьян, у нього наче з плечей звалився важкий камінь.

Коли за пані Регіною зачинилися двері, хлопець теж відійшов на кілька кроків і оглянув своє перше — в якості учня — творіння. Несподівано він відчув до цієї мертвої жінки симпатію. Вона була вже не просто тілом, а земною обителлю людини, яку залишила душа.

— Ось бачиш, у тебе все вийшло, — ласкаво торкнулася його плеча Каміла. — А ще мені здається, тобі це теж сподобалося, — тихіше додала вона і подивилася йому в очі.

— Якби мені сказали таке раніше — ще місяць тому, я б ні за що не повірив, — похитав головою Себастьян. — А тепер... По-моєму, ти права. В цьому є щось... Щось особливе. З тобою я почав дивитися на світ по-іншому. І це мені подобається.

Не стримуючи пориву раптової ніжності, Себастьян пригорнув дівчину до себе і торкнувся її губ поцілунком. Вона обняла його за шию. Гаряча хвиля закрутила їх, змушуючи забути про все на світі... Мовчазний свідок такого прояву почуттів терпляче чекала осторонь, поки на неї знову звернуть увагу, і зовсім не заважала цим двом — таким молодим і таким живим...

За їх спинами рипнули двері, змушуючи хлопця і дівчину миттю прокинутися, але моторний Дієго заглянув всередину секундою раніше до того, як вони встигли це зробити. Водій катафалка від несподіванки лише крякнув і зніяковіло опустив очі.

Каміла, почервонівши, блискавично кинулася збирати свої пензлі й баночки.

Коли дівчина повернулася до них спиною, Дієго змовницьки підморгнув Себастьяну і схвальним жестом підняв угору великий палець: мовляв — правильно, друже, нічого час втрачати — життя минає...

А вголос як ні в чому не бувало запитав:

— То що — взяли?

— Взяли! — радісно підтвердив Себастьян. — Поки стажистом.

— Ласкаво просимо на борт нашого кораблика, так би мовити! А щоб кораблику добре плавати, за це потрібно — що?

— Що? — не зрозумів Себастьян.

— Потрібно випити! — потер руки Дієго, немов уже передчуваючи хороші посиденьки. — Привід є, і з тебе — текіла!

— Гаразд! — з готовністю відгукнувся Себастьян, правда, кинувши швидкий погляд на Камілу.

Все ще сконфужена, дівчина ніяк не відреагувала.

— Тільки після роботи, бо...

— Дієго, ви там ще довго? — почувся зверху стурбований голос Пілар. — Доротея чекає, їй же труну прикрасити треба!

— Уже йдемо! — крикнув Дієго і тут же підхопив каталку. — Гей, Себастьяне, заштовхуй її сюди! — скомандував він, відчиняючи двері ліфта. — І давай зі мною нагору, адже її перекласти треба... Освальдо кудись вийшов, а Матео, цей білоручка, ніколи не допоможе! Та й користі з нього, чесно кажучи, як з курчати, — продовжував безтурботно базікати водій, нітрохи не бентежачись присутності небіжчиці.

Себастьян з вдячністю відгукнувся на його заклик допомогти — завдяки безпосередності Дієго він вперше відчув свою причетність до цього місця. Він був тут уже майже своїм...

Тепер залишилося повідомити дону Карло, що тому доведеться шукати нового працівника: Себастьян більше не буде розвозити картонні коробки з піцою на старій розвалюсі — моторолері... Хлопець уявив, як здивовано витягнеться при цьому обличчя боса, і широко посміхнувся. А близьке сусідство трупа на каталці вже не заважало йому...

Глава 18
Дивні розмови

Себастьян, як і хотів, звільнився з попередньої роботи відразу після повернення дона Карло.

І хоча майбутнє хлопця тепер виглядало вельми примарно — хто знає, як піде далі його робота помічником Каміли? — але, розлучаючись з частиною колишнього життя, він відчував величезну радість. Немов останні кілька років, які виглядали відтепер суцільною сірою смугою, він тільки й чекав появи когось, хто розфарбує його самотнє існування яскравими кольорами, перетворюючи дні в маленькі свята, щоб його життя наповнилося справжніми почуттями та переживаннями.

З моменту знайомства з Камілою у юнака більше не було часу страждати від нудьги і незадоволеності собою й своїм існуванням. Кожна зустріч, кожен день, проведені разом з нею, були такими ж неповторними, як справжні вірші про кохання, — маленькі твори мистецтва.

Їм ніколи не було нудно разом, а тепер, коли у нього з'явилося спільне з Камілою захоплення (як не дивно, Себастьян всерйоз захопився уроками незвичайного візажу), вони ще більше зблизилися. Його дивували поради декотрих проводити хоча б іноді вечори порізно, щоб не набриднути одне одному.

Для нього ж день або вечір без коханої був сповнений болісного очікування. Навіть в магазин за покупками вони ходили разом, часто — тримаючись за руки, щоб не розлучатися і на такий короткий час.

Він вірив, що Каміла також відчуває подібне — і досі у нього не було ніякого сумніву в цьому. Себастьян ніколи не розпитував її про минуле, як і не прагнув говорити про своє — воно наче перестало існувати з моменту їхнього знайомства.

Того вечора хлопець повернувся додому переодягнутися. Дорогою назад Себастьян хотів заскочити в який-небудь супермаркет — купити пляшку шампанського і фрукти.

Каміла сьогодні вперше сіла за кермо на курсах водіння, і цю подію обов'язково слід відсвяткувати! Незважаючи на те, що страх перед автомобілями після недавньої аварії у дівчини ще залишився, вона, не замислюючись, погодилася вчитися водінню. І така перемога над своїми страхами вимагала заохочення... Або просто Себастьяну хотілося влаштувати для коханої приємний маленький сюрприз.

Та тільки-но він, вийшовши з машини, піднявся на ґанок власного будинку, як почув знайомий голос і зупинився. Це був голос з минулого.

— Себастьяне, привіт!

Його покликала Роза — струнка дівчина вище середнього зросту, з густим кучерявим волоссям. Схоже, вона зовсім не змінилася за той час, поки вони не бачилися. Скільки? Рік чи більше? Колись вони зустрічалися, але потім Роза познайомилася, за її словами, зі «справжнім хлопцем» і дала зрозуміти Себастьяну, що між ними все скінчено...

Однак чому зараз вона опинилася біля його будинку?

Себастьян був настільки здивований, що навіть не відразу відповів на привітання. Лише коли дівчина підійшла ближче, він нарешті привітався з нею.

— Як твої справи?

Вона стояла за крок від нього, посміхаючись, але посмішка здавалася чомусь трохи натягнутою, а в очах, крім цікавості, виблискувала ще й якась настороженість. Ніби Роза чекала від колишнього хлопця якогось неадекватного вчинку.

— Я тут була у подруги й побачила, що ти під'їхав до будинку. Вирішила зайти привітатися... Ти купив машину?

Вона оцінююче, але без особливого інтересу глянула на «жука».

«Що їй треба?» — ця думка не переставала крутитися в голові Себастьяна.

— Можна увійти чи так і будемо стояти на порозі? — тепер вона вже здавалася скривдженою.

— Вибач... Заходь, звичайно. Правда, я не чекав гостей...

— Я тільки на хвилинку, — запевнила його дівчина, заходячи за ним слідом.

І знову той же оцінюючий, пильний погляд, ніби вона чекала побачити щось таке, а не помітивши, залишилася розчарованою.

У свою чергу Себастьян трохи розгубився. Про що їм говорити після того, як вони цілий рік не спілкувалися? Колись, відчуваючи себе непотрібним і кинутим, він би багато віддав, щоб Роза повернулася до нього. Щоб дівчина ось так, без запрошення, увійшла в його будинок... Але зараз її поява не викликала у хлопця ніяких почуттів, крім збентеження.

— То як ти живеш? Розповідай, — знову посміхнулася вона.

— Добре, не скаржуся. А ти?

— У мене все чудово, — мовила Роза і знову з великою цікавістю подивилася на співрозмовника.

Себастьяну здалося, що вона чогось чекає від нього, але чого саме — він рішуче не розумів.

— Я чула, тебе вигнали з роботи, — раптом заявила дівчина, не дивлячись йому в очі, — і ти сильно постраждав, коли розбився на машині...

— Не на машині, а на мотоциклі, — машинально виправив її він. — І не розбився, а просто вилетів на узбіччя... Зовсім я не постраждав — пара дрібних подряпин, думаю, це можна не брати до уваги. До речі, з роботи мене теж не вигнали — я лише знайшов краще місце.

— Так? І де ж?

— В одному салоні.

Себастьяну чомусь зовсім не хотілося говорити старій знайомій всю правду. Та й хто вона така, щоб ось так, без запрошення, бути тут і влаштовувати йому справжній допит?

— А звідки у тебе такі відомості про мене? — не втримався хлопець. — Не пам'ятаю, щоб я розповідав комусь про аварію...

«Слай! Тільки вона могла розпатякати все Розі. Але навіщо говорити про те, чого не було? І не схоже це на неї — колишня сусідка, хоч і базікало й може іноді пліткувати, проте розповідати таку нісенітницю точно не стане...» — промайнуло в голові Себастьяна, поки він, уже з деяким роздратуванням, чекав відповіді незваної гості, яка, здається, зовсім не поспішала йти.

Роза тільки повела плечима.

— Вибач... Люди кажуть.

— Ось так просто й говорять на вулиці?

Він починав злитися. Розмова зовсім не клеїлася, і Себастьян тепер шкодував про те, що відчинив Розі двері. Але дівчина, здається, не помічала цього.

Себастьян не витримав. Зрештою, він не повинен вислуховувати якісь туманні плітки про себе, тільки даремно вбиваючи час з нелюбою особою — тінню з минулого, для якої більше немає місця в сьогоденні. А йому ще треба встигнути в магазин...

— Приємно було поговорити з тобою, Розо, але мені пора збиратися — не хочу змушувати чекати мою дівчину, — сказав він.

— Дівчину? А як її звати? — збадьорилася та, його грубувата спроба закінчити спілкування, схоже, анітрохи не бентежила її.

— Каміла.

— І вона тебе чекає?

Роза запитала з таким непідробним подивом, ніби він зізнався їй, що зустрічається з привидом і тепер у них призначено побачення опівночі...

— Так, вона мене чекає! Мене чекає краща дівчина на світі, і тому я поспішаю, — раптом з гордістю додав він.

Його вже не бентежило те, як дивно Роза дивилася на нього — ніби не вірила жодному слову хлопця. Так дивляться на хворих, яких шкодують... Але зараз це вже не мало для нього ніякого значення — як і в цілому поява цієї тіні з простроченим терміном давності.

— Гаразд... Мені теж пора. Рада була побачитися, Себастьяне, — пробурмотіла Роза, прямуючи до дверей.

— Всього доброго!

Себастьян не встав, щоб провести її. А коли за нею зачинилися двері, зітхнув з полегшенням.

Сказати по правді, він анітрохи не сердився на Слай (хто ще міг розказати Розі про Камілу і аварію?), хоча поява пліток виявилася неприємним сюрпризом. Яке кому діло до його життя? Адже й Роза прийшла не для того, щоб підтримати його... А навіщо взагалі вона приходила?

І сама поява дівчини, і її питання, і те, як вона на нього дивилася, — все здавалося якимось неприродним, натягнутим, ніби маска, яка погано сидить й під якою приховано щось зовсім інше. Але що саме — з'ясовувати це у нього не було ніякого бажання.

Однак при зустрічі він нагадає Слай, що друзі не обговорюють особисте життя інших з їх «колишніми»...

Махнувши рукою на всі незрозумілі дивацтва, Себастьян повернувся до своїх початкових планів — швиденько привести себе в порядок, захопити трохи грошей і рвонути за сюрпризом для коханої.

Так, колись йому подобалася Роза, і навіть дуже — настільки, що він думав, ніби закоханий в неї. Але нічого хоча б віддалено схожого на те, що було у них зараз з Камілою, з ним ще не відбувалося. І не станеться. Адже справжнє кохання буває тільки раз у житті...

Подумки переключившись на вже звичну хвилю, він зовсім перестав думати про Розу.

Однак, якби Себастьяну раптом спало на думку виглянути у вікно, він би помітив, як, віддаляючись від його будинку, дівчина розмовляє по телефону і боязко озирається назад.

А якби він зміг почути те, про що швидко розповідала Роза своєму співрозмовнику, то здивувався б ще більше...

Глава 19

Санітарний день

Перше, що побачив Себастьян, під'їжджаючи до салону, — нову вивіску над дверима: «Салон „Санта Муерте". Ритуальні послуги» — текст залишився попереднім, хоча накреслення літер змінилося, від зовсім простого — до більш вишуканого. А збоку від дверей красувався рекламний щит, на якому в оточенні пониклих троянд скромно стояла... сама Свята Смерть. Щит цей саме красувався, адже фігура на ньому неминуче привертала увагу, вона лякала, була величною і по-своєму, абсолютно по-особливому — прекрасною...

— О, сеньйоре Себастьяне, доброго ранку! — до дійсності його повернув спокійний і звучний голос, який змусив хлопця усе-таки здригнутися.

Перед ним стояла господиня салону. На ній знову був ефектний чорний костюм, тепер уже з щільного шовку, незважаючи на спеку на вулиці. «Я поки що не бачив, щоб вона носила одяг іншого кольору, — про себе відзначив Себастьян, відповідаючи на вітання. — Хоча їй зовсім не обов'язково так одягатися: адже господиня ніколи не бере участі в самому похороні, як, наприклад, Освальдо або Дієго. Але між тим вона постійно в чорному — і завжди добре виглядає. Правда, на її обличчі рідко гостює усмішка. Однак в салоні ритуальних послуг це цілком доречно...»

Насамперед, переступивши поріг, він уже шукав очима Камілу. Сором'язлива дівчина вирішила, що все ж вони будуть добиратися на роботу порізно — хоча б на перших порах. Не слід поки доводити до відома всіх про те, які в неї стосунки з помічником.

Її хвилювала не так думка інших (до речі, Себастьян був прийнятий в колектив дуже прихильно), як те, що це може не сподобатися сеньйорі Регіні. Адже в такому випадку — прощавай, нова робото. Тому вони вирішили не афішувати своє кохання.

Дієго, як запевняла Каміла, теж не мав базікати про сцену, випадково побачену ним за дверима. Правда, Себастьян в цьому сильно сумнівався, підозрюючи, що водій катафалка — пліткар не слабший за Слай, однак заперечувати не було сенсу: все стане на свої місця само собою, треба лише трохи почекати...

— Сеньйоре Себастьяне, у нас сьогодні санітарний день, — знову повернув його до реальності владний голос Регіни. — Тому постарайтеся допомогти колегам навести порядок на робочих місцях. Генеральне прибирання напередодні свята буде доречним, — завершила вона свою коротку промову, єдиним слухачем якої виявився Себастьян. Інші, як з'ясувалося, вже працювали, виконуючи розпорядження господині салону.

— Привіт, хлопче! — добродушно поплескав його по плечу вільною рукою Матео-старший, котрий тяг величезне відро з водою. — Як тобі наша нова вивіска? — підморгнув юнакові хитрий продавець. Його широке обличчя розпливлося в усмішці. — Вона просто прекрасна, чи не так?

— Правда. Каміла в цьому образі неповторна, — чесно сказав Себастьян.

Матео з побоюванням покосився в бік кабінету господині.

— Гаразд, біжи давай, а то наша мадам щось сьогодні не в дусі. Знову причепилася зі своїм прибиранням. Їй би тільки ганчіркою махати. Точніше — щоб інші махали. Що тут прибирати, якщо й так чисто? Синочок, напевно, знову щось утнув, ось вона й злиться. А на нас зганяє лють, — останні слова Матео вимовив вже пошепки, знову підхоплюючи своє відро.

Злегка стурбований, Себастьян поспішив до Каміли.

Дівчина була там, де він і очікував її знайти, в підвалі-майстерні. Вона теж чесно прибирала — щітки та ганчірки лежали на столі, а Каміла, стоячи навшпиньках, якраз витирала пил з верхівки шафки.

Побачивши на порозі Себастьяна, залишила своє заняття й поспішила до нього.

— Ласкаво просимо в робочі будні, — сумно посміхнулася вона після звичайного вітання, і Себастьян помітив, що у неї зовсім немає настрою. — Нічого не поробиш, роботи у мене — та й у інших — не так багато, як хотілося б. У Росаріто, на жаль, або краще сказати — на щастя... помирає мало людей. Та й ми не єдиний салон. Тому регулярні прибирання трапляються набагато частіше, ніж справжня робота.

— Може, все не так вже й погано.

Себастьян почав допомагати Камілі. Хлопець бачив, що це нудне заняття, на відміну від створення шедеврів візажу, зовсім не радує його дівчину. Він багато віддав би за те, щоб Каміла могла робити улюблену справу, але, на жаль, в цьому був безсилий. Щоб відволікти її, під час прибирання юнак став розповідати різні історії — всі, які тільки міг пригадати.

Каміла неуважно посміхалася, іноді хитала головою, проте, як і раніше, була сумною.

— Слай разом з Педро запрошують нас до себе на свято, — вдався він до останнього козиря, прихованого на вечір. — Що ти про це думаєш?

— Зовсім непогано, — трохи пожвавішала Каміла. — Але тільки після концерту на площі, — швидко додала вона. — Адже ми підемо туди, правда?

— Звичайно, як ти захочеш! — Себастьян зараз готовий був запевнити її в чому завгодно, тільки б трохи підняти дівчині настрій.

І хоча сам він не належав до великих любителів вуличних парадів і галасливих концертів, які зазвичай влаштовували на День міста влада Росаріто, але заради Каміли...

Глава 20
Фламенко на площі

Себастьян спостерігав за карнавальною ходою, що вела в бік центральної площі.

«День міста, напевно, всюди відзначається з розмахом, — думав він. — Навіть в найубогішому містечку, що шанує свої традиції. Але святкувати так, як це роблять мексиканці, не вміє ніхто...»

У той день, здається, всі жителі Росаріто вважали своїм обов'язком взяти участь у святі — від старих до найменших городян. Вбрані, часто — в національних костюмах, люди співали й танцювали прямо на вулицях. Ряджені на височенних ходулях, в масках крокували по дорозі, підносячись над строкатим натовпом. Навіть байкери не залишилися в стороні — колона мотоциклістів, прикрашених стрічками, роз'їжджала по вулицях, збираючи захоплені вигуки глядачів.

Не без гордості Себастьян йшов поруч з Камілою, тримаючи її руку в своїй, і не міг не помічати, як зацікавлено дивилися на його дівчину: із захопленням — чоловіки, і злегка заздрісно — жінки. Тому була причина: в яскраво-червоній сукні, що м'якими складками струменіла вздовж її струнких ніг, вона виглядала справжньою красунею. Але, можливо, було ще щось: її обличчя світилося щасливою закоханістю. Адже саме кохання прикрашає жінку, як ніщо інше...

На центральній площі вже зібрався натовп. Продавці вуличної їжі насилу справлялися з кількістю замовлень. Різнокольорові повітряні кулі і цукрова вата, гучна музика і сміх — все змішалося в яскравому калейдоскопі свята...

Нагулявшись вдосталь, Себастьян вже хотів залишити гучну площу і вкрасти свій скарб у святкового міста, щоб скоріше усамітнитися з коханою. Але Каміла ніби чекала чогось і не поспішала йти.

Все з'ясувалося трохи пізніше. Глядачі звільнили місце на площі, зібравшись у велике коло, і в його центрі стали виступати танцюристи з численних танцювальних шкіл.

Себастьян не надто захоплювався танцями. Колись давно, ще в молодших класах, бабуся привела його на заняття в групу сучасної хореографії. Але, чесно відмучившись кілька тижнів, викладачка в пориві емоцій накричала на не надто успішного учня, порівнявши його з ведмедем на арені цирку... З того часу танцювальний гурток він більше не відвідував. Набагато пізніше, вже підлітком він таки завчив декілька послідовних рухів, однак на цьому його хореографічні подвиги закінчилися...

Тим часом танцюристи на площі були дійсно чудові. Не підтримати їх оплесками — значить висловити повну неповагу. Тому разом з усіма Себастьян і Каміла залишилися спостерігати за танцювальними етюдами окремих виконавців і цілих груп. У самий розпал імпровізованого концерту дівчина раптом ніжно торкнулася його руки.

— Почекай мене тут, добре? Тільки не йди нікуди! Я скоро повернуся, — шепнула вона йому на вухо і вмить розчинилася в натовпі.

Себастьяну нічого не залишалося, окрім як виконати несподіване прохання. Але без Каміли яскрава мішура свята швидко втратила свою привабливість. Тепер все навколо видавалося лише строкатою суєтою...

Час минав, проте дівчина не поверталася. Трохи провагавшись, він набрав її номер, але довгі гудки тонули в навколишньому шумі — Каміла не брала трубку.

«Нічого дивного, навряд чи тут можна почути дзвінок мобільного», — втішав себе він, і все ж тривога наростала. Куди вона зникла? Чому нічого не пояснила?

— Наступний танець його виконавиця присвячує своєму хлопцеві, якого звуть Себастьян! — пролунав раптом голос розпорядника танців. — Отже, зустрічайте: Каміла Алонсо!

Почувши знайоме ім'я, Себастьян озирнувся... і завмер від подиву: посеред сцени стояла саме вона — його Каміла! Але як таке можливо?!

— Як таке можливо? — прошепотів він сам собі, вражений ще більше, коли під звуки пристрасного фламенко струнка постать в сукні, котра розвивалася від швидких рухів, граціозно злетіла в танці.

Вона, здавалося, то пливла, немов гордий лебідь, то раптом при прискоренні ритму музики злітала вгору радісною чайкою, що не відає перешкод.

Ні, це не були спроби дилетантки привернути до себе увагу — в кожному русі за уявною легкістю проступала майстерність, відточена роками. Як і де вона встигла навчитися так танцювати?!

Зараз, під крики захопленої юрби, молода танцівниця своїм тілом, ритмом рухів, схоже, малювала особливу картину — кохання і пристрасті, радості зустрічей і болю розставань. І ця картина призначалася йому! Для нього одного танцювала вона, його погляд шукала серед сотень інших...

Музика вже змінилася новою, і під бурхливі оплески чарівниця танцю зникла зі сцени, а він все стояв нерухомо, немов продовжуючи вбирати в себе кожен момент танцювального дійства заново, щоб зберегти в розбурханому серці назавжди.

— Тобі сподобалося? — почув Себастьян поруч найближчий голос в світі.

З рум'янцем, блискучими очима, все ще схвильовано дихаючи, Каміла здавалася зараз якимось небесним створінням, ангелом, посланим на землю, щоб принести в своїх долонях рай для звичайного смертного, котрий не відає, чим заслужив подібне щастя.

— Це було... просто приголомшливо! У мене навіть немає слів, — чесно зізнався він. — Я і не підозрював, що ти вмієш так танцювати.

Обличчя Каміли світилося радістю.

— Я ще з дитинства танцюю. Може, й нічого особливого...

— Не кажи так! Це було... було... — він тільки розвів руками, не в силах знайти підходящі слова, щоб висловити свої почуття.

— Я танцювала для тебе.

— Знаєш, для мене ніхто ніколи нічого подібного не робив, — тихо вимовив хлопець, але дівчина почула його слова, незважаючи на навколишній шум.

Вони стояли, тримаючись за руки і мовчки дивлячись в очі одне одному. Їх погляди були красномовнішими за будь-які слова...

— Йдемо звідси, — сказали майже одночасно й разом розсміялися над цим.

— Ну, я ж казала, вони десь тут! — знайомий голос перекрив гучну музику.

І поруч з ними з натовпу виринула Слай, тягнучи за руку злегка розпатлану смагляву жінку в індіанському костюмі.

— Привіт! Нарешті ми вас знайшли! — вигукнула вона задоволеним тоном й прожогом кинулася до Каміли. — Ну ти і феєрверк влаштувала! — захоплено заторохтіла, обнявши дівчину, немов близьку подругу. — Просто клас! Ти найкраща танцівниця — куди цим! Йдемо звідси — після танцю Каміли дивитися тут вже більше нема на що... До речі, познайомтеся — Ванесса! Ванесса, а цей хлопець, що стоїть з відкритим ротом, — мій друг дитинства Себастьян, ось ця красуня — його дівчина, яка п'ять хвилин тому всім тут піддала жару.

Продовжуючи збуджено тараторити, Слай впевнено тягнула за собою через натовп тепер вже двох дівчат.

Наздоганяючи супутниць, Себастьян зловив себе на думці, що вперше в житті відчував досаду в зв'язку з появою подруги дитинства. Але вона дійсно схожа на стихійне лихо, тому її можна було прийняти лише такою, яка є...

Залишок вечора минув у галасливій компанії: у будинку Слай зібралися їх з Педро друзі та родичі, яких виявилося не так вже й мало, як у Себастьяна. Каміла сміялася від душі над невгамовними жартами Слай. Та й Педро був господарем куди більш привітним, ніж слід було собі уявити за прискіпливими розповідями його дружини.

Лише посеред ночі, коли на чорно-сірому покривалі міського неба почали з'являтися світло-сірі смуги, стомлені й задоволені гості нарешті зібралися йти.

Викликавши таксі, Себастьян повіз Камілу додому: сідати за кермо після бурхливого застілля було б безвідповідально — адже тепер він відповідав не тільки за себе.

Схиливши голову, Каміла мирно дрімала у нього на плечі майже всю дорогу, а він обережно гладив її волосся в напівтемряві, не помічаючи ні святкових вогнів міських вулиць, ні гучної музики зі старенької автомагнітоли таксиста...

Піднявшись до її квартири, хлопець увійшов туди разом з дівчиною, яка ледь трималася на ногах від утоми.

— Ти можеш залишитися, якщо хочеш, — прошепотіла вона йому на вухо. — Вже пізно тобі їхати додому...

Як давно мріяв він почути подібні слова! Але тепер, коли вони були сказані, Себастьян розгубився.

Він сів поруч з Камілою на край дивана і не знайшов нічого кращого, ніж запитати:

— Ти хочеш чогось випити? Я просто вмираю від спраги...

— Так, і я теж! Подивися, будь ласка, в холодильнику: там у мене, здається, є цілий глечик лимонаду.

— Я зараз!

Себастьян метнувся на кухню. Злегка тремтячими руками він відчинив по черзі всі тумбочки, поки знайшов дві відповідні склянки.

Лимонад дійсно виявився в холодильнику. Розливши напій в посуд — і розплескавши приблизно стільки ж, — хлопець поспішив повернутися до Каміли. Жодної думки не залишилося більше в голові — переляканою зграєю вони кинулися врозтіч, і лише серце гучними ударами видавало його схвильованість...

Але, увійшовши до кімнати, Себастьян лише посміхнувся: згорнувшись клубочком на дивані, немов невелика граціозна кішка незвичайного забарвлення, Каміла міцно спала...

Поставивши вже непотрібні склянки на тумбочку, він тихо вимкнув світло і опустився на підлогу поруч з диваном — обережно, щоб не злякати її сон.

Дівчина спала, а він сидів, опершись на диванну спинку, і дивився на неї поглядом художника, який намагається вмістити в свідомості поки ще не створений шедевр. Йому хотілося запам'ятати її такою, безтурботно сплячою, зворушливо-наївною. Запам'ятати кожну складочку на сукні, кожну рисочку обожнюваного обличчя...

Світанок застав сплячими і Камілу, і Себастьяна — принцесу на дивані з її відданим лицарем, який так і заснув, сидячи на підлозі й тримаючи її за руку...

Глава 21
Велика розбірка в маленькому салоні

Ледве Себастьян встиг переступити поріг місця своєї нової роботи, як почув голос сеньйори Регіни. Директриса голосно вичитувала когось, не стримуючи гніву. Не минуло й хвилини, як двері кабінету начальниці відчинилися і звідти вискочив Дієго з червоним опухлим обличчям. Бурмочучи щось собі під ніс, він швидко позадкував до виходу, а потім зник, супроводжуваний співчутливими поглядами співробітників. Ще через пів хвилини двері відчинилися знову, тепер звідти, голосно сопучи, буквально вивалився Матео-старший. Виглядав він не краще, ніж його «колега у нещасті», і так само швидко поспішив залишити приміщення.

— Що це з ними?

Пілар, котра пробігала мимо, лише похитала головою:

— Обидва з'явилися на роботу не цілком тверезі. Ось сеньйора й дала їм прочухана. Як би взагалі не звільнила, — зітхнула жінка. — Нехай ще Матео — від нього всякого можна чекати, але Дієго...

Себастьян лише встиг вітально махнути Камілі, яка виходила з майстерні Доротеї. Двері грізного кабінету розчинилися знову, цього разу випустивши саму господиню.

Сеньйора Регіна притискала плечем телефонну трубку, при цьому блискучий погляд її очей — з бездоганним, як завжди, макіяжем — не віщував нічого доброго. Негайно всі працівники, жваво згадавши про дуже важливі й абсолютно нагальні справи, поспішили до своїх робочих місць — подалі від суворої начальниці.

Не встигли Каміла з Себастьяном спуститися в підвал, як до них приєдналася Доротея.

— Ви бачили, що сталося з Дієго? — з дверей випалила вона.

Здавалося, її просто розпирає від бажання скоріше поділитися свіжими новинами хоча б з кимось. У врівноваженого і не дуже багатого на події життя салону сьогоднішня пригода, мабуть, стала Пригодою з великої літери.

Доротея була дівчиною середнього зросту, з пухкими губами і тоненькими смужками брів. Своє волосся до плечей вона чомусь мелірувала, хоча меліровка зовсім не пасувала до її невиразного обличчя.

Доротею можна було б назвати милою в ті моменти, коли, перебуваючи в доброму гуморі, вона працювала над букетами, тихо наспівуючи щось собі під ніс. У такі хвилини її обличчя набувало мрійливого виразу, немов думки дівчини літали далеко від того, що робили руки. Але була ще одна обставина, котра час від часу перетворювала Доротею майже в красуню: коли поруч знаходився Освальдо, вона незрозумілим чином змінювалася. Дивлячись на молодого менеджера, Доротея ніби випромінювала ніжність й світилася зсередини.

Чи помічав він сам таке ставлення до себе, залишалося загадкою. Він не був близький ні з ким з персоналу салону настільки, щоб вести задушевні бесіди. Незмінно ввічливий і постійно зайнятий, Освальдо відмінно виконував свою роботу розпорядника похорону, хоча всі знали, що він вчиться на програміста і весь вільний час присвячує навчанню й майбутній професії.

Ось і сьогодні юнак взяв додатковий вихідний, щоб здати якісь свої тести, тому нікому було робити Доротею красивою...

— Сеньйора Регіна просто в страшному гніві! Наш водій і Матео — уявляєте, обидва з'явилися на роботу напівп'яними! — повторила вона те, що вони вже чули від Пілар. — Директриса миттю їх угледіла й повела до себе в кабінет. Але через кілька хвилин вигнала звідти: мовляв, йдіть обидва додому і проспіться, тільки не дихайте в мою сторону.

— Але що таке сталося з ними? Дієго взагалі ніколи раніше не дозволяв собі подібних речей, — сплеснула руками Каміла.

— У тому-то й справа, що не дозволяв! — підтакнула їй Доротея. — А тепер хто його знає, чим це для нього закінчиться. Адже Матео - родич сеньйори, вона його посварить-посварить та й пробачить, як уже не раз бувало, а Дієго...

— Ну не вижене ж вона його на вулицю через одну маленьку помилку? — повів плечима Себастьян.

Він щиро співчував бідолазі Дієго, пам'ятаючи, яким нещасним той виглядав вранці.

— Так, проте ви ще не знаєте, чому вони з Матео напилися вночі! — Доротея змовницьки озирнулася, ніби боячись, що їх хтось підслухає. — Через жінку!

— Через яку? Через ту, з якою зустрічається Дієго?

— Звичайно, через його останню пасію. Тільки вже в минулому часі.

— Стривайте, щось я не розібрав... Вони з Матео напилися разом через одну й ту саму жінку? — здивовано запитав Себастьян.

— Та ні! — відмахнулася Доротея і глянула на нього з легкою зневагою, немов подумала: «Ох вже ці чоловіки! Нічого не розуміють в амурних справах...» — Це Дієго засмутився через свою дівчину... Бо вона кинула його! І прийшов до Матео, вони вже давно дружать. А той швидко відшукав ліки від душевних ран — судячи з їхнього вигляду, літра два, не менше. І вони «лікувалися» мало не до ранку. І такими ось прийшли на роботу...

— Що, невже його знову кинула дівчина? — жаліслива Каміла засмучено похитала головою. — Бідному Дієго страшенно не щастить з жінками! Він з ними знайомиться, зустрічається... Але, коли вони дізнаються, ким він працює, відразу ж ідуть від нього! Це просто епідемія якась.

— Ну, водій катафалка, і що з того? — знизав плечима Себастьян. — Є роботи й гірші.

— Напевно, ці жінки так не думають. Тому Дієго досі холостяк.

— А давайте знайдемо йому наречену? — раптом запропонувала Доротея. — А що? Не гріх і допомогти людині...

— Гм... Навіть не знаю, з ким його можна познайомити, — мовила Каміла. — Жінки його віку вже давно заміжні, а зовсім молоденькі...

— А молода дівчина тим більше не буде зустрічатися з водієм катафалка, — підписала свій вердикт Доротея. — Але треба хоча б спробувати допомогти йому, адже так недалеко й спитися з горя. Я особисто візьмуся за це!

— Здається, у мене є одна кандидатура. Пам'ятаєш, Себастьяне, у твоїх друзів — у Слай та її чоловіка, на вечірці... — задумливо протягнула Каміла. — Дівчина, яку Слай постійно тягала всюди за собою — по-моєму, її звали Ванессою...

— Індіанка? — згадав Себастьян. — Гм... можливо... У всякому разі, полохливою або дурною вона мені не здалася.

— Мені теж...

Їх розмова обірвалася буквально на півслові: в цей момент двері підвалу відчинилися і по крутих сходинках вниз майже скотився хлопець років двадцяти, одягнений в дорогий світлий лляний костюм. Його волосся, котре по довжині не поступалося зачісці Доротеї, звисало пасмами, приховуючи половину обличчя — до речі, вельми симпатичного. З подивом Себастьян зазначив, що під стильним світлим піджаком у незнайомця сорочки не спостерігалося. Хто б це міг бути? Ще один працівник?

— Салют! І що ми тут робимо? Молотимо язиками? — безцеремонно хихикнув він і підійшов до Каміли. — Послухай, крихітко! Там твій портрет на стіні... Непогано, непогано. Але клієнтів можна було б залучити ще більше — якби тебе сфотографували... голою! Ну, що скажеш? Я б міг влаштувати фотосесію...

— Іди, Алехандро! — скривилася Каміла і рішуче відкинула руки хлопця, який вже поліз її обіймати. При цьому вона залишалася майже спокійною.

Від такого нахабства цього типу у Себастьяна просто мову відібрало, а пальці самі собою стиснулися в кулаки. Але Каміла, перехопивши погляд свого хлопця, незрозуміло чому зупинила його ледь помітним жестом.

— Дороті, а може, ти? Давай, переплюнеш цю ханжу за дві секунди, — легко залишивши Камілу, нахаба тепер крутився навколо Доротеї, намагаючись обійняти вже її. — Думаю, твої форми нітрохи не гірше! Ну, звичайно, подивитися б спочатку...

— Мені час іти!

Дівчина спритно вивернулася з його рук і побігла сходами вгору.

Алехандро хотів було повернутися до Каміли, але, наштовхнувшись на погляд Себастьяна, ніби на оголений мачете, раптом різко передумав. Бурмочучи під ніс щось нерозбірливе — здається, лайки, — хлопець пішов так само швидко, як і з'явився.

Себастьян і Каміла залишилися самі.

— Що це було? Що за вбране опудало? І чому ти не дозволила мені йому врізати? — голос Себастьяна звучав трохи сердито.

— Це ж син хазяйки! — відповіла Каміла пошепки. — Не звертай на нього уваги, він завжди такий.

— Нічого собі — не звертай уваги! Якби ти не зупинила мене, він би вже лежав тут! І не виключено — на тій самій каталці, що й твій клієнт. Тобі довелося б повозитися з ним добряче, щоб привести його до ладу... — ніяк не міг заспокоїтися Себастьян: поведінка нахабного Алехандро вивела його з себе.

— Стільки працівників, і все марно! — почувся раптом зверху роздратований голос власниці салону. — Себастьяне, потрудіться-но піднятися сюди, я хочу поговорити з вами!

Себастьян питально глянув на Камілу, але дівчина лише розгублено знизала плечима: хто його знає, навіщо це раптом сеньйорі Регіні так терміново захотілося бачити учня візажиста.

Хлопець слухняно піднявся сходами і підійшов до господині — в руках вона все ще продовжувала крутити телефон.

— Себастьяне, у вас є водійські права? — запитала Регіна, нервово притупуючи носком лакованого черевичка на незмінно високій шпильці.

— Так, сеньйоро, я воджу і автомобіль, і мотоцикл. А чому ви запитуєте?

— Бо мій водій перебуває в абсолютно непристойному стані. До того ж саме в той момент, коли він мені терміново необхідний! У Тіхуані треба забрати товари для салону, за них вже заплачено...

— Думаю, я зміг би забрати їх сьогодні, — запевнив її Себастьян.

— Не сьогодні, а прямо зараз! — скомандувала директриса. Однак було видно, що слова Себастьяна заспокоїли її. — Тоді беріть ключі, і виїжджаємо негайно. Алехандро! Ми їдемо! — її голос і цокіт шпильок почали віддалятися.

Каміла обережно визирнула з-за дверей:

— Ти повезеш її?

— А що мені залишається? — знизав плечима Себастьян. — Може, по дорозі я зможу замовити кілька слів за Дієго... Якщо вона буде в гарному настрої.

— Так, чудова ідея! — підтримала його Каміла. — Хай щастить!

Не чекаючи повторного повернення і без того роздраконеної пані, Себастьян швидко послав дівчині повітряний поцілунок і поспішив до сеньйори Регіни.

Якщо начальство про щось просить, вже краще допомогти йому добровільно...

Глава 22
Несподіваний сюрприз

Схоже, поїздка до міста була успішною: ближче до вечора Себастьян привіз назад повністю утихомирену сеньйору Регіну. А куди дорогою благополучно випарувався її синок, ніхто в салоні не питав.

Можливо, сеньйора про щось і говорила зі своїм новим працівником, у всякому разі, повернувшись з міста, Себастьян вже кілька разів натхненно підбігав до Каміли. Але потім знову зникав, так і не відкривши причину свого окриленого стану. Дівчина вирішила не розпитувати. Здається, її хлопець задумав якийсь сюрприз, і вивідувати про нього передчасно не варто. А так навіть цікавіше.

Зате сама вона чесно розповіла про план порятунку Дієго, який придумала спільно з Доротеєю. День сьогодні видався відносно спокійний, і Каміла вже встигла дещо зробити. Зідзвонившись зі Слай, отримала її гарячу підтримку. Індіанка Ванесса була незаміжньою. Дівчина заробляла на життя тим, що виготовляла сувеніри та віддавала їх на продаж торговцям з різних туристичних містечок.

Не гаючи часу, Слай пообіцяла знайти привід для знайомства холостяка з холостячкою: а раптом щось та вийде?

Себастьяна здивувала така оперативність, але він і сам не забув похвалитися — по дорозі йому вдалося трохи пом'якшити Регіну, розповівши їй про проблеми невдахи-водія. Він розрахував правильно: як і будь-яка жінка, директриса не змогла не поспівчувати невдатному в амурних справах чоловікові. Тому звільнення, судячи з усього, бідолясі Дієго поки не загрожувало...

Так вони балакали від душі, вкотре наводячи ідеальний блиск в невеликому робочому приміщенні, але все ж у поведінці Себастьяна залишався якийсь відтінок недомовленості. Навіть почувши чергову скаргу Каміли: «Ще один день пройшов даремно, без цієї роботи, бо в Росаріто вмирає не так вже й багато людей», Себастьян лише загадково посміхнувся, від чого Каміла вирішила, ніби він таки дійсно «на своїй хвилі».

Ці таємні думки не відпускали його весь вечір. Під час вечері (Каміла приготувала дивовижне рагу), і пізніше, коли вони гуляли містом, він був немов в легкому тумані.

З хлопцем явно відбувалося щось незвичайне. Він раптом запропонував розійтися сьогодні швидше, щоб гарненько відпочити перед завтрашнім днем, і тепер це вже не надто здивувало дівчину. Вона почекає! І не стане квапити коханого...

Але ранок замість заспокоєння приніс їй тривогу: зазвичай Себастьян сам телефонував раніше, щоб сказати «Доброго ранку!» і переконатися, що кохана не проспала підйом. Пунктуальній Камілі, котра ще жодного разу не спізнилася на роботу, все ж була дуже приємна така турбота з його боку...

Однак сьогодні телефон немов онімів, і його загадкове мовчання вже починало здаватися зловісним. Не витримавши, вона сама набрала номер свого хлопця і дуже довго слухала тільки гудки. І лише коли майже вирішила, що Себастьян загубив телефон, юнак відповів. Яким же полегшенням було почути знайомий сонний голос!

— Проспав?

— А скільки зараз... О-о-о! Нічого собі! Вже біжу! Дякую, що розбудила! — прозвучало в слухавці на фоні якогось гуркоту.

Вона трохи заспокоїлася, але від серця все ж повністю не відлягло: розгадки таємничої поведінки Себастьяна не було, і це не давало дівчині спокою...

Стурбована подібними думками, Каміла сама забарилася, тому вибігла з дому пізніше звичайного. Потрібний їй автобус, сердито сопучи чорним димом з вихлопної труби і важко похитуючись, пролетів прямо перед її носом. Чекати наступного довелося ще хвилин п'ятнадцять...

Коли дівчина нарешті з'явилася в салоні, мишкою прослизнувши повз адміністратора, Себастьян вже чекав її внизу.

І чекав не один.

На каталці з коліщатами, чинно прикритий простирадлом, хтось лежав.

— Привіт, кохана! — Хлопець, радісно кинувшись до неї, поцілував її в щічку. — Учора цілий день ти сумувала без роботи... А тепер — сюрприз! Нудьгувати не доведеться... Ти рада?

Він заглянув їй в очі з таким задоволеним виглядом, немов це «замовлення» особисто випросив у небес спеціально для неї.

— Звичайно, рада! — вигукнула дівчина.

Настрій Каміли різко стрибнув угору: нарешті справжня робота! Вона знову зможе творити і робити те, що у неї виходить найкраще. Та й Себастьян сьогодні, всупереч її побоюванням, виглядав зовсім спокійним і врівноваженим.

— Ти будеш мені допомагати? — запитала, звичним рухом відкинувши край простирадла і оцінююче оглянувши «клієнта».

Ним виявився літній сеньйор з неабиякою зовнішністю: його густі руді вуса спускалися до самого підборіддя, а ось голова була абсолютно лисою!

— Думаю, тут є, над чим попрацювати... А я краще подивлюся, як працює професіонал, — скромно відповів Себастьян, із задоволенням граючи роль учня.

Він був щасливий спостерігати, як радіє його дівчина можливості проявити свою майстерність.

— Ти мене перехвалюєш, — вона навіть трохи засоромилася. — Навряд чи я могла б назвати себе професіоналом — мені ще теж треба вдосконалюватися...

— Ось і вдосконалюйся! А я згоден тобі асистувати, але не заважати, — переконував її Себастьян.

Довго умовляти Камілу не довелося: стягнувши волосся в хвіст і накинувши на себе робочий білий халат, вона, озброївшись пензликами і баночками, тут же взялася за роботу. І незабаром настільки захопилася, що, як і завжди в хвилини натхнення, забула не лише про Себастьяна, але й про все на світі...

Хлопець мовчки милувався нею, не бажаючи відволікати. Як швидко миготять її руки — немов казкові білі метелики! Які впевнені й точні її рухи, з яким азартом вона занурюється в улюблену справу...

«Я не помилився — вона дійсно незвичайна, — думав він, не зводячи очей зі своєї коханої. — І така дівчина варта того, щоб піти заради неї на все. У буквальному сенсі...»

Глава 23
Дівчина для Дієго

Вихідні минули успішно, а з точки зору добрих справ — ще й дуже результативно. Невгамовна Слай організувала барбекю у себе вдома і, звичайно ж, запросила свою незаміжню подругу. А Себастьян і Каміла прийшли разом з Дієго, який спочатку відчував себе в малознайомій компанії трохи ніяково. Але несподівано у них з Педро знайшлися спільні інтереси: обидва були пристрасними вболівальниками футболу і навіть свого часу грали за місцеву молодіжну збірну.

Ванесса була майже повною протилежністю Слай — лишалося лише дивуватися, що об'єднало таких двох несхожих жінок, котрі стали подругами. Мовчазна уважна індіанка говорила тільки по суті, й то дуже рідко. Як, втім, і Дієго, який, позбувшись підтримки чоловічої аудиторії, знову зніяковів.

Зате господиня будинку, як і слід було очікувати, базікала за них двох, встигаючи в цей час ще й нарізати салат та частувати ляпасами обох нащадків, які, сміючись, крутилися біля столу в надії поцупити щось смачненьке.

В той час як величезна скляна тарілка зелені зайняла почесне місце в центрі столу, подруга дитинства Себастьяна вже знала про нового знайомого майже все: вік, захоплення, сімейний стан, а крім того, імена всіх родичів. Дієго відповідав відкрито і чесно, але, коли почалися питання про роботу, бідолаха почав вести себе як школяр, який завинив, — він навіть почервонів, намагаючись приховати збентеження. Однак відкрутитися від допитливої Слай було неможливо.

— В ній пропадає поліцейський-профі, — шепнув Себастьян на вухо Камілі — чи то вибачаючись за свою подругу, чи то по-своєму захоплюючись нею. — У неї на допиті розколовся б і покаявся у всіх смертних гріхах навіть німий відлюдник...

— Я водій і задоволений своєю роботою. Господиня добре мені платить, — пробурмотів Дієго, не піднімаючи очей. — Але тільки я воджу не зовсім звичайну машину, — додав він зітхнувши, немов наважившись таки відразу викласти на стіл програшні карти. — Я — водій катафалка...

На секунду повисло незручне мовчання, і Каміла вже збиралася сказати щось на кшталт того, який незамінний співробітник Дієго і як його цінують в салоні. Однак допомога несподівано прийшла з того боку, звідки її зовсім не чекали.

— Це почесна робота, — раптом сказала Ванесса.

Дієго розгублено глянув на дівчину, ніби не вірячи власним вухам і відшукуючи підступ, але її обличчя зі строгими рисами залишалося серйозним.

— Проводжати людей в останню путь — відповідальна місія. Раніше честі переправляти тіло до прощального вогнища удостоювалися тільки жерці.

Окрилений такою несподіваною заявою, водій майже сяяв від щастя — нарешті його визнали і оцінили! Він вдячно дивився на дівчину — вже з більшим інтересом.

Чорноока і смаглява, з насичено чорним волоссям, акуратно прибраним в дві коси, Ванесса була красунею. Але її обличчя з правильними чіткими рисами належало до розряду тих, які могли б привернути увагу художника. Таких називають «колоритними». І хоча одягнена вона була в просту світлу блузку і просторну спідницю, але навіть в цьому звичайному вбранні її індіанська кров залишала в усьому образі легкий наліт екзотики — в манері вимовляти слова, в плавних чітких рухах, у звичці тримати спину прямо, немов на прийомі у королеви.

— А ходімо ми перевіримо, чи не спалив мій благовірний все м'ясо, — скоромовкою випалила Слай і, не приймаючи відмови, згребла під руки Камілу з Себастьяном. — Бо щось чує моє серце... Та й ніс теж! Ймовірно, справа пахне смаленим...

Закохані покірно пішли за нею — чинити опір Слай було все одно що махати руками перед ураганом, котрий насувається.

І хоча не надто прудкий Педро встиг лише як слід роздути вугілля, а до горілого було ще ой як далеко, вони всі вчотирьох влаштувалися біля мангала в кутку невеликого двору, залишивши Ванессу з Дієго наодинці.

Чи ті здогадалися, що є головною причиною сьогоднішнього свята, чи ні, — невідомо, тим часом до решти компанії пара приєдналася, лише коли соковиті шматочки стейка вже спливали ароматною вологою на ледь тліючому вугіллі, наповнюючись неповторними запахами живого вогню.

А потім всі насолоджувалися відмінно приготованим м'ясом, терпкуватим вином і неквапливою бесідою. Слай з переможним виглядом кидала швидкі погляди на нову парочку. Познайомившись ближче, Ванесса і Дієго навіть не приховували, що виникла взаємна симпатія, і це давало законний привід Слай роздувати щоки від гордості за себе.

— Головне — правильний підхід, — шепнула вона Камілі, вже прощаючись, і очима вказала в сторону Дієго, який якраз зібрався проводжати Ванессу. Слай щиро вважала себе автором ідеї познайомити цих двох.

Каміла заперечувати не стала: неважливо, хто був першим в цьому задумі, набагато цінніше позитивний результат. Може, і справді ще двоє людей в їхньому місті знайшли одне одного?

Вона ніжно подивилася на Себастьяна: він теж виглядав дуже задоволеним — вечір явно вдався.

— У тебе просто чудові друзі! — зізналася дівчина, коли, попрощавшись, вони вирішили трохи прогулятися пішки.

— Не у мене — у нас... Тепер уже — у нас, — ласкаво виправив він її.

— Можливо, врешті-решт Дієго пощастить, як думаєш?

Вона озирнулася в бік парочки, але тих вже й слід прохолов.

— Сподіваюся, — чесно відповів Себастьян. — Насправді мені подобається Дієго — він чудовий хлопець. Ну а якщо у нього й на цей раз не вийде... Тоді звинувачувати йому доведеться лише себе, а не роботу.

Побродивши ще трохи, втомлені й задоволені, вони зловили таксі і незабаром опинилися біля дверей квартири Каміли.

Але прекрасну симфонію романтичного вечора несподівано зіпсувала фінальна фальшива нота: Себастьян поспішив попрощатися з коханою, нібито маючи намір гарненько відпочити перед завтрашнім початком робочого тижня.

Звичайно ж, Каміла побажала йому на добраніч і не виказала, що засмучена, хоча серце, ніби тріснутий дзвоник, боляче кольнуло тривожним сигналом. Неспроста все це! Невже він встиг втомитися від неї? Раніше вони ніяк не могли розлучитися, стоячи біля її дверей, а іноді годинами розтягували час прощання, хоча наступного ранку їм так само потрібно було вставати на роботу.

Що ж змінилося тепер? А раптом його почуття до неї стали слабшати?

Уже сидячи на своєму ліжку, вона згадувала, як, прокинувшись вранці лише кілька днів тому, побачила Себастьяна сплячим просто на підлозі біля її ліжка. Він всю ніч провів там, в узголів'ї, охороняючи її сон, поки сам не заснув...

Тоді вона оцінила його вчинок... Однак що ж турбує Себастьяна зараз? Що змушує квапитися покинути її?

Дивлячись в завішене далеким світлом самотнього ліхтаря вікно, Каміла раптом зловила себе на тому, що відчуває щось на зразок ревнощів. Але до кого ревнувати коханого, якщо він завжди був відданий їй і досі не давав жодного приводу засумніватися в цьому?

І, як би не хотілося дівчині позбутися набридливих неприємних думок, це було те, про що вона не могла не думати...

Глава 24
Сюрпризи продовжуються

Цього разу Каміла і Себастьян вирішили з'явитися на роботу разом: про те, що вони небайдужі одне одному, знав уже весь салон. І взагалі, чому їм треба приховувати це?

Але появи на небесно-блакитному «жуці» відразу двох співробітників сьогодні ніхто не помітив. Біля відчинених дверей салону стояла невелика пошарпана вантажівка, а поруч з нею — чоловік в комбінезоні та Регіна. На ній була в міру вузька чорна сукня з тонким шкіряним паском. Розмахуючи перед носом директриси якимись паперами, чоловік у чомусь бурхливо переконував її.

— Грасіас, сеньйоре, проте нам не потрібні ваші люди для розвантаження цієї машини, — незворушно відповіла жінка. — У нас достатньо працівників, які можуть зробити все самі. Алехандро! Матео! — гаркнула вже в сторону розкритих дверей салону. — Ви чекаєте, щоб я сама приступила до справи, чи не так? О, Себастьяне! — звернулася Регіна тепер до хлопця. — Ви якраз вчасно: нам привезли нову партію товару, і його терміново потрібно перенести в салон. Бо цей сеньйор починає нервувати — каже, ми заважаємо нормальному руху транспорту на вулиці і нас можуть оштрафувати за це.

В ту хвилину з салону з'явилися Матео і молодий адміністратор. Вони явно не відчували ентузіазму від майбутньої незапланованої роботи. Що стосується Алехандро, він, схоже, насилу стримував готову зірватися з язика власну довгу промову про робочі обов'язки і скупих господинь.

Себастьян поставився до доручення начальниці з розумінням: треба — значить треба, тим більше він зовсім не був перевантажений роботою. Взявши собі на плечі вкриту лаком «під червоне дерево» труну, хлопець поніс її в салон. За ним з такою ж ношею пішов Матео, а далі — Алехандро, з однією-єдиною кришкою в руках. Однак ніс він її з героїчно-трагічним виглядом атланта, якому закинули на плечі цілий світ...

— Каміло, люба, ти повинна допомогти Дороті з букетами! — відразу ж покапила дівчину сеньйора Регіна, ледве привітавшись з нею. — У нас сьогодні замовлення на безліч кошиків — відразу кілька похоронів. Так що одна вона може не впоратися.

— Добре, сеньйоро, — швидко погодилася та, проте все ж запитала: — А для мене робота?..

— Ні, цього разу твої таланти не знадобляться, — відрізала Регіна, і Каміла лише розчаровано кивнула. — Аварія... Одна аварія, двоє загиблих, — вагаючись, пояснила господиня салону. — Їх ховатимуть в закритих трунах. Навіть твоя майстерність в даному випадку безсила, — зітхнула Регіна.

До похоронів вона давно звикла ставитися виключно як до роботи, не домішуючи до цього емоції. І її співчуття родичам «клієнтів» теж було суворо дозованим і мало суто професійний характер. Але іноді почуття все ж проривалися назовні крізь товщу прагматизму й робочої рутини. Так було й цього разу: вид двох юнаків, точніше — того, що від них залишилося після аварії на автостраді, не зміг залишити поза увагою струни душі жінки. Адже зовсім недавно це були живі й веселі молоді люди, які вирішили влаштувати автоперегони на слизькому після дощу шосе...

Знову сумно кивнувши, Каміла попрямувала до Дороті, дорогою вітаючись з іншими. Себастьян хотів був шепнути їй кілька втішних слів, проходячи по коридору, але погляд лукавого Алехандро відбив бажання розмовляти з коханою дівчиною.

— Ідіотська країна, дурні порядки і така ж робота! — Алехандро лаявся начебто і неголосно, але його люте бурчання добре чули Себастьян з Матео, котрі на час стали вантажниками. — Тільки у нас людина з освітою змушена робити чортна-що й не може прямо сказати роботодавцю, що це не входить в його обов'язки!

— Чому це не може? — знизав плечима Матео.

Алехандро нічого не відповів, він подав голос, лише коли всі троє вийшли до вантажівки, щоб в черговий раз звалити на свої плечі поклажу.

— Бо його просто ніхто не почує!

— А чому б тоді тобі не змінити роботу? — з невинним виглядом запитав Себастьян. — З твоєю освітою ти зміг би влаштуватися трохи краще...

— Ага, зараз! — хихикнув Матео, хоча зверталися зовсім не до нього. — У великих компаніях роками треба батрачити, щоб хоч кудись пробитися. А тут у нас він майже начальство — сидить тільки й своєю кислою фізіономією клієнтів відлякує...

Від такого нахабства худе обличчя Алехандро витягнулося ще більше й навіть позеленіло від злості. Він уже готовий був щось різко відповісти Матео, однак вчасно помітив Регіну, яка спостерігала за ними. Пробурмотівши собі під ніс щось на кшталт погрози, він мовчки поплентався за наступною кришкою.

А життєрадісний Матео підморгнув Себастьяну, пролітаючи повз з несподіваною спритністю, мовляв: «Чув, як я його? Буде знати...»

Хлопець ледь стримався, щоб не розсміятися, але, ймовірно, вигляд працівників салону ритуальних послуг, котрі потішаються від душі, перетягуючи труни, здався б дивним для його педантичної господині. І пояснень було б не уникнути...

День і справді видався метушливий. Ближче до обіду почали з'являтися клієнти — родичі обох родин, які готуються до похорону. У всіх було що робити: Каміла сумлінно допомагала Дороті складати букети й робити вінки з живих квітів, яких, з нагоди великого замовлення, привезли безліч. Але тут Пілар покликала її до себе.

— Каміло, сонечко, ти не залишаєш Дороті жодного шансу! — прошепотіла вона дівчині, киваючи в бік майстерні.

Занурена в свої думки, та не відразу зрозуміла, про що йдеться. Помітивши її здивування, Пілар пояснила:

— Подивися, он той молодик, один із замовників, очей не спускає! Якби ти глянула в його бік хоча б раз, він вже напевно підійшов би знайомитися. Та й той, інший, теж...

— Але я не збираюся ні з ким знайомитися! — обурилася Каміла. — Мені це не потрібно.

— Саме так, що тобі не потрібно. А Доротея, може, і не відмовилася б. Поки ти поруч, її навряд чи помітять...

Каміла закліпала, озираючись на майстерню Доротеї. Їй і справді нічого подібного в голову не приходило.

— Тоді я краще піду...

— Роби-но свої справи, — кивнула Пілар. — Нехай Доротея одна попрацює... і поспілкується.

— Але ж їй подобається Освальдо? Здається...

— А чоловіки віддають перевагу жінкам, які подобаються комусь ще, — посміхнулася старша подруга. — Біжи, біжи, вона й сама все зробить.

Каміла попрямувала до свого підвалу. Йти туди, щоб сидіти склавши руки на самоті, їй зовсім не хотілося. А завдавати незручності Доротеї вона тим більше не бажала.

Не привертаючи до себе зайвої уваги, Каміла спустилася в свій «робочий кабінет», як зазвичай називала це приміщення.

І яким же було здивування дівчини, коли вона помітила, що прямо посеред кімнати на каталці її чекає «клієнт»!

Кілька секунд вона не рухалася, завмерши від несподіванки, а потім обережно підняла край простирадла — щоб здивуватися ще більше. Клієнтом виявилася зовсім молоденька дівчина.

Визначити причину її смерті було складно — гарне обличчя з печаткою неземної відчуженості, біле й гладке, без слідів насильницької смерті. Хоча в такому віці — а покійниці виповнилося не більш дев'ятнадцяти-двадцяти років, смерть не може бути природною.

— Хто ж ти? — запитала Каміла у прекрасної незнайомки, немов та могла відповісти. — Дивно, сеньйора Регіна говорила тільки про двох хлопців. Може, вона просто забула про дівчину?

На красуні не було ніяких прикрас, гладко зачесане довге волосся спускалося майже до ліктів. Проста, навіть непоказна сукня...

Про себе вже назвавши її «черницею», Каміла приступила до своїх прямих обов'язків. Так, на померлій не було прикрас, але вона зможе перетворити її обличчя таким чином, щоб природна краса виглядала ще більш натхненною...

Тепер уже не ставлячи собі дурних питань, Каміла почала наносити макіяж. На хвилинку до неї заглянув Себастьян, і вона зустріла його розсіяною посмішкою — як і завжди під час роботи.

Кивнувши, хлопець повернувся нагору, де його допомоги потребували Дієго і Матео. Кохана впорається й без нього...

Коли він спустився вдруге, вона вже розставляла весь інвентар по своїх місцях. А на кушетці...

— Нічого собі! — присвиснув Себастьян, не приховуючи захоплення.

Те, що вдалося створити Камілі, дійсно було гідним найвищої похвали: ким би не була покійна за життя, зараз вона виглядала прекрасною принцесою, яка просто заснула, чекаючи свого принца. Ніякого яскравого макіяжу, нічого зайвого — спляча красуня з казки. Здавалося, вона ось-ось прокинеться, розплющить очі...

— Тобі правда сподобалося?

— Вона прекрасна! Ти прекрасна... Ти — справжній художник...

— Дякую, — скромно посміхнулася Каміла. — Я рада.

— Думаю, ніхто не зміг би зробити краще...

— Я закінчила, можеш забирати тіло нагору.

Каміла підштовхнула візок в сторону ліфта, але Себастьян замахав руками.

— Почекай! Дівчину заберуть тільки ввечері. Я поки відправлю її в холодильник.

— Добре, — вона байдуже повела плечима. Свою партію в цій сумній пісні дівчина вже відіграла, і що буде далі — її не турбувало. — Я взагалі сьогодні не розраховувала на роботу. Сеньйора нічого не говорила мені про дівчину.

— Напевно, просто забула. Або її привезли сюди пізніше.

— Ймовірно...

Прибираючи робоче місце, Каміла весело розмовляла з Себастьяном — її настрій помітно покращився. Сховавши тіло в один з холодильників (до них вели інші, ледь помітні двері прямо з підвалу), юнак теж виглядав задоволеним.

Кінець робочого дня примчав, немов вірне щеня, і змахнув замість хвоста стрілками старого будильника на столику в «кабінеті» Каміли.

Тепер час знову належав лише їм двом...

Глава 25
Несподіване закінчення вечора

— У мене для тебе сюрприз! — оголосила дівчина, коли блакитний «жук» зупинився біля її будинку. — Але для цього потрібно піднятися до мене.

Себастьян не став, звичайно ж, відмовлятися, і через кілька хвилин вже сидів на дивані в її кімнаті. Дівчина вклала йому в руки пульт від телевізора.

— Сюрприз вимагає трохи часу. Так що поки можеш увімкнути телевізор.

Хлопець глянув на неї з подивом, проте не став заперечувати. Ні він, ні вона не були любителями ТВ, вважаючи подібне дозвілля «вбиванням часу». Але Каміла, залишивши Себастьяна з пультом, помчала на кухню.

Звичайно ж, юнак ніяк не міг здогадатися, що сьогоднішньому начебто зовсім звичайному запрошенню передувало довге хвилююче приготування. Почалося воно з походу в найближчий кіоск преси і закупівлі всіх жіночих журналів, які потрапили на очі Камілі. «Топ-10 кращих способів справити враження», «Що в жодному випадку не можна робити на побаченні: поради фахівця», «Стань для нього особливою», «Раки і Козероги — чи є шанс у цих знаків створити міцну сім'ю?» — такі заголовки на барвистих сторінках, прикрашених портретами модниць і фото кремів від зморшок, виглядали вражаюче. Здавалося, автори статей знають, про що пишуть. Тому дівчина повернулася додому з купою глянцю і занурилася в читання.

Раніше вона не дуже цікавилася подібною літературою, вважаючи її низькопробною. Але зараз, майже переконавши себе, що її привабливість для Себастьяна раптом стала зменшуватися, Каміла кинулася за порадою туди, де не шукала її раніше. Зрештою, їй більше нема до кого звернутися: сеньйора Маріїта, яку дівчина іноді відвідувала, була вже не в тому віці, щоб розуміти тонкощі поведінки сучасних хлопців, а ділитися подібними секретами з Пілар або Доротеєю, котрі знали Себастьяна, не здавалося розумним. По-справжньому ж близьких подруг у неї не було... Тож половину минулого вихідного, поки не приїхав Себастьян, вона присвятила вивченню жіночих журналів. Але наївну Камілу на цьому терені здобуття знань чекало розчарування: знайти щось корисне в статтях на глянцевих сторінках виявилося так само складно, як і дорогоцінний камінь в купі породи. За гучними заголовками найчастіше ховалася чергова писанина ні про що, а «поради експерта» (цікаво, як стають експертами в такій галузі?) розчаровували своєю банальністю.

«Невже це хтось всерйоз сприймає?» — питала себе Каміла, перегортаючи чергову сторінку. Журнали виявилися для неї абсолютно марними: вказівки дієтологів і косметологів їй не були потрібні, реклама надто дорогих модних новинок викликала лише смуток і відчуття неповноцінності, а інформацію з домоведення і виховання дітей вона поки не потребувала. Але щось корисне для себе Каміла відшукала, а саме — оригінальні рецепти страв і опис, як повинна виглядати романтична вечеря. Озброївшись підказками з журналу, саме такий подарунок вона й хотіла підготувати Себастьяну.

Заради цього їй довелося встати о пів на п'яту ранку й приступити до кухонних подвигів: сюрприз на те й сюрприз, щоб мати в собі елемент несподіванки! До приходу головного гостя все повинно бути готове.

Каміла швидко поставила в духовку м'ясний рулет. У журналі так і сказано: шлях до серця чоловіка лежить через шлунок! А ніщо настільки не радує цей самий чоловічий шлунок, як добре приготоване м'ясо... Правда, щодо прямого зв'язку між шлунком і серцем Себастьяна вона трохи сумнівалася, але все ж вважала, що смачна їжа ніколи не буває зайвою.

Виставивши з холодильника заздалегідь приготовлений салат, а з тумбочки — нові свічки в скромних, проте симпатичних свічниках у вигляді квітів, дівчина залишилася задоволена сервіровкою.

— Себастьяне, проходь на кухню! — покликала вона хлопця, приховуючи в голосі нотки хвилювання.

Він не забарився з'явитися. Побачивши несподівану для себе картину, зупинився, здивовано поглядаючи то на сяючу Камілу, то на святковий стіл, якому позаздрив би навіть кращий ресторан Росаріто.

Біла скатертина і новий посуд перетворили маленький кухонний столик в острівець достатку. Дві тонкі білі свічки нагадували витончені башточки з золотими маячками на верхівках. Красиво розкладені на тарілочках різнокольорові фрукти, салат з креветками (його улюблений), апетитний ароматний м'ясний рулет, викладений на зеленому листі, легке біле вино у високих келихах...

Захоплення, що відбилося в очах Себастьяна, тішило її — недарма старалась, раз йому так сподобалося.

— За нас! — трохи тремтячою рукою Каміла першою підняла свій келих.

Вона вже прийняла важливе для себе рішення, і, хоча намагалася триматися розкуто, уважна людина легко помітила б її хвилювання.

Але Себастьян цього вечора не був уважним. Лише трохи пригубивши свій келих, він поставив його на місце і більше до нього не торкався, віддаючи належне смакоті. А задушевна бесіда, незважаючи на романтичну обстановку, чомусь не клеїлася — знову складалося враження, ніби думки юнака зайняті чимось зовсім іншим — тим, що не дає йому спокою...

— Тобі не сподобалося вино? — обережно запитала Каміла, нервово поправляючи виделкою фігурні листочки зелені на своїй тарілці.

— Чому ж? Дуже навіть непогане.

— Але ти його ледь скуштував...

— Вибач, я ж за кермом! Скуштую іншим разом, — безтурботно усміхнувся Себастьян, не помітивши тіні розчарування на її обличчі.

— Але ти міг би... не поспішати сьогодні додому, — опустивши очі, мовила Каміла.

Ці слова, що означали «ти міг би залишитися на ніч у мене», далися їй дуже непросто.

— Ні, сьогодні мені якраз теж треба поспішати, — геть вбив її своєю відповіддю хлопець. — Є одна справа, і я збирався вирішити її... до того, як ляжу спати, — швидко додав він.

— Що ж... Тоді не буду тебе затримувати. — Каміла піднялася з-за столу і поспішила відвернутися, щоб він не встиг помітити наповнені сльозами очі.

— Ти... ти образилася? — Себастьян нарешті здогадався, що зробив щось не так, але поки не зрозумів — що саме.

Однак виправляти що-небудь тепер не хотіла вже Каміла.

— Ні, нічого, — швидко відповіла вона. — Я теж сьогодні збиралася лягти раніше.

Дівчина рішуче прибрала зі столу свічки й заходилася біля посуду. Себастьян продовжував розгублено дивитися на неї, не знаходячи потрібних слів. Вона так хотіла зробити йому приємне, старалася для нього... І він це цінує! Знала б наскільки... Заради неї він готовий на все. Як і тепер... Але був не час для зізнань — та й чи варто взагалі розкривати свою таємницю?

І все ж зараз, дивлячись на засмучену Камілу, він відчував себе останнім і невдячним ідіотом. Вперше хлопець засумнівався — а чи потрібно взагалі... Напевно, цього вечора йому слід було б змінити свої плани, щоб провести його з коханою. Однак вже пізно щось виправляти: через його безтактність і недалекоглядність вечір безнадійно зіпсований.

— Вибач... Мабуть, я піду.

— Звичайно. Бувай. Зустрінемося завтра, — скоромовкою відповіла Каміла, не обертаючись від раковини з посудом.

Хлопець хотів було поцілувати її на прощання, але не наважився. Нічого, він виправить свою помилку. Знову змусить її посміхатися!

Себастьян швидко вийшов в коридор і тихо причинив за собою двері.

Ледве вони зачинилися і звуки кроків стихли внизу, Каміла дала волю сльозам. Що, що ж сталося з її коханим? Адже ще вдень їй здавалося, у них все добре, як і раніше. Але ось настав вечір, і йому знову потрібно кудись поспішати. Куди? До кого? Які невідкладні справи з'явилися раптом у нього? Ще тиждень тому нічого подібного не було... Що ж відбувається? Що стало між ними або це хтось, і наскільки глибока тріщина, котра поступово перетворюється в прірву?

Не усвідомлюючи, навіщо вона це робить, Каміла збігла сходами вниз, подивитися, чи поїхав Себастьян. Він був ще на місці, біля машини, і розмовляв з кимось по телефону.

Значить, хтось дзвонить йому так пізно? Може, той, до кого він так поспішав? Або — та...

— Привіт, красуне! — прозвучало над самим вухом Каміли.

Від несподіванки дівчина ледь не підстрибнула. За кілька кроків від неї на сходах стояв Мігель — сусідський хлопець, з яким вони іноді віталися. Був час, коли вона трохи побоювалася його: ходили чутки, ніби він пов'язаний з однією з місцевих банд, що промишляють контрабандою. І, напевно, ці плітки недалекі від істини: одного разу, пізно повертаючись додому, вона бачила, що він сидить тут же, на сходах, у закривавленій і рваній сорочці. Мігель не перестаючи бурмотів щось про те, що з ним все в порядку і в лікарню він не поїде, тому жалісливій дівчині не залишалося нічого іншого, як відчинити йому двері й затягнути в свою квартиру.

Вигляд ножової рани Камілу трохи нажахав, але хлопець переконував її: «Кишки не лізуть — значить все нормально» і допомога йому не потрібна. Хіба що трохи теплої води, щоб змити кров

Поранення і справді виявилося не дуже серйозним, у всякому разі, накладена дівчиною пов'язка зупинила кров. А після того вечора між ними зав'язалося щось на зразок дружби: сусід раптом почав поважати Камілу, яка не побоялася відчинити свої двері і допомогти пораненому.

Можливо, саме завдяки його протекції, великі й дрібні неприємності, які трапляються іноді в цьому районі, оминали її.

А зараз Мігель стояв, красуючись новим тату на засмаглому плечі, яке вигідно підкреслювала біла спортивна майка.

— Як справи? Що ти тут одна робиш?

— Мігель... У тебе ж є автомобіль? — раптом випалила Каміла, проігнорувавши його попередні питання.

— Є, звичайно, — не без гордості відповів він.

— А якщо я...

Дівчина не спускала очей з блакитного «жука», який, блиснувши габаритними вогнями, мав намір виїхати з двору.

— А якщо я попрошу тебе відвезти мене кудись? А вірніше... простежити он за тією машиною... Чи зможеш це зробити?

— Простежити? — на круглому, як місяць, обличчі Мігеля відбився спочатку подив, а потім — захоплення. — Ну ти даєш... Звичайно, зможу!

— Дуже добре. Тоді їдьмо!

Він виглянув з дверей під'їзду слідом за Камілою, простеживши за її поглядом.

— Це он той — блакитний, чи що?

— Так, він, — рішуче видихнула вона. — І прямо зараз.

— Тоді побігли, чого ми чекаємо!

Здається, Мігель був в захваті від самої ідеї стеження за кимось в компанії такої дівчини. Це вже нагадувало справжню пригоду. Тим більше простежити треба за тим, хто останнім часом не відлипав від красуні. А тепер достибався! І якщо виявиться, що зраджує бідолясі (а інакше навіщо ще стежити за ним?), то — не будь він Мігелем Санчосом! — зуміє не тільки набити нахабну морду пройдисвітові, котрий посмів образити таку сеньйориту, але й втішити її саму...

Ледве стримуючи веселу посмішку, Мігель впевнено крутив кермо, не зводячи очей з автомобіля, що виднівся попереду. Занадто рідкісний і помітний колір, щоб втратити його з поля зору, — тому вони могли їхати на деякій відстані, не ризикуючи бути поміченими. Сусід Каміли мав прекрасний настрій: ще б пак, пізній вечір, швидкість і красуня поруч! Це здавалося несподіваним подарунком на кінець нудного дня.

Каміла ж, навпаки, сиділа з застиглим обличчям, схрестивши на грудях витончені руки, і лише благала себе не плакати.

Як швидко з'ясувалося, раптове рішення проїхатися слідом за Себастьяном до його будинку призвело до несподіваних наслідків. І тепер вже не передчуття, а похмурі й відчайдушні думки рвали на частини її серце.

У неї були підстави для тривоги.

Автомобіль Себастьяна прямував в протилежний від його будинку кінець міста.

Глава 26

Блукаючий вогник

Напевно, на цей раз він трохи перестарався, намагаючись поєднати речі, які просто не могли зійтися без проблем. Так думав Себастьян, похмуро дивлячись на дорогу. Кожною своєю клітинкою він не хотів віддалятися від Каміли більше, ніж на кілька кроків. Хлопець відчував майже фізичний біль в той момент, коли, поскаржившись на втому, пішов від коханої, щоб сісти за кермо і поїхати від неї далеко. Він один винен в тому, що вона так засмутилася — і не тільки через його ранній відхід. Можливо, їй здається, ніби він почав приділяти їй менше уваги? Усім дівчатам рано чи пізно йдуть в голову такі думки, і частіше за все в той момент, коли для цього немає ніяких підстав...

О, якби вона тільки знала! Якби здогадувалася, на що він зважився заради неї! Напевно, не стала б так ображатися. Адже те, що він задумав, і те, що вже зроблено, вимагало від нього повної віддачі — всіх його фізичних і моральних сил...

Ні, Себастьян ніколи не був боягузом, хоча йому була властива розумна обережність. І коли вже доводилося битися, він не відступав навіть перед декількома суперниками. Юнак вмів постояти за себе. Він здатний підтримати й захистити інших. Але те, що належало йому зараз зробити, не вписувалося в звичні рамки...

І тепер, припаркувавши автомобіль поруч із кладовищем, він відчував у грудях неясний сором. Немов залишки розуму шепотіли йому: «Біжи звідси й не озирайся...» Але бігти було не можна. Інакше навіщо тоді він залишив свою дівчину одну, хоча міг насолоджуватися її товариством? Для чого подолав кілька десятків кілометрів до сусіднього міста, з якою метою придивлявся до цього місця? Навіщо тоді в його руці — лопата, а на плечі накинутий довгий рибальський плащ?

Похмуре небо поглядало вниз крапками холодних зірок. Їх гостре світло пробивалося крізь каламутну пелену хмар. Непривітний місяць іноді мелькав між хмарами, котрі невпинно рухалися, немов біла вовчиця, що жене геть стадо сірих овець...

Себастьян з побоюванням озирався на всі боки. Тишу кладовища порушував лише неголосний хрускіт гравію під його невпевненими кроками. Ледь помітне світло біля однієї з могил несподівано привернуло увагу хлопця: здалеку здавалося, ніби воно виходить від якогось предмета, захованого за могилою.

— Дивно... Що це може бути? — пробурмотів Себастьян собі під ніс. Звук власного голосу трохи заспокоював його. — Може, хтось випадково загубив мобілку? Так, напевно, так воно і є.

Звернувши з центральної доріжки, він відійшов вбік. Здалося йому, чи джерело світла перемістилося разом з ним?

Обережно обходячи могили, він минув ще один ряд. І знову примарний вогник опинився трохи збоку від нього — тепер уже правіше, ніж спочатку.

— Що це? — не втримався Себастьян. — Ні, мабуть, мені просто здалося...

Але останні слова застигли у нього на губах: дивне світіння, що досі дійсно нагадувало світло від увімкненого телефону, несподівано відірвалося від землі і повільно попливло над нею, набуваючи форму кулі.

Кулька розміром з невеликий м'яч повільно гойдалася в повітрі, наближаючись до заклятого на місці Себастьяна. Похоловши від жаху, той міг лише дивитися, не в змозі ні рушити, ні навіть закричати. Та й кричати було не можна...

Коли щось яскраве зависло в декількох метрах від його голови, хлопець раптом заплющив очі, але фосфоресціююче світло пробивалося і крізь зімкнуті повіки... А потім несподівано пропало — так само швидко, як і з'явилося.

Розплющивши очі, Себастьян побачив, що стоїть один в темряві — нічого схожого на кулю поруч з ним не було. Не встигши зібратися з думками, він вже рвонув убік виходу — так швидко, наскільки це було можливо. І тільки добігши до воріт кладовища, з мокрою від холодного поту спиною, захеканий, змусив себе зупинитися.

Піднявши гаряче лице вгору, Себастьян кілька довгих хвилин не відривав очей від неба, немов шукаючи там підтримки або захисту. Однак воно залишалося таким же байдужим, похмурим.

Юнак судорожно зітхнув і до хрускоту в пальцях стиснув держак лопати.

А потім, зібравши в кулак всю волю, змусив себе повернути назад.

Все та ж доріжка серед могил, але тепер він дивився лише собі під ноги, щоб не відволікатися від своєї мети.

— Вибачте мені... що прийшов непрошеним... Що турбую ваш сон, — тихо промовив він, звертаючись уже до мертвих.

Може, чийсь невпокоєний дух і налякав його, змусивши бігти з кладовища, даючи, немов заєць, волю ногам?

— Я не хочу вас образити, ні, в жодному випадку... але мені — дуже треба...

Намагаючись більше ні на що не звертати уваги, Себастьян йшов далі — до довгого ряду могил, де ще не було пам'ятників. Зовсім свіжі поховання. Ось одне з них — оточене похоронними вінками. Квіти на могилі не встигли зів'янути, і це добре. Значить, ховали зовсім недавно.

З побоюванням озирнувшись на всі боки, Себастьян зітхнув.

І встромив лопату в землю...

Глава 27
Ненаписана книга

Альба писала книгу.

З властивим їй ентузіазмом, кожен вільний вечір — а у самотньої молодої жінки їх було не те щоб мало, але... Загалом, час на свій роман вона знаходила. Кожен раз, сідаючи перед ноутбуком, чесно намагалася написати хоч кілька сторінок. І не тільки намагалася, але й писала!

Перечитавши своє вже закінчене творіння, Альба мовчазно відкладала ноутбук і йшла у якихось нехай і не дуже термінових, але необхідних справах. А через годину-другу, на ясну голову, знову поверталася — щоб ще раз перечитати. І, зітхнувши, натиснути Delete.

Альба не любила брехати. У неї були свої принципи. І вона не зраджувала їм — не дивлячись на те, що через свою професію зустрічалася з малоприємними і нечесними особистостями. Один з її принципів просто й чітко говорив: «Не бреши сама, і тоді в світі стане трохи менше брехні». Крім того, тридцятирічна незаміжня Альба Трассікано створила для себе ще кілька правил, дотримання яких привносило в її життя більше стабільності та порядку. Одне з них було дещо зміненим варіантом першого і звучало так: «Не бреши собі теж».

Ось і тепер, закривши кришку ноутбука, вона вкотре сумно зітхнула. Жоден з написаних нею романів так і не досяг столу якогось редактора. І не тому, що вона не наважувалася направити свої тексти до видавництва, найсуворішим критиком, який не давав шансу її книгам бути надрукованими, була сама Альба.

Може, літературні невдачі навіть потягнули б за собою депресію і втрату віри в себе, однак, на щастя, письменство було для Альби лише захопленням. До того ж захопленням таємним, про яке знала лише пара близьких друзів. Втрачати ж віру у власні сили жінці було протипоказано: на її роботі — а до неї вона теж ставилася дуже серйозно і любила її — це відразу призвело б до негативних наслідків. Альба пишалася своїм професіоналізмом, однією зі складових якого завжди була впевненість. Ну де ви бачили невпевненого і боязкого помічника слідчого?

Зараз, пізно увечері, розбираючи зламаний холодильник, Альба думала зовсім не про зіпсовані продукти. Побутові проблеми вона звикла вирішувати сама, і для цього їй зовсім необов'язково мати чоловіка, який валяється на дивані. Саме так вона часто і відповідала на зауваження «доброзичливців», котрі нібито співчувають її самотності. Сама жінка називала цю самотність «свободою», і їй нічого не заважало викликати майстра з ремонту холодильників.

Тепер думки Альби були направлені на щось інше — ідея, що виникла на перетині власної роботи і творчого захоплення.

Думка полягала в наступному: а якщо припинити болісно шукати черговий сюжет для роману? Часто життя розгортає наяву такі сюжети, що ніяка фантазія і близько поруч з ними не стояла! Може, варто розпитати про цікаві справи «старожилів» поліцейського відділку? Або самій покопатися в старих архівах. А ще краще — «з пристрастю» допитати свого безпосереднього шефа, детектива Алваро Кальвареса. До того, як крива лінія долі закинула його в їх невелике містечко, він працював в Мехіко інспектором з особливо небезпечних справ. Ось кому буде що розповісти! Правда, розговорити його не так-то просто: Алваро найчастіше поринав у власні роздуми і був сухий, як пустеля без краплі води. За тим рідкісним винятком, коли у нього раптом з'являвся відмінний настрій, а разом з ним — і бажання поспілкуватися. Але передбачити, коли станеться подібне, все одно що передбачити шторм в період повного штилю...

Вирішивши як-небудь розворушити шефа і, можливо, почерпнути для своєї книги що-небудь істотне, Альба залишила в спокої купу заліза й пластику, що ще годину тому була холодильником, і перемістилася на затишний диван перед телевізором.

У марному перегляді «ящика» теж є свої плюси — під його бурмотіння швидше засинаєш...

Глава 28
Несподівані відкриття

Важливо продовжувати робити все спокійно і послідовно. Спочатку — ввічливо подякувати Мігелю, котрий люб'язно провів її до дверей квартири. Звичайно, сусід не полишав надії напроситися на чашечку чаю... або кави... або що там ще є у дівчини, яка живе одна і, здається, тільки що дізналася про свого хлопця щось, що не вписується в рамки загальноприйнятого.

Потрібно з непорушним виглядом побажати йому на добраніч, навіть посміхнутися. І всім своїм виглядом показати, що в подібній пригоді немає нічого особливого.

Зберігати незворушність Камілі коштувало чималих зусиль. Здається, Мігель все-таки здогадався про це. Дорогою назад він майже не базікав, тільки скоса поглядав на свою супутницю здивовано і в той же час із захопленням.

Дівчина ж взагалі не промовила ні слова від воріт кладовища і до під'їзду їхнього будинку. Мовчазна, бліда, з дивно палаючими очима, вона нагадувала зараз більше привида, ніж себе саму. І лише щільно зачинивши двері перед носом кавалера-невдахи і пообіцявши йому пояснити все потім, вона перестала приховувати свої справжні емоції.

Тут же, в коридорі, притулившись до стіни, Каміла приречено прикрила очі й повільно сповзла спиною вниз, прямо на підлогу. Закрила обличчя руками і нарешті судорожно видихнула з себе все, що їй довелося пережити сьогодні, — щоб ще раз зануритися в спогади про недавні події...

...Сотні думок встигли промайнути в її голові, поки вони продовжували переслідування. Від безнадійних і розпачливих — на зразок тих, що у Себастьяна інша дівчина і він мчить на побачення до неї, до повних тривог і страху — а якщо він зв'язався з бандитами? Раптом за автомобіль, який хлопець купив нібито у одного з підозрілих типів, тепер йому треба відпрацьовувати темними справами? Або, може, її коханий веде подвійне життя і він якийсь іноземний шпигун...

Їх машина висіла на хвості у «жука». За цей час уяву Каміли відвідали всі ймовірні і неймовірні пояснення того поспіху, з яким блакитне авто в даний момент котилося в бік Тіхуани. Але ділитися ними зі своїм супутником, незважаючи на його цікавість і питання, вона не стала.

А коли машина Себастьяна, замість того щоб попрямувати далі в місто, раптом повернула на бічну дорогу до кладовища, версії закінчилися навіть у неї.

Тут вже не витримав сам Мігель, котрий досі щосили змушував себе мовчати.

— Він... Чого це? На кладовищі? — закліпав очима хлопець, розгублено дивлячись на Камілу.

— Здається, так, — невпевнено відповіла вона.

Тепер і їй стало не по собі. Що могло принадити юнака майже опівночі на кладовищі, та ще й в іншому місті? Може, у нього тут родичі? Але навіть якщо так, чому він вирішив відвідати їх в настільки невідповідний час, та ще й настільки поспішно?

— Ми... і далі за ним? — чомусь уже пошепки запитав Мігель, немов їх могли підслухати.

— Ні! Тобто... Зупини машину тут, на узбіччі. Давай зачекаємо.

Мігель згідно кивнув і акуратно пригальмував біля смуги зелених чагарників, котрі з усіх боків закривали місце останнього спочинку. У гробовій тиші вони завмерли в машині з вимкненими фарами. Хлопець хотів було послухати магнітолу на приглушеному звуці, але Каміла так подивилася на нього, що Мігель зрозумів все правильно і не став цього робити. Цікавість розпирала його, але він був повністю розгублений. Що робить цей тип на кладовищі? Розбірки у нього там, чи що?

Каміла відчувала не менше сум'яття, ніж її супутник. Дівчина явно нервувала, прислухаючись до будь-яких звуків. Але, крім різких криків нічного птаха, нічого не долинало до її слуху.

Нарешті, не витримавши, вона рішуче заявила:

— Краще піти туди і подивитися.

Мігель розгублено глянув на дівчину: сусідка дивувала його все більше. І думка, що він теж буде змушений слідувати за нею на кладовище вночі... Ні, не те щоб... Але всьому є розумні межі!

— Е-е-е... Ти в цьому впевнена? Ну, в тому, що потрібно туди йти?

— Так, я повинна подивитися. А ти чекай мене тут, — додала Каміла і тут же вислизнула з машини, обережно причинивши за собою дверцята.

— От вона дає! — сам собі прошепотів Мігель, з неприхованим захопленням спостерігаючи, як тендітна постать в світлій сукні впевнено крокує до воріт кладовища.

Зупиняти він її не став, як і йти за нею. Незважаючи на всю його показну сміливість, тут хлопець зміг лише вийти з машини і, обережно озираючись, спостерігати за воротами попереду...

Тихо ступаючи по гравійній доріжці, Каміла йшла вперед між рядами мовчазних могил. Себастьяна вона не бачила і навіть не уявляла, де тут його шукати. Як на зло, ніч видалася хмарною, самотній огризок спадного місяця раз у раз ховався у хмарах. Серце дівчини билося так шалено, що його стукіт, здається, можна було б почути метрів за триста. Особливо тут, в цьому царстві незламної тиші та вічного спокою...

Ні, Каміла не боялася сонної тиші старого кладовища, але страх того, що Себастьяну може загрожувати якась небезпека, гнав її вперед. Вона вже майже не сумнівалася: тут його чекає щось погане — якщо не бандити, то якісь дияволопоклонники, готові зробити моторошний ритуал... А якщо він їх жертва? Можливо, вони зачарували його, і тепер він, немов безвольна маріонетка, у владі чужої злої волі?

Вона не уявляла, що буде робити далі — в разі, якщо правда відкриється або її таємна присутність тут стане явною. Тоді у них, напевно, буде вже дві жертви... А може, вона умовить їх поміняти хлопця на дівчину і так врятує Себастьяна?

Всі ці думки роєм кружляли в голові, в той час як невідома сила гнала її вперед... Ні, ця сила була їй відома, і називалася вона — кохання. Та, що здатна впоратися і не з такими страхами...

Схоже, Каміла заблукала. Самотньо крокуючи між нескінченними рядами надгробків, рівних і похилих, шикарних мармурових і простеньких кам'яних, вона давно вже втратила напрямок. Місяць то вистрибував, розриваючи кривим серпом скупчення похмурих хмар, то знову ховався в їх лахмітті, як ніж у рукаві вбивці. Навколишня темрява здавалася липкою, ніби павутина, але очі все ж звикли до неї, і чорнота розшарувалася на безліч відтінків. Плити — світліші й чорніші — виднілися з усіх боків, а під ногами поскрипували плоскі камінці. І лише далеко попереду, в маленькій каплиці, світився теплим промінцем вогник лампадки — немов самотній маячок в безмежному царстві смерті...

Назустріч досі ніхто не трапився. Тиша пливла хвилями, і, як не дивно, саме це трохи заспокоїло її розбурхане серце. Тепер дівчина ступала обережно, уважно прислухаючись до всіх звуків. Очі не могли виручити її в чужому, незнайомому місці вночі, але звуки обов'язково повинні показати, де тут є живі і що вони роблять...

Вона виявилася права. Ще трохи покружлявши по лабіринтах стежок, Каміла почула далекий приглушений звук — поквапливий і з човганням, котрий повторювався зі швидкою періодичністю.

Обережно, тепер уже потай і намагаючись ступати нечутно, дівчина поспішила на звук. Наблизившись ще трохи, Каміла остаточно зрозуміла, що це звук лопати, котра відкидає землю.

Кілька рівних рядів могил, на багатьох з яких надгробків ще не було, відокремлювали її від того, хто копав. Сховавшись за найближчим пам'ятником, дівчина обережно визирнула, намагаючись роздивитися хоч щось. Голосів чутно не було, як і звуків ще одного інструменту. Швидше за все, людина тут одна. Її спина блідою плямою виднілася на тлі розкиданих грудок рудого глинистого ґрунту.

Місяць якраз знову виринув з небесної безодні, і в цей момент непроханий гість кладовища розігнувся, щоб обтерти піт з чола і чомусь подивився в її бік, немов відчувши на собі погляд. Серце дівчини, завмерши, раптом зрадницьки здригнулося: сумнівів не залишилося — це Себастьян. І тут дійсно більше нікого.

Ще один звук — квапливих необережних кроків несподівано увірвався в тишу, завмер на верхній ноті, і в майже непроглядній пітьмі яскравий промінь ліхтаря блиснув попереду світловим мечем, насуваючись, ніби невідворотна небезпека. На це світло, здригнувшись, обернулися відразу двоє, відчувши схожі почуття.

— Хто тут? Виходьте! — пролунав трохи тремтячий голос чоловіка, який з усіх сил намагався говорити грізно. — Або я буду стріляти!

Каміла озирнулася. Вона не могла не помітити, як, смикнувшись убік, Себастьян, пригнувшись, поспіхом віддаляється геть.

Часу не було — ще хвилина, і людина з ліхтарем (а можливо, і зі зброєю) помітить її коханого...

Не встигнувши як слід подумати, Каміла рвонула вперед, не розбираючи дороги, спотикаючись, — прямо на промінь біло-жовтого світла.

— Не стріляйте! Сеньйоре! Заради Бога, не йдіть! Яке щастя, що ви знайшли мене!..

Промінь здригнувся, обернувся в її бік, і на мить дівчина осліпла від яскравого світла. Вона закрила обличчя руками.

— Сеньйорито? Що з вами? Що ви тут робите?

— О, сеньйоре, яке щастя, що ви знайшли мене...

Ступивши ще кілька кроків, Каміла спіткнулася і ніяково впала на коліна. По щоках її ковзнули блискучі в яскравому світлі сльози. Це були сльози полегшення — тут вона не лукавила ні секунди.

Ось тільки розгублений сторож кладовища дуже б здивувався, якби дізнався їх справжню причину...

Глава 29
Неспокійний ранок

Ранок понеділка — не найкращий час для втілення нових ідей. Альба зрозуміла це відразу, глянувши на похмуре обличчя шефа.

У невеликому поліцейському відділку вже з початку робочого дня було шумно й душно. З коридору долинули п'яні лайки, вони обірвалися так само раптово, як і почалися: напевно, якийсь затриманий гуляка все не міг повернутися до реальності з країни, де текіла тече рікою... Взад-вперед переміщалося не менш десятка поліцейських, кожен — за своїм маршрутом.

Побачивши Альбу, колеги віталися — хтось кивком на ходу, а хтось починав розлогі вітання.

«Поліцейський відділок схожий на величезну молекулу, атоми якої рухаються в строго відведеному їм напрямку, — думала дівчина, пробираючись до власного робочого місця. — Хоча збоку це нагадує хаос...»

Перездоровавшись з усіма на своєму шляху, Альба нарешті зачинила за собою двері кабінету, з полегшенням кинувши сумку на стілець.

Власне, цей кабінет значився за інспектором Алваро Кальваресом, при якому жінка була помічником. Але, крім таблички над дверима, ніщо більше не вказувало, хто тут бос, — кожен з мешканців робочої кімнати мав в своєму розпорядженні стіл, комп'ютер, стелаж для усіляких папок та іншу канцелярію. Хіба що на половині Альби спостерігався куди більший порядок...

— Доброго ранку! — життєрадісно привіталася вона, хоча з вигляду шефа вже встигла визначити, що добрим він зможе бути хіба що з натяжкою.

Не те щоб інспектор був похмурий. Просто він виглядав похмурішим, ніж завжди, і з порожнім виглядом дивився в якусь роздруківку. При цьому в тому самому папірці могла міститися яка завгодно інформація — від матеріалів нової справи до рахунків за електрику.

— Угу... — відгукнувся Алваро, не відриваючись від читання. Втім, це було його звичайне вітання. — Принеси каву! — недбало кинув він у бік напарниці, так і не удостоївши її поглядом.

Подібні манери, точніше — їх відсутність, від самого початку їх спільної роботи доводили Альбу до сказу. При цьому інспектор щиро не розумів причини її обурення. Ну і що тут такого? Зрештою, вона молодша! І руки у неї не відваляться донести стаканчик з кавою з кімнати відпочинку, де почесне місце займала кавоварка. І взагалі...

Охрестивши про себе шефа неотесаним селюком, який намагається самостверджуватися за рахунок інших, перші дні в спільному кабінеті Альба з погано прихованим нетерпінням чекала його провалу. Вона не сумнівалася: прийде час і його просто випруть з займаної посади... Але де там.

З подивом, який мав спочатку трохи розчарування, а потім — з дедалі більшим захопленням вона виявила, що за поганим характером й усією грубістю інспектора криється допитливий розум і холодна логіка професіонала. Згодом, благополучно залишивши всі спроби трохи «облагородити» шефа, Альба махнула рукою на «недоліки його характеру», як вона це називала, і змінила своє ставлення до Алваро. За два роки спільної роботи вони змогли стати справжніми напарниками, які розуміють одне одного з півслова і давно змирилися з тим, що може статися між ними в майбутньому.

— Будь ласка! — раптом буркнув він навздогін, ніби згадавши відсутню частину прохання.

Почувши заповітне слово, Альба спокійно рушила до кавомашини.

Повернувшись з паперовим стаканчиком в руках, вона обережно опустила напій на край столу і звичним рухом зібрала в стовпчик вже використані стакани, розкидані тут же. Подекуди від промоклих денець залишалися коричневі плями, але вони були такою ж невід'ємною частиною обстановки, як і завалений паперами стіл шефа або жалюзі у пилюці на вікні, крізь які вперто пробивалися сонячні промені.

— У нас нова справа, — без преамбул почав Алваро, одним рухом руки кидаючи на стіл чергову купу паперів, а іншою — підхоплюючи стаканчик з кавою.

— І яка ж? Знову парочка контрабандистів побилася, переїжджаючи кордон? — без особливого ентузіазму припустила Альба.

Але ступінь заклопотаності шефа підказувала їй, що все не так просто. А ступені ці дівчина давно визначала сама, спостерігаючи за своїм напарником. Залежно від того, чи нагадують його широкі кущисті брови рівні смужки або ж вони піднімаються ледь не на середину лоба, можна було здогадатися, наскільки він стурбований. Інші ознаки емоцій його обличчя — грубувате й смагляве, немов витесане зі шматка пісковику, — виражало рідко. І ось тепер брови зависли десь посередині між виразом повного збентеження і спокійної байдужості.

— Справа про викрадення трупів з кладовища, — відповів він.

Альба, також вирішивши почати ранок зі стаканчика ароматного напою, від несподіванки ледь не розхлюпала каву на штани.

— Що?! Викрадення трупів? У Тіхуані?.. Це жарт, так?

— Не жарт... — зітхнув Алваро. — Уже дві заяви про зникнення тіл з кладовища. Маріо доручив цю справу нам.

«Ну звичайно!» — ледь не вирвалося у Альби, проте вона прикусила язика.

Алваро не любив критикувати начальство, розмірковуючи на військовий манер: треба — значить треба. Він би нізащо не схвалив відкритого висловлення невдоволення своїм безпосереднім шефом. І це — незважаючи на те, що справи, здатні в разі розкриття додати поліцейському якщо не нулів до зарплати, то хоча б слави у вузьких колах, майже не потрапляли до нього на стіл. Зате справи спочатку тупикові, ті, що з часткою ймовірності в дев'яносто відсотків так і залишаться нерозкритими, доручали чомусь саме йому.

Така несправедливість обурювала Альбу до глибини душі. Для Маріо, який розподіляв роботу на свій розсуд, у неї були заготовлені особливі, не дуже милозвучні слова. Однак вона вирішила поки залишити їх при собі.

— І хто постраждалі? Вірніше — жертви? Ну... трупи, — уточнила Альба.

Хоча хвилину тому жінка готова була лаятися вголос, настільки несподівана подія, як поява в невеликому містечку таких нестандартних викрадачів, не могла не викликати в неї цікавість.

— Не думаю, що між ними існує певний зв'язок, — знизав плечима Алваро. — Звичайно, крім того, що їх тіла викрали... Перший — чоловік шістдесяти трьох років. Друга — двадцятирічна дівчина. Померли від різних хвороб, в різних місцях. Обидва трупи були викрадені на наступний день після їх поховання.

— Дівчина... І старий. Гм... — похитала головою Альба, вже підхопивши зі столу кинуті Алваро папери і тепер швидко переглядаючи інформацію про викрадення. — А чому ви так впевнені, що між цими людьми немає зв'язку?

— Не впевнений, але на перший погляд він не проглядається. Крім тієї обставини, що трупи зникли з одного кладовища.

— Тоді поїдемо туди, — запропонувала напарниця, і Алваро згідно кивнув.

По дорозі до автомобіля він не зронив більше ні слова, але Альба дуже б здивувалася, якби шеф поводився по-іншому. Молода жінка глянула на свого начальника: ось таким вона його знала всі два роки їх спільної роботи — високим і широкоплечим, трохи сутулим, із завжди коротко обстриженим їжачком на голові, до темного кольору якого вже приєднались тонкі промінчики сивини. І завжди він залишався мовчазним і зосередженим. Чи було це рисою його характеру або так на нього вплинула таємнича подія, що закинула колись столичного поліцейського в глухе містечко, — Альба не знала. Як залишалося секретом і те, чи завжди він жив один або причина його самотності теж ховалася в минулому...

«Може, це якраз те, чого мені не вистачає для моєї книги? — думала Альба, неуважно дивлячись на буденний міський пейзаж за вікном. — Ексцентрична зав'язка, незвичайне місце злочину і повна непередбачуваність версій — ця справа обіцяє бути цікавою! Тіхуана — маленьке прикордонне містечко. Майже всі його жителі перебувають одне з одним в якомусь родинному зв'язку або знайомі з дитинства. І раптом тут, де смерть і мертвих звикли поважати, хтось наважується на такий вандалізм... Так, ця справа набагато цікавіша, ніж зухвалі контрабандисти або наркодилери...»

Глава 30
Чудесний порятунок

Кладовище, куди вирушили поліцейські, розташовувалося на околиці міста і вважалося одним з найстаріших. Ховали тут лише в східній — найновішій його частині. У старій же була маленька каплиця, котра пережила не один десяток років, і рівні ряди охайних могил, переважно прикрашених кам'яними надгробками. Помітно було, що за територією доглядають. Ідучи акуратною, посипаною гравієм доріжкою, Альба з цікавістю дивилася по боках. Їй доводилося кілька разів бувати тут, але ще жодного разу вона не відвідувала кладовища в зв'язку зі службовою потребою.

Пройшовши трохи вперед, правоохоронці раптово зупинилися, прислухаючись: десь збоку від центральних воріт почулися відчайдушні жіночі крики. Не домовляючись, напарники кинулись на голос, по дорозі виймаючи табельну зброю. До криків додалися інші голоси й звуки незрозумілої бійки.

Картина, яка незабаром відкрилася їх очам, змусила Алваро і Альбу зупинитися. Між могилами з пихтінням катався живий клубок з людських тіл. Поруч стояли глядачі: дві жінки (у однієї з них і був саме той особливо гучний голос) підтримували тих, хто бився, своїми вигуками, а пара чоловіків у віці просто мовчки спостерігали за тим, що відбувається.

— Усім стояти! Поліція! — не менш голосно гаркнув Алваро, рішуче кидаючись вбік тих, котрі билися.

Але навіть його грізний тон подіяв лише частково. Голосиста жінка здивовано замовкла, проте учасники бійки не звернули на інспектора ніякої уваги. Як з'ясувалося, клубок утворювали двоє чоловіків і молода жінка, яка продовжувала давати стусани комусь, хто відчайдушно намагався вирватися з їх рук. Пара чоловіків-спостерігачів, як і раніше, незворушно поглядали на загальне звалище, не беручи в бійці жодної участі.

— Стояти, я сказав! Або стріляю! — повторив загрозу Алваро, опинившись уже за спинами забіяк.

Грубо схопивши одного з них за комір, він рішуче відкинув його вбік. Чоловік здивовано обернувся, на його обличчі все ще залишався безглуздо-збуджений вираз.

— А, поліція! Прибули нарешті! — перемкнула раптом на них свою увагу жінка-сирена в чорному головному уборі, та сама, що ще пів хвилини тому своїм голосом змушувала тремтіти і ховатися птахів на кладовищі.

Учасники бійки нарешті зупинилися, озираючись на поліцейських, поява яких зменшила їх бойовий запал. Жертва, тут же скориставшись замішанням, вирвалася з кола.

Постраждалим був чоловік років п'ятдесяти, з абсолютно недоумкуватим поглядом, невисокий і круглий як кулька, в розірваній тенісці. Краплі крові запеклися на його блискучій лисині, яка прикрашала маківку, обличчя було подряпане, а одне око стрімко запливало фіолетовою плямою. Іншим, уцілілим, оком помітивши поліцейських, чоловік стрімко кинувся до них і тут же сховався за спиною у Альби, продовжуючи тремтіти всім тілом.

— Що тут відбувається? — грізно запитав Алваро, навмисне не ховаючи зброю, хоча охололий від бурхливих емоцій натовп вже не здавався агресивним.

— Ось цей! Він просто спав! — першою прокинулася від недовгого мовчання молода жінка, яка брала участь у бійці кілька хвилин тому.

— Напився текіли, гад! — пробасив поряд літній чоловік, і кулаки його самі собою стиснулися, а очі, які він не зводив з нещасного товстуна, звузилися і стали схожі на дві щілинки.

— Він напився, і це привід бити його? — нарешті озвалася Альба, а за її спиною нещасний ще щільніше зіщулився.

— Він повинен стежити за порядком, а не спати! — не вгамовувалася голосиста жінка, чиї щоки від хвилювання стали червоними, як перестиглі томати.

— Так... Цей чоловік — сторож, а ви родичі, — здогадалася Альба, вже трохи заспокоївшись.

— Сеньйори Ірми Гонсалес!

— Могилу якої спаплюжили — просто під носом у цього мерзотника!

— Він, напевно, їх спільник! Так де ж це бачено...

Старша з жінок, закривши обличчя руками, дзвінко заголосила, а решта гнівно повернулись в бік Алваро, немов тепер і він був винен у тому, що тут сталося.

— Так... — ще раз повторив поліцейський, ніби прийнявши якесь важливе рішення.

Все, що відбулося тут, було для нього очевидним з перших секунд, коли поліцейський помітив, як катається по землі й виє клубок людей... Мабуть, цієї ночі було викрадено ще одне тіло. І не з'явися вони вчасно, тіл цілком могло б стати на одне більше — за рахунок нещасного сторожа...

Тепер слід відвернути увагу всіх цих родичів і хоч якось заспокоїти.

— Я — Алваро Кальварес, слідчий, призначений у справі викрадачів. Для початку покажіть мені могилу вашої родички. Чи впевнені ви, що її дійсно осквернили?

— Ходімо!

— Йдемо-йдемо! Самі побачите! — підхопило відразу кілька голосів, і натовп тут же кинувся в іншу сторону кладовища — до спаплюженої могили.

— Альбо! Допитайте сторожа і залишайтеся поки на місці! — розпорядився слідчий і рішуче пішов геть в оточенні досі збуджених людей. Родичі жертви наперебій почали ділитися з ним своїми спостереженнями та версіями...

Альба торкнула за плече ще тремтячого чоловіка:

— Сеньйоре...

— Я такий вдячний вам! — сторож кладовища схопив її руку, і його єдине вціліле око запливло сльозою. На блідому від пережитих хвилювань обличчі, подряпаному і перемазаному землею і кров'ю, відбилася щира вдячність.

«Тільки б старого удар не вхопив», — стурбовано оцінила Альба його стан, але вголос сказала інше:

— Де ви можете привести себе в порядок? Я хотіла б з вами поговорити...

— Ходімо в мою сторожку! Начальство виділило мені приміщення, в якому я можу відпочити, якщо не чергую... Я дуже відповідально ставлюся до своєї роботи!

Поки сторож йшов попереду, Альба не могла стримати усмішки, слухаючи його розповідь.

«Навряд чи ти як годиться обходиш кладовище кілька разів за ніч... Напевно, забився звечора до своєї комірчини і спатоньки. Адже мертві... вони нікуди не подінуться», — з деяким сарказмом думала Альба.

Власне, нічого поганого в такій поведінці сторожа не було, навіть не дивлячись на суворі приписи. У Тіхуані, як і в більшості невеликих мексиканських містечок, занадто шанували традиції, щоб порушувати спокій мертвих. Сторож на кладовищі був потрібний скоріше для загального порядку: стежити за тим, щоб не росли бур'яни, і згрібати розкидане вітром сухе листя. Інших проблем тут майже не існувало: для бандитських розбірок кладовище не було цікавим місцем — ні для кого не секрет, що бандити дуже забобонні і без особливої потреби привертати увагу Смерті на свої голови не ризикнуть. Інші представники — сатаністи або хто-небудь подібний — якщо і були присутні в місті, то поводилися тихо і ні в яких витівках помічені не були. Що стосується приїжджих — тут вже могли виникати варіанти (адже за всіма не встежиш!). Але щоб викрадати трупи...

Кому це взагалі може бути потрібно? І чому з одного кладовища?

Відповідь хоча б на одне з цих питань Альба сподівалася отримати від чоловіка, який йшов попереду і через кожні десять кроків надривно стогнав і витирав лисину зім'ятою носовою хусткою.

І, звичайно ж, помічник інспектора не могла знати, що відповіді, які вона отримає через пів години, залишать питань більше, ніж їх було сперш...

Глава 31
Чому вимерли мамонти

Гроза почалася раптово. Каміла ледь встигла зачинити за собою двері салону, як з небес пролунав перший гуркіт. Підспівуючи йому, відразу в один голос завили сигналізації декількох припаркованих неподалік автомобілів.

Серед них, мабуть, була і машина Регіни: не особливо поспішаючи, сеньйора підійшла до дверей, виставила руку з блочком сигналізації прямо під перші краплі стихії, таким чином змусивши автомобіль замовкнути.

— Доброго ранку, Каміло, — посміхнулася вона одними куточками губ, безпристрасно розглядаючи раптово потемніле небо, що прямо на очах наливалося свинцевими хмарами. — Себастьяне! — крикнула вже вглиб салону, продовжуючи спостерігати за швидкою ходою грози.

Хлопець одразу з'явився на її поклик. Він привітався з дівчиною лише швидким кивком, ніби слова раптом застрягли в пересохлому горлі. Очі його блищали, як від гарячки, а обличчя здавалося надзвичайно блідим. Каміла вже зібралася було звернутися до нього, але першою заговорила пані Регіна.

— Юначе, чи не будете ви такі люб'язні супроводити мене в якості водія? Я не дуже впевнено воджу машину і їхати в таку погоду не дуже хотіла б. Але погода — не привід відкласти заплановану зустріч. Мене чекають, і прибути треба вчасно.

— Як скажете, сеньйоро, — покірно погодився Себастьян, проводжаючи поглядом Камілу.

— Сеньйоро, може, не варто їхати в таку негоду? — пролунав раптом поруч доброзичливий голос Пілар. — Он як у неба зіпсувався настрій! Зараз поллє...

Немов на підтвердження слів жінки, тут же пролунав ще один гуркіт грому, а замість невпевнених перших крапель з небес як по команді обвалилася стіна води. Спочатку вода бігла, ніби проціджена крізь сито, а потім у сита, напевно, вирвало дно від водяного напору, і дощ став суцільною завісою. Однак ці небесні метаморфози не додали емоцій на незворушне обличчя Регіни.

— Мені все одно, який настрій у неба. Головне — у мене він відмінний. І не варто його псувати непотрібними зауваженнями, — додала вона з натиском. — Просто...

— Просто я вже йду виконувати свою роботу, — легко продовжила її фразу тямуща Пілар.

У жінки не було ні найменшого бажання злити сеньйору. Та й образи тримати вона не звикла.

Регіна хотіла було знову гукнути Себастьяна, однак хлопець з'явився сам, захопивши з собою парасольку.

— Я готовий, — кивнув, виставляючи в дверний проріз парасольку на витягнутій руці.

— Тільки візьму сумочку, — стримано посміхнулася сеньйора і попрямувала до свого кабінету.

Проводжаючи начальницю поглядом, Себастьян вперше зауважив, що ще не бачив її у взутті не на таких височенних підборах і в одязі не чорного кольору. Носила вона потай траур або вважала, що тільки чорний личить власниці ритуального салону, — цього він не знав. В принципі, не особливо й хотів знати. Єдине, про що турбувався хлопець: що скаже Каміла після їх вчорашнього холодного прощання. І після вчорашньої невдачі... Вони повинні порозумітися — це неминуче.

Однак зараз слід заслужити довіру і прихильність господині, виконуючи її доручення. І привчити її до думки, що він, Себастьян, просто знахідка для салону...

Тому юнак з готовністю відчинив парасольку перед Регіною, проводжаючи її до машини. Галантно відчинивши жінці дверцята, обійшов автомобіль і стрибнув на місце водія. Габаритне авто обережно почало рухатись, ніби дивовижна сіра риба, і плавно попливло в потоці дощу, який вже не тільки лився з неба, але й струмками тік по тротуару.

Каміла дивилася вслід автомобілю. Найбільше на світі їй хотілося зараз зачинити двері за Себастьяном в своїй майстерні і вислухати його розповідь від першої особи...

Але, як видно, доведеться почекати.

Грім вдарив знову, потім, набираючи темп, ще і ще, ніби на небі просто над їх головами починалася генеральна репетиція божевільних барабанщиків. Слідом за соло на барабанах раптом яскравіше спалахнуло і тут же згасло світло, зануривши приміщення салону в напівтемряву.

Не маючи бажання спускатися до себе, Каміла побрела до Пілар.

Та, нітрохи не бентежачись через відсутність світла, якраз діставала зі своєї об'ємної сумки термос.

— О, Камілочко! А я зібралася покликати тебе. Давай-но вип'ємо кави в жіночій компанії — не думаю, що найближчим часом у нас буде черга з клієнтів...

— Із задоволенням! — радісно погодилася Каміла.

— Ходімо до Дороті, а то зранку вона виглядала якоюсь зажуреною.

«Зажуреною» — це було сказано досить слабо, враховуючи, що дівчина стояла біля вікна і швидко витирала рукавом сльози на щоках. Побачивши подруг, Дороті спробувала посміхнутися, але посмішка вийшла жалюгідною.

— Я не зрозуміла! На вулиці така сирість, а ти ще вирішила розвести вогкість і тут, так? — сплеснула руками Пілар.

Каміла швидко підійшла до дівчини і обняла її за плечі.

— Дороті, що з тобою? Тебе хтось образив?

— Ні-ні, — Доротея енергійно замотала головою. — Ніхто мене не ображав. Просто... Просто погода така...

— Дівчинко моя, що трапилося? — Пілар з іншого боку обняла її тендітні плечі. — Поділися - і стане легше.

— Не стане, — схлипнула Доротея, вже не стримуючи сліз. — Так... Сумно і самотньо...

— А як він? Знає про твої почуття? — Пілар кивнула в бік дверей. Називати ім'я не треба — здається, весь салон був у курсі, за ким сохне Доротея... Крім, напевно, самого Освальдо.

— Ні, — знову схлипнула флористка, незрячим поглядом проводжаючи краплі, що билися об шибку і скочувалися вниз. — Він просто... не звертає на мене уваги.

— А що ти робила для того, щоб звернув? Це ж мужики! Вони не розуміють натяків і довгих сумних поглядів.

Пілар погладила її по голові, заспокоюючи, немов маленьку. Каміла просто мовчала, не знаючи, чим тут можна зарадити.

— Ти не намагалася з ним поговорити?

— Ні... Чоловік сам повинен посилати знаки уваги, а не дівчина, — почала виправдовуватися Доротея, квапливо витираючи сльози.

Пілар лише тихо розсміялася.

— Дорога моя, запам'ятай: якби всі жінки нічого не робили самі, а тільки чекали від чоловіків вчинків, то рід людський давно б вимер! Як мамонти... Вже повір моєму віку і досвіду. Шкода тільки, що деякі особливо скромні, — вона ще раз провела теплою долонею по волоссю Доротеї, — розуміють це дуже пізно... Ну, головне, щоб не занадто пізно!

Пілар на мить примружила очі, немов придумуючи якийсь підступний план, і її усміхнене обличчя осяяла лукава — майже юна — посмішка.

— Дороті, у тебе з розетки — он там, за столом, спалахнув вогонь! Зрозуміла?

— Господи! Де вогонь? — ледь не підстрибнула Доротея і кинулась геть від розетки.

— Тепер немає, але він там був! І ти злякалася!

Доротея кліпала очима, все ще не розуміючи, що від неї хочуть, а Пілар вже зникла за дверима.

Ще через пів хвилини дизайнер повернулася в супроводі Освальдо. Він здивовано моргав, слухаючи емоційну розповідь жінки про страшну розетку.

— Я взагалі-то не спец... — пробурмотів молодий чоловік, невпевнено підходячи до столу, за яким ховалася розетка, що раптово стала популярною.

— Але просто подивитися ти можеш? А раптом там все оплавилося! Бідна Доротея так злякалася! Уяви собі — цілий стовп полум'я!

— Щось не видно, щоб вона оплавилася, — знизав плечима Освальдо, незграбно розглядаючи електроточку.

— Туди обов'язково потрібно поставити заглушку! Бідна дівчинка! Вона ледь не загинула, бо стояла зовсім поруч! Подумати тільки, адже ми могли її втратити! — повторювала Пілар, не шкодуючи емоцій.

Перелякана Доротея лише розгублено кліпала великими як блюдця очима, дивлячись то на старшу подругу, в якій — хто б міг подумати! — ховалася видатна актриса, то на Освальдо, який тепер теж дивився на неї. І на обличчі хлопця — невже їй не здалося? — відбився реальний переляк.

— Тебе не зачепило, Дороті? Все нормально? — звернувся він до дівчини.

Та змогла лише невпевнено кивнути. Тепер весь її блідий і заплаканий вигляд викликав співчуття навіть у такого «сухаря», як Освальдо.

Небо, немов підіграючи геніальній п'єсі під режисурою Пілар, ще раз гримнуло — цей звук здавався надзвичайно гучним. Бідолаха Доротея здригнулася знову, обхопивши себе за плечі.

— Ти боїшся грози? — якось раптом м'яко і ласкаво запитав Освальдо.

Він дивився на дівчину вже трохи інакше, ніж кілька хвилин тому.

— Ні... Так!.. Я боюся... — прошепотіла нещасна скромниця, ніяк не чекаючи такої витівки від колеги.

— Так, сідай ось сюди! Ти вся тремтиш... Заспокойся, тепер все нормально, — Пілар, саджаючи дівчину на стілець, крадькома підморгнула їй. — Зараз тобі потрібно чогось теплого випити, щоб прийти до тями... О, у мене і термос є! Почекай...

Каміла, перебуваючи в захваті від геніального ходу старшої подруги, мишкою вибігла за двері, метнулася в крихітну загальну кімнату відпочинку і через пів хвилини з'явилася знову — з двома чашками.

— Пілар, а ти не пам'ятаєш номер аварійної служби? Треба повідомити, що пропала електрика. А то сеньйора буде незадоволена, якщо ми цього не зробимо, — підіграючи подрузі, сказала вона.

— Здається, я теж не пам'ятаю... Йдемо, пошукаємо телефонну книгу... Куди я могла її засунути? Освальдо, побудеш тут з Дороті? Раптом знову щось трапиться з цією розеткою... Посторожіть її, поки приїде аварійна служба, — про це потрібно обов'язково повідомити. Так і до пожежі недалеко!

— Звичайно-звичайно, — махнув рукою Освальдо. — Не хвилюйтеся, я постережу і розетку, і Дороті.

— Пийте каву, поки не охолола!

Каміла щільно причинила за собою двері і повернулася до Пілар із грайливою усмішкою. Вона насилу стримувалася, щоб не засміятися. Старша подруга строго пригрозила їй пальцем і, підхопивши дівчину під лікоть, потягнула за собою в свою майстерню. І вже тільки там промовила голосним шепотом:

— Ну а що робити? Вона зів'яне скоро, дивлячись в його сторону! А він один комп'ютер свій і бачить, та ще роботу, звичайно. А те, що дівчисько пропадає... Тепер нехай посидять трохи в сутінках — дивись, до чого-небудь і домовляться...

— Я ніколи не думала, що ви така... авантюристка! — Каміла дивилася на Пілар майже з захопленням.

Жінка коротким жестом поправила зачіску і задоволено усміхнулася.

— Ще й не на таке підеш, щоб допомогти цій молоді нетямущій! А то... як мамонти, чесне слово!

До аварійної служби дійсно подзвонили, але, як і очікувалося, отримали відповідь, що на лінії аварія і її вже усувають. Так що жінкам залишилося лише вбивати час, розмовляючи про всяке різне.

Матео-старший і художник Алехандро, якого примхи погоди теж застали в салоні, питання проведення часу вирішили ще простіше: колода карт зашаруділа по табурету під емоційні вигуки. Матео хотів було долучити до чоловічої забави Освальдо і навіть пішов за ним, але на його шляху тут же виросла Пілар, грізно вперши руками в боки і зсунувши брови на переніссі. Одного її виду без жодних пояснень вистачило, щоб переляканий продавець втік.

Весь цей час двері майстерні Доротеї не відчинялися: двоє молодих працівників салону були наодинці.

Зацікавлені, жінки навшпиньки підкралися до самих дверей і трохи відчинили їх, бажаючи заглянути в щілинку. І те, що вони побачили, змусило їх обох переможно посміхнутися: хлопець і дівчина стояли біля вікна, роздивляючись візерунки, залишені водою на мокрому склі. Гроза вже приборкала свій характер, і тепер звичайний дощ продовжував заколисувати їх своїм монотонним шумом.

Високий Освальдо стояв позаду Доротеї. Маківка дівчини торкалася його підборіддя. Руки хлопця лежали у неї на плечах. Схилившись, він говорив їй щось на вухо. Доротея посміхалася і, тихо сяючи від щастя, виглядала просто красунею.

Пілар знову потягла Камілу геть від дверей.

— Що ви додали до кави? Приворотне зілля? — прошепотіла дівчина.

— Ні, всього лише коньяк, — посміхнулася Пілар. — Йдемо, йдемо, не будемо заважати їм...

Електрика так і не з'явилася: або пошкодження на лінії виявилося серйозним, або електрики не надто поспішали ремонтувати його під дощем. В особливо темних кутках салону, де вікон не було, довелося запалити свічки. Це виглядало навіть красиво.

Після обіду дощ нарешті припинився, і в салон заглянуло кілька клієнтів. Кожен взявся за свою роботу, крім Каміли, котрій поки не було що робити. Вона зібралася зайти до Доротеї, але, побачивши в майстерні Освальдо, який тепер не поспішав за свій комп'ютер, тихо зникла. Тоді дівчина спустилася в підвал і, увімкнувши ліхтарик мобільника, витягла з тумбочки кілька свічок, які лежали там про всяк випадок. За всі три роки її роботи таких ситуацій випадало небагато, а шкода: в це приміщення денне світло не проникало взагалі, і відблиски свічок надавали обстановці особливий таємничий колорит.

Високі кручені свічки, поставлені Камілою по кутах, виглядали майже урочисто. Маленькі язички полум'я, не зустрічаючи вітру, тягнули вгору яскраві долоньки. Притихши біля столу в робочій кімнаті, дівчина занурилася в свої думки...

— Каміло, електрику дали! — почулося зверху, і в підвал заглянув Матео. — А сеньйора Регіна зателефонувала і сказала, що її сьогодні вже не буде. Так що можеш піти додому раніше, — хитро підморгнув продавець. — Раптом що — я прикрию.

— Дякую, але... Мені потрібно зробити ревізію: деякі засоби закінчуються, і пора поповнювати запаси... Тож я ще залишуся.

— Як хочеш, — знизав плечима той.

— А Себастьян? Його... теж не буде? — не втрималася Каміла.

— Ні, про нього Регіна нічого не говорила, — байдуже відповів Матео і зник за дверима.

Каміла, зітхнувши, підійшла було до вимикача, але тут же передумала і повернулася назад. Дівчина не хотіла нічого змінювати: тепле сяйво свічок мало скрасити її очікування.

Вона чекала Себастьяна.

Глава 32
Заблудлий ангел і блакитна блискавка

У відділок вони поверталися поспішно: проігнорувати п'ятий поспіль дзвінок Маріо, свого безпосереднього начальника, Алваро просто не міг. Огляд місця події та опитування всіх родичів, які вимагали зараз же, негайно знайти вандалів і покарати всіх винних, забрало досить багато часу.

Дорогою вони майже не розмовляли: бос, занурений в свої роздуми, на всі питання Альби відповідав коротко.

І тільки через пів години після прибуття до відділку, повернувшись з кабінету шефа чорніший за хмару, інспектор опустив свій стаканчик з кавою на стіл і тихо вилаявся. Інший стакан, на превеликий подив Альби, він поставив перед нею.

— Я так і знав, що буде щось подібне! — нарешті вимовив чоловік, важко зітхаючи і ковтаючи чи не пів порції кави відразу. — Я просто спиною відчував, що без проблем не обійдеться!

— І яка ж головна? — обережно запитала Альба.

— Головна в тому, що ця сама сеньйора Ірма, могилу якої спаплюжили, доводиться тітонькою нашому вельмишановному меру! — роздратовано видихнув Алваро і другим ковтком прикінчив залишки кави. — І тепер наш доблесний шеф повинен доповідати йому особисто про результати розслідування. Про позитивні результати! А зараз вгадай, кого пустять на ганчірочки, якщо такого не буде?

— От так справи! — і собі зітхнула Альба. — Тільки мера нам ще тут не вистачало...

— Гаразд, — втомлено махнув рукою Алваро. — Це я так. Все це — дрібниці життя. Все одно ми будемо робити свою справу, незалежно від того, чиї родичі там замішані — мера, президента або Святого Петра... Отже, що у нас є?

Алваро пожвавішав і, підхопивши зі столу маркер, підійшов до невеликого білого полотна дошки для записів. Він любив робити на ній позначки — це допомагало йому розкласти по поличках отриману інформацію.

— Кладовище — те саме, час — той самий, тобто — наступна ніч після похорону. Наш мисливець за трупами, ким би він не був, цікавиться лише «свіжими» небіжчиками. Але! На відміну від двох попередніх випадків, коли трупи викрали, тепер могила була розрита, однак покійниця залишилася на місці. Труна пошкоджена лише злегка — схоже, її намагалися відкрити і не довели справу до кінця.

— Я знаю чому! Їм завадив сторож, який почув шум і вийшов розібратися, що відбувається, — додала Альба.

— Їм? — здивовано підняв кущисті брови Алваро.

— Схоже, що так. За словами сторожа, він обійшов територію кладовища до настання сутінків і збирався повторити обхід опівночі. Ну, насправді збирався чи тільки на словах — це вже інше питання... Однак зі своєї сторожки він після півночі і вийшов. У шоу «Говорить і показує», яке він дивився в цей час, почалася рекламна пауза з перервою на нічний випуск новин, а це — якраз після півночі. Так ось, судячи з розповіді сеньйора Педро Рохо, цього самого сторожа, він чув від напарника про викрадача трупів, який провернув там вже дві справи і обидві — успішно. Правда, все це траплялося не в його зміну, але всім сторожам наказали бути насторожі — вибач за каламбур, — посміхнулася Альба. — Тож, вийшовши зі сторожки і почувши на кладовищі підозрілі звуки, він, озброївшись ліхтарем і кийком, відправився туди.

— Ліхтарем і кийком?

— І ще електрошокером. Але коли був уже недалеко від того місця, звідки лунали підозрілі звуки, йому назустріч вибіг ангел.

— Ангел? — брови Алваро піднялися до позначки крайнього подиву.

Альба тільки посміхнулася — не завжди випадає нагода здивувати боса.

— Саме так і сказав сеньйор Рохо. «Мені назустріч вибіг ангел! Вона була дуже налякана і просто заплакала від щастя, коли побачила мене», — це я цитую його слова.

— Ще й «вона», — хмикнув Алваро і надряпав на дошці кривими літерами «вона». — Але чому ангел?

— Дівчина була в білій сукні і дуже красива. Тому він спочатку подумав, що це ангел.

— Хороша, побожна людина, — пробурмотів Алваро без тіні усмішки. — І як же вона пояснила свою раптову появу?

— Вона нібито приїхала на кладовище, щоб провідати свою давно померлу бабусю. І довго шукала могилу, бо не була тут вже багато років. А коли знайшла, то тривалий час стояла поруч, не звертаючи уваги на те, що вже темніє. Потім заблукала і в темряві все бродила й бродила по кладовищу. Навіть кликала на допомогу, однак її ніхто не чув. Побачивши ж промінь ліхтарика, побігла просто йому назустріч.

— І наш Педро, без сумнівів, з радістю провів заблукану душу до воріт кладовища... — задумливо протягнув інспектор. — І навіть викликав їй таксі.

— Ні, таксі він їй не викликав. Дівчина, подякувавши, пішла пішки по дорозі. А вже повертаючись, він почув шум двигуна і побачив світло фар на узбіччі шосе.

— А куди поїхав автомобіль, наш сторож не запам'ятав? Вбік міста або...

— В інший бік. Це він запам'ятав точно, бо ще здивувався.

— Гм... Це може нічого не означати або означати дуже багато. Але якщо там був автомобіль — на неї чекали. Чи не інші вандали? Або автомобіль належав цій самій дівчині. Звичайно, запитати прізвище «ангела» або хоча б її бабусі, яку вона там шукала, наш сеньйор Педро, напевно, не додумався.

— Саме так, — підтвердила Альба. — Як, втім, і не здогадався повернутися до того місця, звідки нібито чув підозрілі звуки. Він провів дівчину, повернувся, прислухався — все тихо. Тому і пішов назад у сторожку.

— Тобто в цей час інших вандалів на кладовищі вже не було. Інакше вони б завершили діло.

— Або ця дівчина і є та, кого ми шукаємо, — задумливо пробурмотіла Альба. — А що вдалося знайти вам? Крім несамовитих родичів покійної.

— Їх можна зрозуміти... Приходять вранці на кладовище провідати покійну, а там — могила геть розрита, труну пошкоджено, а сторож — ні сном ні духом нічого не знає.

— Та вже дісталося йому, бідоласі. Після такого не тільки ангели — і блискавки ввижатися будуть.

— Які ще блискавки? — насторожився Алваро.

Він нагадував зараз службову собаку-шукача, котра нагострила вуха і готова взяти слід.

— Сторож сказав, що, вже доводячи дівчину до воріт, побачив, як промайнула над дорогою блакитна блискавка.

— Однак вночі не було грози.

— Не було навіть дощу — земля залишалася сухою.

— Може, це було чимось іншим? Чи не чув він шум двигуна?

— Я теж поставила йому таке запитання, — кивнула Альба. — Але він не пам'ятає. Не звернув уваги, бо він розмовляв із дівчиною... Із ангелом.

— Добре, що не зі Святим Христофором... А скільки він перед цим випив?

— Господом присягнув, що не пив зовсім. Але, думаю, це не та частина показань, в якій він присягнувся б на Біблії.

— Якщо взагалі чомусь в його показаннях можна довіряти. Чи не...

— Чи не спільник він тієї компанії, що господарює на кладовищі? Але навіщо тоді йому впускати їх саме під час своєї зміни?

— Адже вони були там і в зміни двох інших сторожів... До речі, їх теж треба перевірити.

— Це я й зроблю, — кивнула Альба.

— Мені здається, діяло кілька людей, — задумливо протягнув Алваро, розглядаючи лише йому зрозумілі закарлючки на своїй дошці. — Що дивно, так це вибір жертв. Чи випадковий він? Першим був чоловік у віці. Переплутали? Помилилися могилою? Або він і був їм потрібен? Потім молода дівчина. Далі літня сеньйора, та ще й тітка мера! Навіщо їм зайвий раз нариватися на неприємності? Ясно, що їх і так будуть шукати, однак, вибираючи таку жертву, вони привертають до себе ще більше уваги... Чи це їм і треба?

— А може, вони не знали, хто вона?

— Половина Тіхуани була запрошена на похорон, — знизав плечима інспектор, продовжуючи крутити маркер в руках. — Стоп! Так, Тіхуани! А якщо злочинці не з місцевих?

— Але який їм сенс ризикувати на кладовищі чужого міста, куди ще треба дістатися?.. Звідки? І заради чого — щоб вкрасти трупи діда, онуки й бабусі?

— Так, мотив поки залишається неясним. Особливо, якщо діяла група. І зовсім незрозуміла участь молодої дівчини. Гарної. У котрої повинні бути заняття цікавіші, ніж тягатися вночі по кладовищах і красти трупи...

— А раптом вона справді непричетна до цього?

— Малоймовірно. Адже якби вона не відвернула увагу сторожа, той цілком міг побачити головних злочинців, що орудують біля могили.

— ...котрі були настільки боязкими, що втекли відразу ж, відчувши небезпеку? І навіть не повернулися, щоб закінчити почате.

— Так, логіки замало...

Алваро зробив широкий помах маркером біля дошки і, зітхнувши, надів на нього ковпачок. Що могло означати: «Мозковий штурм закінчено. На найближчий час».

З білої поверхні на Альбу дивився один великий і криватий знак питання.

Глава 33
Про що не розкажуть свічки

Він прочинив двері, і полум'я вже наполовину згорілих свічок судорожно стрепенулося. Каміла, піднявши голову, зустріла Себастьяна довгим поглядом трохи вологих очей. Він, секунду подумавши, зачинив двері на засувку: їх розмові не повинен перешкодити ніхто сторонній. А розмова мала бути нелегкою — це хлопець зрозумів без слів, тільки-но глянувши в повні тривоги очі коханої.

— Я все знаю. Я була там. Вчора. На кладовищі, — почала вона без передмови трохи тремтячим від хвилювання голосом.

Себастьян відскочив, немов від удару. Він нічого не відповів. Він чекав продовження.

— Не питай, як я там опинилася, — швидко додала Каміла. — Однак я повинна була розібратися з усім цим.

— Значить, мені не привиділося... Вчора я ледь не зіткнувся зі сторожем. Довелося втекти... І тоді мені почувся твій голос — але не думав, що це може бути правдою. Знав би я...

— Ти не зміг би втекти, якби я не відвернула увагу сторожа. Мені вдалося переконати його, що це я шуміла, бо заблукала... Я попросила вивести мене за ворота. Він сам, бідолаха, був наляканий більше мене.

— Загалом, ти моя рятівниця, так? — сумно посміхнувся Себастьян, обережно доторкнувшись до її руки.

— Скажи... Навіщо ти це робив?

Її очі у відблисках скупого вогню свічок здавалися ще більшими. Зараз вони нагадували бездонні колодязі з іскрою полум'я в самій глибині.

— Це все було тільки для тебе... — видихнув Себастьян і відчув, як тіло раптом затремтіло, не в силах стримати емоцій.

Він боявся, що Каміла не зрозуміє, наскільки він любить її і на що пішов заради своєї любові. Хлопець не міг відірвати погляду від вабливих, яскравих, згубних очей своєї дівчини і був готовий потонути в них без залишку.

— Пробач... Мені хотілося, щоб ти була щасливою. Коли спостерігав, як ти працюєш, як твориш красу... Ти завжди виглядаєш такою задоволеною... І, навпаки, коли немає роботи — ти сумна і пригнічена... Я хотів, щоб ти посміхалася. І виглядала такою ж зосередженою, як тоді, коли наносиш грим, захоплена своїм заняттям. Я думав... Пробач... Напевно, я робив щось не те...

Каміла не відриваючись дивилася на хлопця. В душі у неї бушував ураган: її коханий Себастьян, добрий, красивий, чуйний, найкращий у світі, — викрадач трупів?! Це абсолютно не вкладалося в голові. Першим поривом було — скочити, піти і скоріше забути про все... Але вона стрималася. Перед нею були очі Себастьяна, котрі чекали й були наповнені такою тривогою і страхом втратити її, Камілу, що вона просто не могла зараз його кинути. Що б не зробив хлопець — він зробив це в ім'я кохання до неї...

Дівчина відчула, як їй не вистачає повітря. І тільки зараз зрозуміла: весь цей час дивилася в очі Себастьяна, затамувавши подих. Вона глибоко зітхнула і відвела нарешті від нього свій погляд... Серце шалено калатало, проте думки поступово ставали більш впорядкованими.

«Це жахливо, паскудно і немислимо! — крутилося в голові Каміли. — Та якщо і він відчував те ж саме — і проте пішов на це, щоб я раділа від можливості творити... Наскільки він повинен кохати мене...»

Тепер вчинок Себастьяна вже не здавався дівчині таким диким. Він її кохає! У нього немає іншої, і він не вплутався в жодні небезпечні зв'язки зі злочинним світом — ці думки все сильніше і наполегливіше пробивалися крізь товщу нерозуміння і неприйняття його дій.

Звичайно, викрадення трупів — незаконно і аморально! Але хіба можна судити людину, яка втратила від кохання голову і забула про правила пристойності? Хіба можна назвати його божевільним? Ні, це його кохання до неї божевільне. І чим вона збиралася відплатити йому — піти, кинути його...

Каяття захлеснуло Камілу, і вона знову глянула в очі коханому. Але тепер її погляд не обпікав — він пестив, як теплі хвилі океану.

— Ти пішов на це... заради мене... — тихо повторила вона зізнання Себастьяна. — Невже ти так кохаєш мене?..

Її вузька долонька ковзнула по його щоці. І він немов ожив від цього ніжного дотику — на щічки повернувся рум'янець, а очі зволожилися від щастя.

— Ти навіть не уявляєш, як я тебе кохаю... — прошепотів хлопець, притиснувши її долоню до свого обличчя. — Не існує нічого, що я не зміг би для тебе зробити...

І тут Каміла не втрималася і заплакала. Але це були світлі сльози, вони несли не біль, а лише полегшення.

— Я теж кохаю тебе! — тихо промовила вона. — І буду кохати до самої смерті...

Вона першою потягнулася губами до його губ. Решта гіркоти в душі раптом відійшла, поступившись місцем всеосяжній радості.

Тремтлива, гостра ніжність хвилями наповнила тіло Себастьяна.

— Я готовий на будь-що, лише б ти була щасливою! Я так кохаю тебе...

Закохані затихли, емоції перетворилися в дотики, мова тіла, давня і могутня, зрозуміла двом. І ці невимовні слова гарячим сплетінням рук — вуст — тіл співали зараз пісню, пісню кохання, над якою не владний ні час, ні обставини. Забувши про все, в напівтемряві підвалу, чиї гості зазвичай холодні й мовчазні, хлопець і дівчина поспішали — прагнули розповісти одне одному про свої почуття, розповісти пестощами, трепетом сердець, безладним шепотом...

І тільки палаючі свічки були мимовільними свідками шаленого, нестримного танцю тіней, що спліталися і розпліталися знову на похмурій стіні підвалу.

Свічки знали: їхнє світло тепер не потрібне, бо у цих двох був свій власний іскристий і вічний — чудовий світ кохання...

Глава 34
Фоторобот

— Що ж...

Альба трохи примружилася, розглядаючи те, що вийшло в результаті майже години спільних зусиль, і ще раз недовірливо подивилася на сеньйора Рохо. Той вкотре старанно витер лисину хусточкою, хоча у відділку, напханому кондиціонерами, зараз, ближче до вечора, зовсім було не жарко.

— Ви впевнені, що дівчина мала саме такий вигляд?

З портрета, роздрукованого на кольоровому принтері, дивилася карими очима невідома красуня з довгими темними кучерями.

Сторож з готовністю закивав головою. Альба ще раз зітхнула.

— Дякую вам, сеньйоре. Ваші свідчення дуже допомогли слідству. Можете поки бути вільні. Всього найкращого.

— Радий був допомогти, сеньйоро інспектор, — з незграбним поклоном сторож викотився за двері, не приховуючи своєї радості від того, що все це нарешті для нього закінчилося.

Альба з кислим обличчям знову втупилася у фоторобот, коли в кабінет увійшов Алваро.

— І що ми маємо?

— Зовсім нічого, — похитала головою дівчина, простягаючи портрет інспекторуі. — Схоже, фантазії сторожа неабияк підкріпилися потужними вливаннями в організм текіли. Поглянь на цей фоторобот. Його сміливо можна відправляти на фотоконкурс «Міс Мексика».

— Щонайменше, — хмикнув Алваро, теж розглядаючи дивний портрет.

У інспектора з'явився несподівано гарний настрій. Але його позитивного настрою Альба не розділяла.

— І що наш преподобний Маріо?

— Не варто називати «преподобним» начальника в кімнаті, де цілком може бути прослуховування, — добродушно зауважив інспектор.

— Де? У поліцейському відділку? У мене є знайомий лікар — кажуть, прекрасно лікує від параної.

— Саме так! — раптом вигукнув Алваро, піднявши вказівний палець.

Альба чогось підняла очі в напрямку того місця, куди він вказував. Крім самотньої лампочки під скромним абажуром, там не було нічого, лише муха поважно прогулювалася по стелі.

— Що значить це «саме»? Пошукати номер лікаря? — з легким сумнівом перепитала дівчина.

— А за компанію — номери всіх найближчих психлікарень. І запитай, може, від них втікали пацієнти.

— Всіх найближчих, — передражнила вона, але Алваро не зрозумів її сарказму. — Ніби ви щойно спустилися із хмарочоса, а не два роки живете тут. Це вам не Мехіко. Усі найближчі — це притулок Святої Юстини, він же — єдиний в місті та околицях. Слава богу, тут не так багато божевільних.

— І добре б ще, якби всі вони перебували під наглядом, — додав інспектор.

— У нашому випадку — навпаки. Добре було б, якби один з них втік і його ми зараз ловили б. Тоді хоча б зрозуміло, з чим маємо справу. Бо препо...

Алваро голосно крякнув, і Альба тут же виправилася:

— А то комісар Мендес пустить на фарш нас з вами, якщо ми незабаром не відкопаємо осквернителя або осквернителів могили покійної тітоньки нашого дорогоцінного мера.

— Відкопати — не найкраще слово зараз...

Альба, не витримавши, засміялася. Шеф жартував своєрідно, але це траплялося зовсім нечасто — тому цінувалося ще дорожче.

— Все ж таки спробуємо розіслати фоторобот по відділках — а раптом що-небудь з цього вийде.

— Не знаю... Занадто неправдоподібно все це. Красуня в білій сукні опівночі на кладовищі, вандали, котрі втікають від ліхтаря... До речі, їх знаряддя так і не знайшли. Тому, якщо припустити, що злочинці все-таки тікали...

Брови Алваро знову перемістилися до перенісся, і, помітивши метаморфозу, Альба пошкодувала, що все хороше так швидко закінчується.

— Так, спробую зателефонувати до лікарні. Може, нам хоч тут пощастить...

Притулок для душевнохворих Святої Юстини нічим не порадував. Як і пара інших, які перебувають на відстані, що дозволило б психічно хворому дістатися до міста і сховатися десь в його околицях. Або невідомий не був психом, або добре прикидався, залишаючись непоміченим.

Не дали надії й бесіди зі сторожами: нічого підозрілого вони не бачили. До того ж кладовище — не закрита територія, сюди міг прийти провідати померлих родичів будь-який бажаючий. Тому вдень нічні викрадачі могли розгулювати там скільки заманеться, задумуючи свої підступні плани.

Але сюрприз, та ще й неприємний, чекав на їх розслідування з іншого боку. Альба зрозуміла це, коли, прийшовши на роботу вранці, побачила на своєму столі свіжий випуск місцевої газети. Алваро, чорніший за хмару, замість вітання кивнув на нього.

«Вандали на кладовищі: в місті орудує зграя викрадачів тіл!» — величезними буквами сповіщав заголовок на першій сторінці газети.

— Приїхали, — зітхнула Альба, не ставши заглиблюватися в читання.

— «...прямо перед носом у поліції, яка нічого не робить», — похмуро процитував Алваро. — Гаразд... — махнув рукою інспектор. — Цього варто було очікувати: писакам дай тільки привід. Така їхня робота. А нам краще взятися до роботи і не звертати уваги на подібні речі. Є якісь ідеї? — звернувся він до своєї помічниці.

— Хіба що одна, — зізналася Альба. — Я ось все думала, чи є якісь особливості у цього кладовища, де відбулися всі три випадки. Ну, чим воно відрізняється від інших? Так ось — тим, що знаходиться якнайдалі від житлової частини міста. І ближче всіх до дороги, що веде до сусіднього містечка. Після галасу, що підніметься тепер, особливо — після подібної писанини, злочинець, якщо він не зовсім божевільний, навряд чи ризикне сунутися на те саме місце... Може, є сенс відвідати кладовища в сусідньому місті і розпитати там, чи не було чогось схожого? Є ймовірність, що такий скандальний випадок, як вандалізм на місці вічного спочинку, могли і приховати. Особливо, якщо в поліцію ніхто з родичів не звертався.

Хвилину подумавши, Алваро кивнув головою:

— Можливо, в цьому щось є. До того ж кращих ідей поки не спостерігається... Тому провідай-но сусідів. А я тим часом приділю увагу місцевим божевільним — не всі з них знаходяться на лікуванні.

Сперечатися помічниця не стала.

Чесно кажучи, ніяких особливих надій на свою поїздку Альба не покладала. Але вже сама можливість вирватися хоч на час із задушливого міста і проїхатися по дорозі, що місцями вела до самого океану, здавалася надто привабливою.

Шум близьких хвиль, зливаючись зі звуками вітру, нагадував дивну музику. Відчинивши вікно, дівчина дозволила повітряним потокам грати зі своїм волоссям. Настрій несподівано взяв курс на романтичний лад. Як давно вона не виїжджала до океану? Але ж така краса — зовсім поруч! Деякі туристи долають сотні, а то й тисячі кілометрів, тільки щоб опинитися на одному з пляжів і осідлати круту хвилю на дошці для серфінгу.

«До біса все нервування! — раптом, несподівано навіть для себе, вирішила Альба. — Покінчимо з цією справою, і відразу візьму хоча б два тижні відпустки. І на пляж! Просто відпочивати і не думати про всілякі дурниці... А може, і собі зайнятися серфінгом?»

З такими думками Альба пролетіла велику частину дороги, майже не помітивши її. Вже під'їжджаючи до околиць Росаріто, вона спробувала повернути собі серйозний настрій і зосередитися на роботі, але це не дуже-то виходило. Так що доглядач першого кладовища, куди вивів її шлях і навігатор, був трохи здивований, помітивши дівчину з поліцейським жетоном, на обличчі якої блукала мрійлива усмішка...

Поверталася назад Альба вже в другій половині дня і не з радісним настроєм. Вся її поїздка виявилася лише марнуванням часу — два кладовища Росаріто були такими старими, що там давно вже перестали ховати, і ці останні притулки покійних взагалі ніхто не охороняв. Наглядачі інших кладовищ в один голос стверджували, що у них нічого підозрілого не траплялося, і всі тут, включаючи небіжчиків, поводяться мирно.

Так що, крім подяк за попередження, Альба не отримала від цієї поїздки нічого. І навіть дорога назад виявилася куди довшою — адже цього разу помічниця інспектора думала про свій порожній шлунок і про смачні пампушки в крамничці за рогом поруч з поліцейським відділком...

Ледве встигнувши увійти, вона з розгону майже налетіла на довготелесого хлопця в широких реперських штанах, який в супроводі чергового невпевнено переставляв ноги, йдучи по коридору. Один рукав його сорочки був практично відірваний і бовтався на декількох ниточках, а на колись білу майку під розстебнутою сорочкою з розбитої губи капала кров.

Порівнявшись з дошкою, на якій висіли фотографії розшукуваних злочинців і зниклих без вісти, похмурий молодий чоловік, який досі байдуже поглядав на всі боки, раптом здивовано підняв брови.

— Оце так... — пробурмотів він собі під ніс і рушив далі тільки після відчутного стусана в спину збоку молодого поліцейського, який супроводжував його в камеру.

Підозріло окинувши поглядом затриманого, Альба попрямувала до свого кабінету.

Алваро ще не було на місці: схоже, його побачення з потенційними підозрюваними все ще тривали. Взагалі, потрібно було б передзвонити шефу і запропонувати допомогу, але... Якась навіть не думка, а смутна здогадка раптом закрутилася майже на краю свідомості, звідки приходять осяяння або думки про самогубство...

Альба вже важко опустилася в своє крісло, але раптом різко схопилася і кинулася назад.

— Хлопець з розбитим обличчям — його щойно повів молодший інспектор Гусман... За що його затримали? — звернулася вона до чергового, який реєструє новоприбулого в супроводі поліції.

— А, цей? Здається, мотоцикліст побився з водієм вантажівки. Хтось із них комусь не поступився дорогою, і мотоцикл потрапив під колеса... А цей «льотчик» дивом врятувався. Тільки, на відміну від нього, водій вантажівки був тверезим... Поки розбираються. А навіщо він тобі?

Але Альба вже не слухала. Кивнувши на знак подяки, вона поспішила далі, немов боялася не встигнути — а раптом примарний здогад вислизне від неї, коли вона знову погляне йому в обличчя?

Молодший інспектор Гусман трохи здивувався її візиту, але заперечувати не став — і тепер Альба блискучими очима мовчки розглядала затриманого.

Той сидів за хмурим столом, ніяково намагаючись заповнити якийсь офіційний бланк. Однак, немов відчувши погляд жінки, повільно — дуже повільно — повернувся в її бік. Було очевидно, що хлопець досі знаходиться під впливом якихось наркотиків.

— Портрет дівчини на стіні, фоторобот — ти ж на нього дивився, чи не так? — без передмов звернулася Альба до хлопця.

— Ну і що? — знизав плечима він і розв'язно посміхнувся. — Це теж злочин, так?

— Ти з нею знайомий? — Альба проігнорувала його випад.

— Перший раз бачу, — крізь зуби процідив затриманий і втупився на свої схрещені в замок пальці.

Гусман, нічого не розуміючи, заморгав, слухаючи цю розмову, і Альба відчула себе ідіоткою. Не вдаючись в пояснення, вона просто повернулася і пішла до виходу.

— А якщо знаю — що тоді? Мене звідси випустять? — раптом пролунало вже їй услід, і Альба швидко обернулася.

Затриманий так само продовжував дивитися на свої руки, а не на неї.

— Все може бути, — обережно відповіла вона. — Залежить від того, наскільки цінною виявиться ваша допомога.

— А її що, посадять? Тоді ні-і-і, — пробурмотів він раптом якимось хрипким голосом.

— Вона не злочинниця і навіть не підозрювана, — поспішно, здається, навіть занадто відповіла Альба. — Дівчина — цінний свідок з особливо важливої справи. Нам потрібно відшукати її.

Хлопець кинув на Альбу короткий недовірливий погляд і знову повернувся до споглядання власних не надто чистих рук.

— Може бути, їй самій загрожує небезпека. І якщо ми її не знайдемо... — багатозначно додала вона, тепер і сама не дивлячись в очі затриманому.

Той, схоже, губився під її прямим поглядом.

— Її точно не кинуть за ґрати? — ще раз перепитав він.

— Їй може загрожувати небезпека, — тепер уже більш наполегливо повторила Альба. — Але якщо ви нам допоможете...

— Так, бачив я її. Разок. Така лялечка... Це точно вона. Подружка одного придурка, який продав мені той мотоцикл, котрий тепер накрився...

— Ви бачили її один раз? І запам'ятали?

— Таку — запам'ятаєш, — хмикнув бритоголовий молодик. — Зуб даю, що вона. Камілою звуть.

— З Тіхуани?

— Не в курсі. Дружок її з Росаріто, майже сусід мій буде.

— Каміла, значить...

Альба ледве стримувала урочисту посмішку: нехай ниточка була примарною і в будь-яку секунду могла стати черговим провалом, але все ж... Професійне чуття, без якого в їх роботі ніяк, тихо підказувало їй: цей довготелесий не помиляється.

Кривий знак питання, намальований Алваро на дошці, в її уяві перетворився в таку ж нерівну букву «К».

Глава 35
Двоє на березі

У невеликому затишному кафе з вуличною терасою, незважаючи на прекрасний теплий вечір, народу виявилося небагато. Неголосна музика, вириваючись з відчинених вікон закладу, додавала романтики обстановці. І це було не зайвим, адже сьогодні за столиком на вісім чоловік саме ці восьмеро зібралися не просто так. Дієго покликав друзів з нагоди, і нагода була особливою.

Одягнений в незвично білу сорочку, відпрасовану до хрускоту, трохи хвилюючись, він попросив наповнити келихи легким білим вином, відкоркована пляшка якого чекала свого часу, поки присутні неквапливо розмовляли.

Коли прохання виконали, Дієго піднявся і підхопив свій келих. Щоки його зарум'янились, видно було, що чоловік хвилюється.

— Я хочу оголосити вам, друзі, гарну новину, — почав він, трохи затинаючись від хвилювання. Але тут же виправив себе, дивлячись на Ванессу, яка сиділа поруч — таку ж рум'яну і трохи збентежену.

— Правильніше, ми хочемо оголосити гарну новину!

Посміхнувшись, Ванесса теж підхопила келих і піднялася зі свого місця. На дівчині була легка світла сукня, а її волосся кольору воронячого крила вільно лежало на плечах. І зараз, поруч з Дієго, різкі риси її обличчя немов трохи пом'якшилися, зробивши індіанку несподівано гарненькою. Або тому сприяла щаслива посмішка і палаючі, радісні очі?

— Ми хочемо оголосити про свої заручини.
— Оце так новина!

— Ну нарешті!

— Молодці!

— Ми раді за вас!

Це все прозвучало практично одночасно з різних кінців столу. Каміла і Себастьян, Слай, просто страшенно задоволена собою, незворушний Педро і навіть Освальдо та Доротея, які прийшли на свято разом, — ніхто не стримував емоцій.

— За вас! — першим перейшов від слів до справи Педро, і краї келихів стикнулися, весело задзвенівши в унісон.

— Це дійсно прекрасна новина! Як добре, Камілочко, що ми вирішили їх познайомити, — голосним шепотом заторохтіла Слай на вухо Камілі. — Ну, поглянь на них — вони просто створені одне для одного! Дієго — такий добрий і спокійний, з нього вийде відмінний сім'янин! І у Ванессі він не розчарується — вона дуже хазяйновита дівчина... Вони ідеально підходять одне одному!

Дійсно, закохані добре виглядали разом, і хоча обом було вже не по сімнадцять, свої почуття приховати їм не вдавалося. Дієго раз у раз поглядав на наречену, яка просто світилася від щастя.

— Як добре! — прошепотіла Доротея. — Я така рада за Дієго. Йому страшенно не щастило з жінками. Здається, Ванесса — хороша дівчина.

— А коли весілля? — Слай поставила питання, яке крутилося на язиці у кожного.

— Ми ще точно не вирішили, але однозначно до Нового року! Хочемо, щоб з його початком для нас почалося й нове життя.

Дієго розчулено торкнувся плеча Ванесси, дівчина відповіла закоханим поглядом.

— І за це треба випити!

— За вас!

— Нехай все у вас буде добре!

Себастьян, вже піднявши келих з вином, затримав погляд на Камілі. Відчувши це, вона миттєво обернулася до нього.

«Може, і нам пора подумати про заручини?» — запитували його очі.

«Може», — відповідали лукаві іскорки в очах Каміли.

Вечірка продовжилася, і тут же на невеликому майданчику між столиками організували танці. Якраз в цьому Себастьян особливими талантами не відрізнявся, тому разом з Педро вважав за краще залишитися в «групі підтримки», плескаючи танцюючим. А ось Дієго несподівано виявився хорошим танцюристом: разом зі Слай вони зійшлися в ритмі запальної музики в центрі кола друзів, які теж не відставали.

Злегка примруживши очі, Себастьян продовжував милуватися Камілою: до чого ж вона граціозна! Як їй личить ця сукня... Та їй все личить...

Відчувши на собі його погляд, дівчина, обернувшись, посміхнулася йому. А коли танець закінчився, крадькома махнула рукою, пропонуючи відійти вбік.

— Давай втечемо, — раптом сказала вона. — Прямо зараз.

— А як же... інші?

— Вони зрозуміють, — муркнула Каміла і обійняла коханого, трохи підвівшись навшпиньки.

Якщо у Себастьяна і залишалися ще якісь сумніви з приводу «зручно-незручно», то вони тут же розлетілися на шматки.

— Давай...

Нікому нічого не пояснюючи, закохані, взявшись за руки, просто зникли з вечірки. Можливо, хтось і помітив їх втечу, проте наздоганяти не став.

— Куди тепер? — запитала Каміла, коли вони опинилися вже за кілька кварталів від кафе.

Теплий вечір ще тільки розгорався, переплавляючи в золото білосніжні боки ледачих хмар, що розтягнулися над містом.

— Куди-небудь, де м'яке і тепле... і ласкаве... — видихнув Себастьян, посміхаючись.

Каміла раптом засміялася, легко й радісно, як дитина, яка придумала смішний жарт.

— Я знаю, про що ти говориш, — про океан! Що може бути тепліше, м'якше і ніжніше, ніж його води?

— Ну, може бути, я мав на увазі не зовсім океан... Але він — дуже навіть підходить. Дійсно: поїхали до океану!

«Як добре, коли немає гнітючих обставин, немає зобов'язань, які змушують тебе зранку до ночі виконувати рутину, а потім приходити в порожній будинок і чекати... Чого? Що вранці почнеться інше життя? Що все зміниться? Рідко доля дає подібний шанс... Щастя знайти непросто. Але я своє знайшов і нікому його не віддам», — думав Себастьян, обережно перебираючи шовковисті локони дівчини. Вони їхали в таксі, і голова Каміли довірливо лежала на його плечі, а тепле рівне дихання ніжно торкалося щоки.

Напевно, це і було щастя.

Коли вони опинилися в своєму таємному місці, сонце, немов велика риба-кит, вже пірнуло за горизонт, а в бузковому мареві над їх головами почали вимальовуватися силуети зірок.

Залишивши одяг на березі, дві рибки поменше теж пірнули в теплу воду — щоб зі сміхом ганятися одне за одним, розкидаючи мереживні гірлянди бризок, плескатися і плавати наввипередки. А потім сил майже не залишилося, але м'які лапи хвиль підштовхнули їх до берега, і двоє обнялися, завмерши на місці, на кордоні між водою і сушею. Вони мовчали, не наважуючись словами зруйнувати урочисту тишу. Лише лінивe дихання океану і короткі посвисти вітру плели навколо них примарну мережу з напівзвуків...

Нескінченне, таке ж глибоке, як і темний океан, небо розкрилося над ними, і вже неможливо було розрізнити, де закінчується одне і починається інше.

— Ти вийдеш за мене? — раптом промовив Себастьян, і його слова здалися природним продовженням мелодії, створеної вітром.

— Так, — так само спокійно і впевнено відповіла вона, ніби мова йшла про щось давним-давно вирішене.

Можливо, це рішення їх ангелів, а їм залишилося тільки підтвердити волю небес.

— Пробач... Я зовсім не готовий. І навіть не купив обручку, — зізнався він, занурившись обличчям у її волосся, воно було ще мокрим і пахло солоним вітром.

— Хіба це так важливо? Обручка, намисто, браслет... Це все — лише речі. Або, в кращому разі, символи, потрібні не стільки для нас, як для всіх інших: ось, ми тепер одружені... Навіщо нам символи, якщо я й так знаю, що ти мене кохаєш. І що я тебе кохаю, — неголосно відповіла вона, піднявши обличчя до темної безодні, немов говорила не з Себастьяном, а з небом.

— І ми завжди будемо разом...

— Завжди...

Він, підхопивши її на руки, закружляв, а потім обережно, ніби крихту дорогоцінність, виніс з води на берег.

— Ах, як красиво! Давай залишимося тут... назавжди. Або хоча б до світанку, — прошепотіла Каміла, притискаючись до свого коханого всім тілом.

— Ти вже замерзла, — посміхнувся Себастьян, як і раніше обіймаючи дівчину. — А до світанку ми з тобою перетворимося в крижинки, якщо не зігріємося.

Вони дійсно вже почали тремтіти на вітрі, що наситився нічною прохолодою і став трохи колючим. Їх тіла від холоду лише міцніше притискалися одне до одного.

— Ти правий. Тоді йдемо грітися...

— Ми обов'язково прийдемо сюди знову, — пообіцяв він, не відпускаючи її.

— Якщо ти будеш і далі тримати мене, нам доведеться йти додому в такому вигляді — мокрими, — тихо засміялася Каміла, обережно звільняючись від його рук.

Вона, звичайно ж, була права. Але як не хотілося відпускати її навіть на хвилину!

— Знаєш, якось, коли я ще розвозив піцу, спостерігав одну картину. Вулицею йшла пара літніх людей. Вони не поспішали і, напевно, через вік не могли рухатися швидко. Вони підтримували одне одного і йшли, взявшись за руки. Інші люди дивилися на них і, мені здається, заздрили тому, що ці двоє зуміли зберегти своє кохання через багато років... Я теж їм заздрив. І думав про тебе. Тоді ми з тобою тільки познайомилися, я ще не смів сподіватися... Але все одно — мріяв, що коли-небудь і ми з тобою будемо разом.

І коли прийде старість, так само будемо гуляти по місту, тримаючись за руки...

— Так і буде, — відповіла Каміла.

У темряві він не бачив її обличчя, але знав, що вона посміхається своєю мрійливою посмішкою, в яку він давно закохався. Скільки днів минуло? Здається, вже пів життя. І немає більше самотнього сумного хлопця, якого ніхто не чекає і який сам вже не очікує від життя дива.

Тепер вони разом.

І так буде завжди...

Глава 36
Нічні страхи

Дорога до Росаріто не забрала багато часу. Не змовляючись, вони попрямували до Каміли: дістатися до її квартири виявилося набагато простіше, ніж до його самотнього будиночка на околиці міста. Ще трохи, і будиночок зовсім сумуватиме за своїм господарем...

— Тримаючись за руки, вони пірнули в темну діру під'їзду.
— Я — перша!

Каміла швидко застукала підборами по сходах вгору: на вузьких сходах двом поміститися було важкувато. Але навіть якщо б він і дуже хотів, навряд чи зміг наздогнати свою кохану: Себастьяна не раз вражала її здатність орієнтуватися в темряві. «У тебе в роду, напевно, були кішки», — сказав він їй одного разу, і Камілі дуже сподобався цей жарт. А потім, подумавши, вона зізналася: якби їй дали завдання намалювати свій власний герб, то кішку на ньому вона зобразила б обов'язково...

Ось і зараз котяча родичка втекла вперед, а його очі, не такі зрячі, і ще менш слухняні ноги продовжували спотикатися об кожну сходинку.

Як завжди в цю пору, нагорі сходового отвору ледь маячив далекий вогник і сходи щільно огортав морок, розбавляючи каламутними плямами хіба що до третього поверху.

Тому, коли на Себастьяна десь збоку раптом навалилося чиєсь тіло, від несподіванки він ледве втримався на ногах.

В останню секунду перед падінням пальці вхопилися за край вузьких залізних перил. Із густої темряви на нього війнуло жахливим запахом застояного спиртного...

Зорієнтувавшись, Себастьян міцніше обхопив невидимого нападника: тепер по сходах вниз вони могли загриміти лише удвох. Каміла в цей час вже, мабуть, дійшла до своєї квартири: зверху долинув мелодійний звук зв'язки ключів, а за ним — скрип дверей. Що відбувалося внизу, вона не чула.

— Що ти тут забув? — прошипів хтось невидимий сиплим голосом, і запах дешевого віскі став ще різкішим.

— А ти що? — відгукнувся Себастьян, не відпускаючи супротивника.

Він уже досить отямився, щоб зрозуміти: нападник, ким би той не був, швидше за все — один і до того ж нетверезий. А значить, все не так уже й погано.

— Я тут живу! — раптом з несподіваною образою відповів хтось, видавши чергову порцію «дивовижного аромату».

— Я теж! — не здавав позицій Себастьян.

Хлопець нарешті додумався зробити те, що треба було з самого початку: однією рукою намацав в кишені мобільник і навмання натиснув якусь кнопку. Різко висмикнувши телефон з кишені, він підняв його, освітивши незнайомця... який через секунду опинився дуже навіть знайомим: цю фізіономію з триденною щетиною йому вже доводилося бачити біля будинку Каміли. І всякий раз цей тип, який фігурою нагадує боксера, уважно проводжав його очима.

Тепер же він дивився з відвертим здивуванням — так, ніби побачив привида. Його пальці, до цього мертвою хваткою зімкнуті на передпліччі Себастьяна, самі собою розтиснулися.

— Ти чого? — буркнув він раптом, моргаючи очима через світло — хоч і слабке, але цілком достатнє, щоб бачити один одного.

— Що значить чого? Нападаєш ні з того ні з сього, а потім ще...

Себастьян хотів додати «ставиш дурні питання», але вчасно зупинився: не варто даремно дратувати п'яного. Поєдинок між ними навряд чи закінчився б для нього перемогою. До того ж той був тут «своїм», а Себастьян — ні.

— Що ти тут забув? — повторив своє питання задирака (Себастьян про себе вже встиг охрестити його Культуристом). Але в його голосі вже не було первісної агресії — тільки подив.

— Я йду до своєї дівчини, — чесно відповів Себастьян, дивлячись Культуристові прямо в очі. — До Каміли.

— До Каміли?!

Блискучі, з припухлими повіками очі здоровили раптом стали зовсім круглими. Він з пів хвилини в упор розглядав Себастьяна з подивом і незрозумілою насторогою, що межує зі страхом.

— Ти цей... Себастьян, чи що, так? — раптом видихнув він, і хлопець у відповідь кивнув.

— Він самий. А тепер давай підемо кожен своєю дорогою, — якомога миролюбніше запропонував Себастьян і обережно зробив кілька кроків по сходах вгору.

На превелике полегшення, Культурист не став перешкоджати йому. Але і заспокоїтися теж не зміг.

— То куди ж ти йдеш? — повторив він.

— Туди! — вже не так миролюбно гаркнув Себастьян, втрачаючи терпіння. Вся ця п'яна бридня конкретно діяла йому на нерви. — До своєї дівчини.

— Але вона... Не живе там більше... — пробурмотів йому вслід Культурист, незрозуміло до кого звертаючись — чи то до хлопця, який вже встиг піднятися на проліт вгору, чи то до самого себе.

Себастьян ледь не розреготався. Це ж треба — стільки влити в себе поганого пійла!

Але, продовжуючи свій шлях — вже в напівтемряві, з усе ще увімкненим в руці телефоном, — він раптом незрозуміло чому на секунду уявив собі, що цей Культурист правий і двері Каміли будуть замкненими. І не відчиняться на його стукіт, і не бризне з-під дверей яскрава смужка теплого світла. І що все це існує лише в мріях: виточена фігурка коханої, її голос і щасливий вечір... А насправді — темрява і тиша за дверима. І жахлива самотність — так, якби ніколи, ніколи більше...

Опинившись біля порога квартири, він нечутно притулився до дверей чолом. Незрозумілий страх липкими щупальцями охоплював його, пробираючись під одяг, сковуючи холодом кожен стукіт серця, що став раптом болючим...

Двері різко відчинилися, і Каміла ледь не збила його, вискочивши назустріч.

— Ти чому не заходиш? Я вже почала хвилюватися, — накинулася вона на Себастьяна, в її голосі звучала неприхована тривога.

Каміла обхопила його за шию, і від цього простого руху лід, що сковував серце хлопця, розсипався різнобарвним пилом. «Так, напевно, відчуває себе немовля, яке, прокинувшись вночі від страху, раптом бере на руки мама...» — подумав він, хапаючи в обійми свою кохану.

— Просто...

Він хотів було розповісти їй про зіткнення в темряві з типом напідпитку, але передумав — навіщо затьмарювати настрій? Адже нічого поганого не сталося.

— Просто я так кохаю тебе! Ти навіть не уявляєш, як сильно... — прошепотів він, занурюючись обличчям в її волосся, яке досі зберігало в собі солоний запах океану.

— Здається, уявляю, — посміхнулася Каміла, міцніше пригорнувшись до нього.

Смужка світла зникла за зачиненими дверима.

І всі страхи залишилися по той її бік, в темряві...

«Всі страхи залишилися по той бік дверей», — думав Себастьян, обіймаючи кохану. Вони насолоджувалися одне одним, поки їх, втомлених від поцілунків і ніжності, не накрив м'якими крилами сон...

...Кольорові картинки змінювали одна одну, немов візерунки калейдоскопа. Якісь особи, голоси. Кудись треба йти... Нічний морок, за яким він крадеться, спотикаючись об могильні плити. Грудки землі, що розлітаються в усі сторони, гарячкове нетерпіння — швидше, швидше, тільки швидше... Криваві бульбашки на руках. Поки лопата з глухим стуком не вдарилася об щось тверде — кришку труни.

Ледь помітний місяць в похмурому, згасаючому небі, дихаючому вогкістю, і ось-ось бризне дощем. Він піднімає кришку...

Застиглі очі мертвої жінки дивляться на нього, спостерігають за ним, і він не може відвести погляд. Як? Чому? «Очі ж повинні бути заплющені», — пробивається думка звідкись здалеку, немов слабка ниточка потопаючого розуму, але тіло не міркує — воно готове нести свою ношу.

Покійниця виявляється несподівано важкою, однак він несе її, закусивши від напруги губи до крові, несе на руках до виходу з кладовища, а виходу все не видно... Ноги ковзають на мокрому від дощу гравію, більше немає сил рухатися до зачинених воріт, що похмурою громадою нависають вже звідкись зверху... Чи він сам лежить на землі?!

Застогнавши і нервово сіпнувшись уві сні, немов бажаючи вибратися скоріше з павукових лап кошмару, Себастьян відкрив повіки...

І сам не зрозумів, де опинився.

Під невисокою стелею тьмяним оком дивилася вниз брудна лампочка. Кутки крилися в темряві, потворними жмутами зі стелі звисала пильна павутина. Від задушливого запаху горло дерло, ніби й там влаштувалася така ж павутина. Він лежав на низькому дивані, застеленому якоюсь ганчіркою... І поруч спала Каміла.

Нічого не розуміючи, але вже шалено намагаючись знайти серед усього незрозумілого, чужого, страхітливого єдиний орієнтир і опору в цьому іноді такому дивному світі, хлопець одним поривом притягнув до себе кохану.

— Каміло... Каміло, ти спиш?

Несподівано холодним виявилося її плече — і твердим, ніби витесаним з монолітного шматка мармуру...

— Каміло!

Швидко розвернувши її до себе, він, обімлівши від жаху, дивився в застиглі мертві очі...

— Ні!!!

...Його крик розбудив, напевно, пів будинку. Каміла, перелякана, тремтяча, обіймала Себастьяна обома руками і шепотіла щось заспокійливе, поки він божевільними очима вдивлявся в її обличчя. Обережно доторкнувся... І тільки відчувши знайоме тепло, з риданнями — не соромлячись сліз, до болю стиснув її, обіймаючи.

— Каміло... Це було... Це просто жахливо...

— Заспокойся, заспокойся, будь ласка... Я поруч з тобою... Все добре... Це лише сон, тобі наснився кошмар, ось і все... Заспокойся, дурненький...

Немов дитину, вона гладила його по голові і шепотіла щось втішне, поки він остаточно не прийшов до тями.

— Пробач... Але цей кошмар дійсно був страшним. Я прокинувся уві сні... І це пробудження було жахливіше самого кошмару...

Від спогаду крижані мурашки знову пробігли по його спині, змусивши здригнутися.

Потім вони ще довго лежали поруч мовчки, не розплітаючи рук. Тіні з вулиці, пробиваючись крізь напівопущену штору на вікні, рухалися по стелі. Вона не наважувалася запитати його, а він все ніяк не міг заспокоїтися, знову і знову переживаючи страшний сюжет. Нарешті спогади про сон достатньо вщухли, щоб Себастьян зміг розповісти про нього.

— Знаєш... Уже приблизно з місяць мене мучать кошмари. Різні... Але в кожному з них — ми порізно. І це страшніше, ніж всі полчища демонів разом узяті, якби раптом вони захотіли з'явитися...

Каміла довго мовчала — йому навіть здалося, що вона вже встигла заснути.

— Чесно кажучи, мене теж мучать тривожні сни. Вірніше, один і той самий сон: що чужі люди забирають мене у тебе. Я йду, а ти залишаєшся, і я нічого не можу з цим вдіяти...

Дівчина раптом схлипнула і тісніше притулилася до плеча Себастьяна. Тепер вже вона виглядала наляканою і розгубленою, а він намагався втішити її і підбадьорити.

— Ну-ну, заспокойся... Це був просто кошмар, — прошепотів хлопець, забувши про власні нічні страхи.

— Напевно, стрес, пережитий нами в той момент на кладовищі, коли ти тікав від сторожа, а я намагалася тебе врятувати, виявився глибшим, ніж ми думали спочатку, — припустила Каміла, і він не захотів уточнювати, що у нього це почалося набагато раніше. — Може, все мине з часом, а може... — Вона мерзлякувато зіщулилась, немов сама намагалася обтрусити холодні нитки недавньої мани. — Якщо ми звернемося за допомогою до психолога, нас, напевно, не зрозуміють, — тихо додала дівчина.

Її слова пролунали настільки наївно, що Себастьян не стримав сміх: він відразу ж уявив очі психолога, якому розповідає, де, як, а головне — чому пережив стрес, ледь не ставши здобиччю... страшного сторожа кладовища.

— Ні, нас точно не зрозуміють, — сказав хлопець, як і раніше посміхаючись.

І, ніби вирішивши раптом відкинути геть набридлі страхи, Каміла і сама посміхнулася.

— Я уявив вираз обличчя психолога...

— Я теж!..

Трохи помовчавши і вже остаточно опанувавши себе, Себастьян раптом додав:

— Знаєш, по-моєму, я знайшов ліки від наших страхів.

Каміла глянула на нього запитливо. У напівтемряві її очі здавалися зовсім чорними.

— І тобі, і мені сниться, що ми розлучаємося... Значить, щоб позбутися цього страху, наяву не потрібно розлучатися! Облишмо тягнути з весіллям — і обвінчаємося якомога скоріше. І щоб ніхто не посмів на тебе криво поглянути — зробимо все швидше.

— Що ти маєш на увазі? — Каміла, мабуть, була трохи приголомшена настільки спонтанним рішенням.

— Пропустимо заручини, — впевнено відповів Себастьян, — це зовсім і необов'язково. Запросимо друзів відразу на весілля. І будеш ти найпрекрасніша в світі наречена!

— Але як же... адже весілля...

— Вимагає грошей, я знаю. Однак я ж недарма дещо збирав уже кілька років... Так, королівських бенкетів обіцяти не можу, але... Церемонія і сукня у тебе будуть найкрасивіші! І наряд ми йдемо вибирати завтра ж!

— Правда-правда? — раптом зовсім по-дитячому пробелькотала вона, ледь стримуючи щасливі сльози.

— Правда-правда... — відповів Себастьян, не випускаючи її з кільця своїх рук.

І від цього рішення — може, несподіваного, але ніяк не поспішного, раптом зробилося так легко і світло на душі...

Коли рожевий промінь світанку, пробившись через напівопущену штору, обережно ковзнув по краю подушки, закохані мирно спали, як і раніше не розмикаючи рук.

А сни тепер були такими ж мирними і безтурботними, як і посмішки на їхніх обличчях...

Глава 37
Ліки від нервів

Частина розслідування, коли в справі з'являються нарешті хоч якісь зачіпки, — завжди була найулюбленішою для Альби. Хоча таких, дуже вже заплутаних ситуацій, траплялося не надто багато.

Звичайно, не так-то просто довести вину одних і невинність інших, але як же цей процес був далеко від гучних розслідувань в телесеріалах, вишукані хитросплетіння доказів і тонкі інтриги яких намертво приковували глядачів до блакитного екрану!

Ні, в практиці Альби траплялися й перестрілки з погонями, проте серед звичайної рутини і звітів іноді відчайдушно не вистачало романтики детективу...

А зараз — на білому аркуші безнадійної, здавалося б, справи стала потихеньку проявлятися подоба картинки. Так, ще тільки подоба, але вже можна сказати напевно: ця справа — незвичайна. І того, хто її розкриє, очікує коли не слава, то хоча б популярність міського масштабу. Особливо якщо врахувати, з якою пристрастю підключилися до історії журналісти: за відсутності фактів вони цілком обходилися чутками, що, в свою чергу, живлячись газетними новинами, росли як сніжна грудка.

Алваро дещо здивовано слухав квапливу розповідь Альби. Адже фоторобот дівчини, що з'явився недавно на дошці, відразу ж став у відділку живим анекдотом про мрії мужиків за п'ятдесят, яким нічого робити...

І тут раптом з'ясовується, що прекрасна незнайомка — зовсім не плід фантазії чоловіка напідпитку, а реальна людина! Вона дійсно існує — слова сторожа кладовища підтвердив водій з Росаріто, котрий випадково потрапив до відділку.

Однак такого ж радісного піднесення, як у його помічниці, Алваро не пережив. Він тільки байдуже знизав плечима.

— Чому ти настільки впевнена, що це саме та дівчина? Може, лобуряці просто нічого робити і він морочить голову? Придумав, що знає розшукувану. Але навіть якщо це й реальна дівчина — які у нас докази проти неї? Що з того, якщо вона дійсно заблукала на кладовищі вночі? Так тут поспівчувати треба, а не звинувачення пред'являти. Може, вона тут справді ні до чого?

— Так... Але раніше ти сам переконував мене, що таких збігів не буває.

Альба відчула розчарування, дивлячись на байдужий вираз обличчя шефа.

На відміну від нього, в ній уже загорівся той майже мисливський азарт, коли пазли один за іншим самі падають в руки і треба лише зуміти розкласти їх в правильному порядку...

— До того ж дівчину ми ні в чому поки не звинувачуємо, — продовжувала помічниця слідчого. — Я теж не думаю, що вона самостійно розважалася ночами, перетягуючи трупи з кладовища. Але, знайшовши її, ми могли б вийти на інших...

Алваро ще раз знизав плечима, і Альбі на цей раз захотілося гарненько його струснути. Невже це комісар Маріо зумів нагнати на боса таку меланхолію?

— Гаразд, спробуй розшукати цю, як її там... Камі...

— Камілу, — машинально виправила його Альба.

— Можливо, щось і визначиться. А я тим часом покопаюся в архівах: чи траплялися подібні події в Тіхуані і сусідніх містах за минулі кілька років... Чи доручити це тобі?

— Ні, мабуть, я займуся пошуком дівчини, — Альба насилу стримала сарказм і через секунду зрозуміла, що правильно зробила: кинувши на неї швидкий погляд з-під лоба, шеф, однак, не став заперечувати.

— Спробуй... Тільки спершу принеси мені кави! — крикнув він уже в спину напарниці.

Зі ще більшими труднощами стримуючи роздратування, вона все-таки вирушила в кімнату відпочинку.

— Звичайно ж! Ритися в архівах — це благородне заняття. А шукати дівчину — ні, це марно... Іноді складається враження, що у нього професійний нюх часом взагалі атрофується, — тихо бурмотіла Альба собі під ніс, вишукуючи стопку паперових стаканчиків.

Взяла в руку один, трохи замислилася... І роздратування на її обличчі змінилося лукавою посмішкою. Замість кавомашини вона підійшла до електрочайника.

Повернувшись до кабінету через кілька хвилин, поставила стаканчик перед Алваро — для цього довелося акуратно відсунути купу потрібних і дуже потрібних паперів, які лавиною розповзлися по його столу. Шеф уже сидів, втупившись у монітор, і за звичаєм не глянув ні на помічницю, ні на напій.

— Щось ще? — спитала вона милим голоском секретарки, яка з усіх сил хоче сподобатися директору.

Алваро нічого не запідозрив.

— Іди працюй, Альбо, — пробурмотів він, так само не відриваючись від монітора.

Легкою ходою жінка знову попрямувала до дверей. І вже з того боку її наздогнав обурений крик шефа:

— Альбо! Це що таке?!

Сховавши посмішку, вона не відмовила собі в задоволенні заглянути в кабінет, щоб помилуватися на вирячені круглі очі начальника, який ледь не вдавився від несподіванки. Але стовідсотково зійшов з небес на землю і нарешті помітив і її, і вміст стаканчика...

— Де? А, це... Це зелений чай. Бадьорить і заряджає енергією. Здається, ви вже підбадьорилися, інспекторе. А багато кави — шкідливо, від кави — нерви... На все добре, шефе!

Не випробовуючи більше долю, Альба поспішила піти: хто знає, як саме надумає її суворий бос помститися за чай, принесений замість кави. Ще передумає і зашле її в архів... Тим часом здивоване обличчя Алваро досі стояло у неї перед очима — і ця картинка веселила дівчину все більше. День сьогодні явно обіцяв бути вдалим!

Глава 38

Згоріле бажання

Маленький дворик з деревцями виглядав свіжим і вмитим після дощу.

Каміла склала парасольку і, перш ніж пірнути в перший під'їзд, із задоволенням озирнулась: прямо над двором розкинулася яскрава веселка. Це місце, пов'язане з її дитинством, завжди здавалося їй трошки чарівним. Час тут ніби завмер: ті ж коти, гидливо обходять дощові калюжі, ті ж троянди на клумбах під вікнами, ті ж старенькі лавочки.

На душі у дівчини було світло й радісно. Вона птахом злетіла на п'ятий поверх, навіть не захекавшись, — незважаючи на важку сумку.

Довгий дзвінок (сеньйора Маріїта погано чує) — і знайомі човгання за дверима. Каміла посміхнулася: сьогодні вона приготує своїй старшій подрузі особливу страву! Але коли двері відчинилися, посмішка дівчини трохи згасла: все ж час невблаганно біг і тут, в цьому чарівному місці, — сеньйора Марія виглядала ще більш постарілою. Старенька зовсім згорбилась, тремтячі руки важко справлялися із дверним замком.

— Камілочко, ангеле мій... Щось давно ти до мене не заглядала.

— Здрастуйте, сеньйоро Маріє, — нарочито бадьоро промовила дівчина, переступаючи поріг. — Вибачте мені, просто останнім часом дні не проходять, а пролітають.

— Це добре... Так буває, коли життя радісне і наповнене подіями, — літня сеньйора повільно попрямувала на кухню слідом за Камілою. — Ось мої дні повзуть, як равлики, бо всі мої події — це твої розповіді... ну, ще новини з телеящика!

Марія сердито кивнула на телевізор в кутку — так, ніби він був винен в самотності бідної старенької.

— Вгадайте, що ми сьогодні з вами приготуємо? — Каміла постаралася перевести розмову на більш веселу тему.

— Я дивлюся, ти пристрастилася до готування, — задоволеним тоном сказала Маріїта, важко опускаючись на стілець біля кухонного столу. — А пам'ятаєш, як раніше боялася качалку в руки взяти? Казала, що нічого в тебе не вийде...

— Якби не ваші уроки кулінарії, я б і зараз боялася, — відповіла Каміла, розсміявшись. — Ви мені всі свої секрети передали, ось хоча б, як зробити пиріг, котрий виконує бажання.

— А-а... — закивала старенька, — пам'ятаю я цей пиріг... Ну і як, дівчинко? Збулося бажання, що ти сховала в тому пирозі?

Каміла, викладаючи продукти на стіл, завмерши, подивилася на Маріїту. Обличчя дівчини світилося по-особливому.

— Так, — тихо відповіла вона. — Усе збулося, сеньйоро Маріїто... Мене кохають, і я кохаю — та так, що навіть і не мріяла...

Руки Каміли знову швидко взялися робити свою справу: овочі рушили в мийку, куряча грудка — в каструлю, борошно — у велику миску. Марія з цікавістю спостерігала за діями юної подруги, але, коли та вийняла з сумки листя молодих кукурудзяних качанів, насторожилася і з подивом глянула на Камілу:

— Це що, дівчинко? Невже ти зібралася приготувати...

— ...тамале? — лукаво закінчила її питання Каміла. — Так, саме його! Пам'ятаю, ви розповідали, що це була улюблена страва вашого дитинства.

Маріїта часто заморгала: на очі бабусі мимоволі навернулися сльози.

— О, Камілочко... Так, звичайно! Моя мати у свята готувала нам тамале. Потім вже я сама навчилася — і робила мало не через день. А після перестала: справи, турботи, часу не вистачало, а з тамале багато метушні... Давно я його не куштувала!

— Ну ось і скуштуємо разом!

Каміла впевнено місила кукурудзяну муку з маслом і сіллю, додавала курячий бульйон, тушкувала овочі...

— А ще один пиріг з бажанням не хочеш спекти? — хитро посміхнулася бабуся. — Якщо минулого разу все так чудово вийшло...

Каміла на секунду задумалася:

— Чому б і ні? Зроблю і маленький пиріжок. Тим більш відповідне бажання у мене вже є...

— Добре, коли у людини є мрії та бажання, — зітхнула сеньйора Маріїта. — Тоді вона знає, заради чого живе...

Дивлячись, як молода дівчина спритно управляється з цим, старенька відчувала гордість: саме вона навчила її всьому, що вміла сама. Жінка знала її ще мовчазною і боязкою дівчинкою-сиротою, але за цією непомітністю відчувалася прихована сила і навіть пристрасть. Сеньйора Маріїта хвилювалася, як складеться життя дівчинки без підтримки батьків, і не раз, звертаючись до святої заступниці, просила вберегти дитину від напастей і подарувати їй просте сімейне щастя...

Тамале були акуратно покладені в пароварку, а тісто на пиріг покрито чистим рушником. Тільки тоді Каміла дозволила собі присісти поруч з Маріїтою.

— Ну а тепер розкажи, який він — твій Себастьян? Так, здається, його звуть... — літня сеньйора, посміхаючись, дивилася на дівчину.

Зморшки-промінчики в куточках очей робили їх вираз добрим і співчутливим.

Каміла теж посміхнулася — радісно і променисто. Тепер вона вже не соромилася розповідати про Себастьяна, навпаки — готова була говорити про нього нескінченно.

— Він дуже добрий і розумний... Готовий допомогти кожному. Ще він сміливий, здатний ризикувати... Малює, як професійний художник, і за що не візьметься — все у нього виходить добре. До того ж він гарний. Високий і стрункий. І ще у нього такі очі...

Коли він дивиться на мене — я відчуваю, що коліна слабшають... І при всьому цьому Себастьян дуже скромний, ніколи не хвалиться, навпаки — приховує свої таланти.

Марія похитала головою:

— Прямо ідеал якийсь! Хіба такі хлопці зараз водяться на світі?

Каміла життєрадісно розсміялася:

— Ні, сеньйоро Маріїто! Себастьян один такий...

— І ти впевнена, що він кохає тебе?

— Так, впевнена! — твердо відповіла Каміла. — Якби ви тільки знали, на що він пішов заради мене... Не уявляю, що хтось зміг би покохати мене більше.

— Ну а ти, дівчинко? Ти дійсно кохаєш його?

Каміла подивилася старенькій прямо в очі:

— Я не просто кохаю його... Він став моєю частиною. Тепер розумію, що не зможу більше жити без нього... Ах, тітонько Маріїто! Якби ви тільки знали, яка я щаслива!

Каміла дійсно сяяла від радості. Від неї йшла гаряча хвиля кохання — Марія майже фізично відчувала цю хвилю і грілася в ній, як гріються втомлені і замерзлі мандрівники біля чужого жаркого вогню.

По кухні розлився дивовижний аромат — тамале був готовий.

— А давай-но пообідаємо не в кухні, а у вітальні, — несподівано запропонувала Маріїта.

— Чудова ідея! Ось тільки пиріг в духовку поставлю...

Марія понесла до вітальні тарілки і столові прибори, а дівчина поклала пиріг на деко. Потім швидко зробила в тісті поглиблення, нахилилася до нього і прошепотіла: «Хочу, щоб ми з Себастьяном жили довго і щасливо! І щоб наша любов не згасла навіть тоді, коли у нас з'являться онуки...»

Щічки її палали — чи то від хвилювання, чи то від жару духовки. Заліпивши тісто, Каміла відправила його випікатися, сама ж поспішила до сеньйори Маріїти...

Тамале вдався на славу! Молода дівчина і стара бабуся сиділи поруч за невеликим круглим столом, сміючись і розмовляючи про все на світі, немов дві нерозлучні подруги, і насолоджувалися чудовим частуванням.

Вікно навпроти було відкрите, і щебет птахів додавав відтінок затишку і природного колориту. Жінки почували себе, ніби на пікніку.

— Я така щаслива, Маріїто! — раптом сказала Каміла, відкинувшись на спинку стільця і прикривши очі. — Як це можливо — щоб дві абсолютно чужі людини, випадково зустрівшись, стали одним цілим?.. І він, і я знайшли те, про що мріяли тільки у снах... І перед нами — все життя! Життя разом...

— Так, дівчинко, — тихо сказала Марія. — Я бачу, яка ти щаслива... Недарма я просила всіх святих, щоб тобі зустрілася така людина, як Себастьян! Тепер ви одружитеся, і у вас народиться багато красивих дітлахів...

Така перспектива розвеселила їх обох.

— Чим це пахне? — раптом потягнула повітря носом сеньйора Маріїта.

— Пиріг! — вигукнула Каміла, кинувшись на кухню.

Але було занадто пізно: випічка безнадійно згоріла.

— Не засмучуйся! — сеньйора Маріїта з'явилася на кухні і обняла Камілу за плечі. — Це всього лише пиріг...

— Не просто пиріг, — Каміла мало не плакала. — У ньому було моє бажання... Воно згоріло!

— Ну що ти! — Марія тихо засміялася. — Це тільки дурне повір'я... Давай-но поп'ємо з тобою чайку.

Запашний аромат і терпкий смак чаю відволікли і заспокоїли дівчину.

«Дійсно, це всього лише зіпсований пиріг, — думала вона, гріючи руки об гарячу чашку. — Ніщо не завадить нам бути щасливими...»

І, покидаючи сеньйору Маріїту, Каміла вже поспішала назустріч новому дню — тому, в якому вони з Себастьяном знову будуть разом.

Глава 39
Хмарка щастя

— Так ти казав... абсолютно серйозно? — майже прошепотіла Каміла, завмерши перед величезною вітриною весільного салону.

Очі її, повні захоплення, мерехтіли двома зірочками.

— Звичайно. Пора звикнути до того, що я завжди говорю серйозно, — з поважним виглядом вимовив Себастьян і... не втримався від усмішки.

— Але... у нас, напевно, немає таких грошей. Цей салон... здається дуже дорогим.

— Ти у мене теж дорога. Давай для початку просто зайдемо і подивимось.

Каміла довірливо взяла його за руку, і від цього жесту Себастьян раптом відчув, як тепла хвиля неймовірної ніжності накрила все його єство — так, що на очі навернулися сльози.

«Напевно, це і є любов: коли кожну мить поруч з дорогою тобі людиною хочеться закарбувати в пам'яті назавжди, залишити в глибині душі до кінця життя; коли серце, повністю наповнене любов'ю, ти готовий на всі сто віддати його тій, без якої вже не можеш ні жити, ні дихати... Коли намертво приростаєш до дівчини, що зовсім недавно була для тебе чужою і незнайомою...» — все це промайнуло в одну мить, поки він тримав її за руку, відкриваючи перед майбутньою нареченою двері весільного салону.

Він не знав, що живе всередині нього — шалене кохання або ж любовне безумство. Але чи так це важливо, якщо він відчуває себе на сьомому небі? Хіба потрібно щось ще, якщо поруч дівчина зі щасливими очима, і ти готовий зробити все, аби в них не закралися ні смуток, ні тривога...

Переступивши поріг салону, Себастьян зупинився з відкритим ротом. Так, тут було на що подивитися: білосніжні вбрання з тонкого шовку, гіпюру і тюлю вражали воістину королівською величчю. Багатоярусні, стильні, з довгими шлейфами, скромні і відкриті, на будь-який смак і гаманець...

Поки вони удвох з Камілою мовчки споглядали розкішну різноманітність весільних убрань, до них, сяючи фірмовою посмішкою, вже поспішала продавець середніх років. Досвідченим оком визначивши, що перед нею потенційні клієнти, а не просто перехожі, котрі забігли подивитися, вона тут же взялася до роботи:

— Вітаю! Як я розумію, ви прийшли, щоб вибрати собі весільні наряди? Думаю, сперше — наречена. Прошу, у нас відмінний вибір прекрасних суконь!

Не дозволяючи їм отямитися, продавець підхопила Камілу під руку, немов стару знайому.

— Дозвольте показати вам кілька новинок — мені здається, вони могли б вам сподобатися! Ось, подивіться!

Каміла, не в силах вимовити ні слова, розглядала ряди суконь на манекенах, продавець же підійшла до Себастьяна.

— У вас дуже красива наречена! Будь-яке оздоблення буде їй личити... На яку суму ви розраховуєте? — запитала вона вже тихіше.

— Я знайду гроші, — видихнув він. — Нехай це буде найгарніша сукня.

Жінці явно була до душі така відповідь. Ще раз посміхнувшись, вона знову повернулася до Каміли.

— Щось подобається? Може, варто приміряти ось це?

Дівчина обернулася до Себастьяна — трохи розгублена, збентежена і радісна. Він лише кивнув їй — «Вибирай!» — а сам перемістився на маленький диванчик в кутку. Його, без сумніву, поставили тут саме для майбутніх чоловіків або родичів наречених, щоб не втомлювати їх довгим очікуванням вибору відповідного наряду. На низенькому столику біля диванчика можна було знайти чтиво на будь-який смак — від купи весільних журналів до ревю про подорожі, кулінарію, моду і футбол.

Але Себастьяну і так не було нудно. Всі його думки займала Каміла: він уявляв собі, якою прекрасною може бути вона в одній із цих суконь... І неважливо, скільки це коштує. Він знайде гроші. Зате його наречена буде найкрасивішою у всьому світі!

Роздивляючись весільний салон, хлопець раптом чомусь згадав інший заклад — салон «Санта Муерте», їх з Камілою місце роботи. Напевно, більш різкий контраст знайти було складно: білосніжна піднесеність для народження нової сім'ї, нового, вже спільного життя — і скорботна велич палаючих свічок, сувора стриманість траурного крепу, червоні троянди на чорному оксамиті...

Він здригнувся, відганяючиману, бо пам'ять забрала його ще далі: фотосесія, на якій він ледве впізнав Камілу в образі Святої Смерті...

У цей момент перед його очима раптом з'явилася сяюча біла хмарка — і всі думки розлетілися в різні боки.

Як? Невже...

Перед ним, ніяково посміхаючись, стояла Богиня. Зоряна королева напередодні інавгурації... Хоча навряд чи такі метафори могли передати те, що відкрилося його закоханому погляду зараз.

Сукня не була ні найдорожчою, ні найпишнішою, однак проста витонченість цього наряду якнайкраще підкреслювала красу нареченої. Розшитий орнаментом з дрібних стразів корсет охоплював тонку талію, а струмлива спідниця збігала вниз легкими хвилями. Верхній ярус найтоншої фати м'яко торкався точених плечей, а на шиї мерехтливими вогниками виблискувало намисто...

— Тобі подобається? — без кокетства в голосі запитала Каміла.

Її очі, дві сяючі зірки, запитально дивилися на хлопця.

Невже вона сама не усвідомлює того, наскільки зараз прекрасна?

У Себастьяна забракло слів, він зміг лише щосили закивати головою. Не дочекавшись іншої відповіді, Каміла знову зникла в примірочній.

Але продавець, здається, зрозуміла його почуття й без слів.

— Міс світу відпочиває, чи не так? — жінка змовницьки підморгнула Себастьяну.

Вона вже нітрохи не сумнівалася, що цей очманілий красунчик зі шкіри геть вилізе, але придбає для нареченої найкращий наряд.

Через кілька хвилин Каміла з'явилася у своїй звичайній сукні, але Себастьян, дивлячись на кохану дівчину, продовжував бачити королеву.

— Тобі й справді сподобалося? Ти так нічого й не сказав, — перепитала вона вже на вулиці.

— У мене просто мову відібрало, — зізнався він чесно, стискаючи її теплу долоньку. — Ти була сліпуче красива в цьому вбранні. Ми обов'язково його купимо!

— Може, не треба? Там все таке дороге... Я могла б просто взяти сукню напрокат у знайомої швачки...

— Ні! Ось тут вже дозволь мені вирішувати, — твердо заявив наречений. — Весілля — це раз в житті. І це не те, на чому варто економити.

Вона подивилася на нього із захопленням, і Себастьян розцвів від одного лише погляду.

— Гаразд, ми повернемося до цього питання пізніше... А тепер — давай-но вирішимо, куди нам рушити погуляти? — запропонував він, відкриваючи перед коханою дверцята блакитного «жука», що став вже майже рідним. — Не хочеться в таку погоду просто сидіти вдома...

А день і справді був чудовим. У радісному блакитному небі безтурботно наздоганяли одна одну пухкенькі білі хмарки. Сонце вгамувало свою пристрасть і обіймало землю теплом, але не жаром. Трохи поривчастий вітер навіть сюди, в центр міста, доносив свіжий бриз океану...

Каміла на секунду задумалася.

— Здається, у мене є чудова ідея! Доротея розповідала, що в місто приїхав парк атракціонів. Там будуть різні гойдалки і ярмарок чудес... Поїдемо? Вони розташувалися на західному пляжі. Думаю, нам не буде нудно!

«Поруч з тобою мені не нудно навіть в „Санта Муерте"», — подумав Себастьян, але вголос сказав зовсім інше:

— Чому б і ні? Здається, востаннє я був в такому місці років в дванадцять... Поїхали!

Вірний автомобільчик безвідмовно вирулив на дорогу і покотився в бік західного міського пляжу — улюбленого місця відпочинку половини городян.

Глава 40
З кришталевої глибини

Пересувний парк атракціонів вони побачили ще здалеку — не помітити його було б складно. Гойдалки та гірки, що йдуть, здавалося, в небеса, шум і весела музика, мерехтіння різнобарвних вогнів — все це рухалося, вигравало в повітрі і крутилося під звуки свята.

Себастьян насилу прилаштував свого «жука» серед інших автомобілів: знайти вільне місце виявилося непросто — на пляжі дійсно зібралося ледь не пів міста. Хлопець з дівчиною пройшли далі, до парку. Тепер в різнобарвній гучній метушні стали помітні захоплені й перелякані виски, сміх, аромати попкорну, солодкої вати і різної смакоти.

Себастьян зітхнув: вся ця метушня викликала у нього двоякі почуття. З одного боку, йому, як і будь-якому дорослому, іноді хотілося повернутися в дитинство, зануришись в атмосферу свята і веселощів; з іншого — він не дуже-то любив великі скупчення людей і швидко втомлювався від натовпу і людського гомону. Однак, дивлячись на задоволену посмішку Каміли, хлопець тут же вирішив, що вони приїхали сюди недарма: головне, їй тут подобається, а він витерпить заради неї що завгодно...

Але терпіти не довелося: вони й справді веселилися як діти. Взявшись за руки, до самого неба злітали на гойдалці-кораблику, верещали від захвату і страху на американських гірках, кружляли на каруселі і навіть разок проїхалися у вагончику дитячої залізниці...

Клуби солодкої вати нагадували клаптики рожевої хмари на паличці і залишали на руках і обличчі липкі сліди. Втомившись кружляти і кататися, закохані вирішили просто погуляти між рядами атракціонів, котрих з усіх боків обступили дітлахи і дорослі.

— Знаєш, я відчуваю себе зараз підлітком, який втік від батьків, — зізналася Каміла.

— У мене теж схоже почуття! Немов ось-ось подзвонить мама, і треба буде повертатися додому... І, як у підлітка, у мене прокинувся звірячий апетит! — чесно додав він.

Дівчина розсміялася.

— Тоді зробимо так само, як зробили б у тому віці — не будемо себе стримувати, з'їмо стільки, скільки в нас поміститься...

Через кілька хвилин у них в руках були два свіжих буріто — з сиром і куркою, упаковані в паперові пакетики. Пляшка лимонаду теж виявилася дуже навіть до речі. Вийшовши за периметр парку, молоді люди облаштувалися прямо на теплому піску, підібравши під себе ноги, і віддали належне вуличній їжі.

Кілька великих чайок, тут же помітивши їх, стали кружляти поруч, привертаючи до себе увагу.

— От уже жебраки! Нічого не пропустять!

— Давай кинемо їм по шматочку? — запропонувала Каміла.

— Варто нам це зробити, сюди прилетять кілька десятків їх подруг, — зупинив дівчину далекоглядний Себастьян. — А на завтра всі місцеві газети ряснітимуть заголовками: «Двох нерозумних місцевих жителів на березі з'їли чайки, переплутавши з бутербродами...»

— Не думаю, ми ще не настільки схожі на сендвічі, — засміялася Каміла.

— Розкажи це голодним чайкам.

Віддавши належне буріто, вони освіжили долоні від соусу тут же, в солоній воді.

З блаженним виглядом Себастьян розтягнувся на піску.

— Якби ще можна було сонце трохи затінити... Тоді — взагалі рай, — видихнув він, насолоджуючись приємним теплом і не менш приємною вагою в животі.

— Будь-який ваш каприз, сеньйоре, — знову засміялася Каміла, накриваючи його обличчя своїм напівпрозорим капелюшком. — Добре поводься, не чіпляйся до незнайомок і пильнуй мій капелюх. А я поки сходжу і пошукаю сміттєвий бак.

— Як скажете, сеньйоро, — пробурмотів Себастьян, не відкриваючи очей.

Легкі кроки Каміли розтанули збоку від нього.

«Сеньйора Толедо... Здається, дуже навіть непогано, — подумав раптом Себастьян. — Може, у мене і не найгучніше прізвище, але все ж поєднання милозвучне: Каміла Толедо! Навіть красиво виходить. Гарно...»

Думки розповзалися геть задоволеними равликами. Спокійний рокіт на подив смирного океану, далекі крики чайок, шум і голоси дітвори, яка пробігає повз, — серед цих мирних звуків Себастьян спочивав, як на м'якій подушці. Зараз прийде Каміла, і він схилиться головою до неї на коліна, і вони будуть про щось розмовляти...

Він відчував незвичайний спокій і умиротворення. Очі під капелюшком дівчини заплющувалися самі собою...

***

Першим, що відчув Себастьян, виринувши зі сну, була несподівана прохолода. Сонце прикривало свою верхівку хмарами, і вітер з океану виявився несподівано колючим. Остаточно прокинувшись, хлопець зрозумів, що сонячний диск змістився з зеніту майже на горизонт.

— Ми що, заснули прямо тут, на березі? — пробурмотів він, нарешті прибираючи з обличчя капелюх.

Йому ніхто не відповів.

Піднявшись, Себастьян спочатку озирнувся навколо: на цій ділянці пляжу, віддалік і від води, і від ярмарки, він був один. Кілька інших компаній, що обідали так само, як і вони, прямо на піску, ймовірно, давно пішли. Трохи далі, біля самої води, мирно прогулювалася закохана парочка, а ще далі — де берег був більш пологим, хлюпалися діти. Але Камілу він ніде не побачив.

Підхопившись, спершу вирішив пройтися уздовж прибережної лінії, вишукуючи очима знайому постать. Можливо, вона гуляє біля води, щоб не будити його, або збирає мушлі...

Однак дівчина зникла.

— Каміло... Де ж ти? — пробурмотів він, звертаючись вбік океану, і вийнявши з кишені мобільний.

Напівпрозорий серпанок клубочився попереду, кружляючи над світло-зеленими хвилями. Вода вже не була тихою: пінні вали з силою били об берег, невдоволено бурмочучи, немов розбуджений від солодкого сну звір.

Себастьян натиснув кнопку виклику на телефоні, але екран залишався чорним. Ще раз! Пристрій спробував увімкнутися, кліпнувши слабким вогником, жалібно писнув — і знову вирубився. Батарея сіла.

Чорт, чорт і ще раз чорт! Чому він так часто забуває зарядити мобільний? А тепер це тільки даремний шматок пластику.

Насилу стримавши бажання жбурнути непотрібну річ в зелені хвилі океану, Себастьян рішуче попрямував у бік парку. Треба хоча б дізнатися, скільки часу він спав.

— Шановна, ви не підкажете, котра година? — звернувся він до першої зустрічної літньої сеньйори, яка не поспішаючи вела за руку дівчинку-стрибунцю років шести.

— Ні, я сьогодні без годинника. Свято, знаєте, можна зіпсувати, спостерігаючи за часом, — відповіла жінка, і хлопець хотів було вже йти далі, коли його зупинив тоненький голосок:

— Я скажу, дядьку!

Дівчинка, привітно посміхнувшись, почала копатися в своїй іграшковій маленькій сумочці з перекинутим через плече ремінцем. Ретельно порившись, вона витягла несподівано величезний телефон, що насилу вмістився в її крихітній долоньці. Зігнувши руку в лікті, спритно поклала на неї мобільний і маленьким пальчиком швидко почала тикати в екран.

Себастьян лише здивовано моргнув. А юна володарка приладу високих технологій з серйозним — до самої останньої веснянки на носі — виразом промовила:

— Вісімнадцять годин чотири хвилини!

— Дя... дякую, — пробурмотів хлопець.

— Будь ласка, — чемно відповіла дівчинка.

Спритно сховавши телефон у ляльковy сумку (і як тільки він туди помістився?), вона знову застрибала на одній нозі поруч з бабусею.

Тим часом думки Себастьяна вже були далеко від неї.

Шоста година, початок сьомої! Але ж коли вони приїхали сюди, було приблизно близько дванадцятої. Поки грали, гуляли, обідали... О котрій вони пішли до пляжу? У той момент він не дивився на годинник. І взагалі, з появою в його житті Каміли час міг іти так, як йому заманеться, неоглядки на якийсь там годинник. Найчастіше він, цей самий час, біг навскач, ніби за ним гналися: ледь день почався, як вже вечоріло, особливо, якщо вони були разом. Іноді він гальмував і давав їм більше можливості насолодитися якоюсь подією... Але без Каміли він повз зі швидкістю хворої черепахи — хвилини розтягувалися майже до нескінченності...

Тепер же час, схоже, утнув черговий фокус: варто було Себастьяну на хвилинку задрімати, як він прошмигнув мимо нього, мов миша від кота...

Може, Камілі набридло чекати, поки він прокинеться? Але чому тоді вона його не розбудила? Або щось затримало її там, куди вона пішла? Однак вона збиралася просто-напросто викинути сміття...

«Напевно, чекає мене біля машини!» — майнула рятівна думка, і Себастьян поспішив до автомобіля. Але там його чекало розчарування: блакитний «жук» стояв на місці, а дівчини поруч з ним не виявилося.

Це вже переставало бути кумедним. Думки і здогадки застрибали в голові, перебиваючи одна одну.

«Повернулася до атракціонів? Пішла прогулятися і заблукала? Зустріла знайомих і забалакалася?» Намагаючись не хвилюватися, Себастьян повернувся на місце свого недавнього відпочинку: там, як і раніше, було порожньо.

Ноги чомусь стали важкими, ніби до них підвісили пудові гирі. Понуро опустивши голову, хлопець знову повернув до ярмарку чудес.

Ось атракціони, на яких вони каталися: до вечора, здається, дітей в чергах стало менше, зате більше підлітків і молоді. Натовпу ще додалося — люди рухалися на всі боки, говорили, кричали, сміялися, стояли за квитками, юрмилися біля лотків із солодощами, але Каміли ніде не було видно.

Ну не питати ж у кожного перехожого, чи не бачив він тут дівчину — найкрасивішу в цьому місті?

Як багато людей! У цьому різнобарвному морі так легко загубитися...

Він знову, за інерцією, дістав з кишені мобільний, з тугою подивився на нього, вкотре картаючи себе за безпечність. Врівноваженість потроху стала залишати хлопця. Куди вона могла подітися, не попередивши його? Невже з нею щось трапилося?

Крики, шум, сміх, голоси і музика — все це нападало на нього з усіх боків, змушуючи прикривати вуха руками, пригинатися під вагою звуків... Він метався по ярмарку, в десятий раз повертаючись до пляжу — лише для того, щоб переконатися, що Каміли там немає, і знову пірнав у натовп, шум якого тепер завдавав майже фізичний біль. Розгубленість змінилася відчаєм.

Пляж стрімко занурювався в сутінки — або це від хвилювання темніло у нього в очах? На Себастьяна вже стали обертатися: хлопець, який ледь не плакав і метався між атракціонами, привертав увагу...

Біла сукня промайнула десь попереду. Він рвонув туди, затримавшись на кілька секунд, щоб обійти прикру перешкоду — гучне сімейство, що зупинилося прямо на його шляху... Але біла сукня вже пропала.

— Каміло... — вирвався хрипкий шепіт замість дзвінкого окрику.

Що таке трапилося, що твориться з ним? Начебто нічого страшного не сталося — є маса причин, через які його дівчина могла ось так зникнути, але все ж таки... Чому так болісно стискається серце і думки метаються, як спіймані в тенета горобці? А раптом з нею щось трапилося? Її викрали! Хіба здатна Каміла просто залишити його одного, розгубленого, в повному незнанні? Вона не могла так вчинити з ним!

Один з розмальованих наметів балагану виявився відкритим: яскравий смугастий килимок, що висить біля входу і замінює двері, був трохи відкинутий в сторону.

Може, саме сюди зайшла Каміла? Себастьян відсунув килимок рукою і ступив усередину. Напівтемрява, яка навалилася з усіх боків, виявилася такою несподіваною, що хлопець застиг на місці. Тільки трохи озирнувшись, він зрозумів: щільні стіни без вікон і завішений вхід — частина загального антуражу.

То була «лавка чародія» або щось подібне. У центрі намету розміщувався низький стіл — по його кутах кріпилися свічники з дивними високими свічками. Підійшовши ближче, Себастьян зрозумів, що очі його не обманули: всі чотири свічки дійсно були чорного кольору.

Густий запах пахощів витав в повітрі — такий насичений, що від нього паморочилося в голові. У центрі столу лежала скляна, а можливо, кришталева куля. Золоті та фіолетові іскри повільно підніматися з його глибини. Здавалося, куля жила своїм власним життям. Заворожений незвичайним явищем, хлопець зробив кілька кроків до нього. Немов відчувши його інтерес, іскри в кришталі закружляли швидше, до золотих і фіолетових додалися криваво-червоні.

— Хочеш поворожу?

Хрипкий голос за його спиною пролунав так несподівано, що Себастьян ледь не підстрибнув від страху. Різко обернувшись, він побачив в двох кроках від себе стару жінку в величезній червоній хустці, яка майже повністю ховала її обличчя й плечі. Сиве волосся вибивалося з-під хустки млявими патлами, і тільки погляд глибоко запалих очей здавався якимось гострим, пташиним.

— Сідай! — наказала стара.

Юнак, який ще секунду назад збирався ввічливо подякувати і піти (адже Каміли тут не виявилося), слухняно влаштувався на табуреті, накритому домотканим килимком в індійському стилі.

Ворожка обійшла стіл і важко опустилася на стілець з високою різьбленою спинкою. Її очі продовжували уважно розглядати Себастьяна.

— І про що ж ти хочеш знати? Про кохання? Про гроші? Про удачу? — скрипучим голосом почала вона, і було незрозуміло, чи чулася в її інтонації легка насмішка або така манера старої розмовляти.

— Хоча почекай... Дай сама скажу. У твоєму серці живе кохання. Але разом з ним там оселилася тривога...

Стара підхопила зі столу колоду карт, яку Себастьян помітив тільки тепер, і, ретельно перетасувавши їх, стала вибирати карти по одній, розкладаючи перед собою якимось їй одній відомим способом.

— Зараз подивимося...

Хлопець чекав продовження зі змішаними почуттями. Він не дуже-то вірив у ворожіння і пророкування, але іноді погоджувався, що не все в житті укладається в рамки звичайних речей, — і доказів цьому було більш ніж достатньо.

І ось тепер, випадково опинившись в наметі ворожки, він був майже впевнений: все, що зараз почує, — не просто звичайне вгадування.

— Кохання живе в твоєму серці — і воно заповнило його повністю, — почала стара.

Довгі рукава її халата мелькали в повітрі, поки сухі гачкуваті пальці перевертали карти, що спочатку лежали сорочками вгору.

— Нічого взагалі не чуєш і не бачиш через свою пристрасть... Але жінка твоя...

Стара раптом хмикнула і насупилася, нагородила Себастьяна здивованим поглядом спідлоба, а потім знову втупилася в карти: ніби вирішувала для себе — вірити чи ні побаченому в них.

— Важка, немов камінь, вина, яку носиш ти на своїх плечах, — повернула раптом ворожка розповідь трохи в інше русло. — Ти порушив давно дану обіцянку, клятву ти порушив, і тепер... смерть ходить по твоїх дорогах. Дивись! — крикнула вона знову так несподівано, що у Себастьяна по спині пробіг холодок.

Гачкуватий баб'ячий палець з довгим жовтим нігтем вказував на кулю в центрі столу. Тільки тепер, немов за наказом ворожки, з його глибини злетіла хмара дрібних сніжинок-пилинок.

— Подивись на неї!

Він немов заціпенів на місці і, виконуючи наказ, як загіпнотизований удавом кролик, широко відкритими очима дивився на химерну гру світла всередині кулі. Ось білі блискітки піднялися вгору — і тут же закрутилася, опускаючись, біляста смуга туману, котрий невідомо звідки взявся.

— Дивися ж! — прокаркав знову різкий голос, і тепер уже холодна хвиля прокотилася по всьому тілу Себастьяна.

Йому здалося, чи в задушливому від пахощів наметі дійсно повіяло могильним холодом?

У димній глибині кулі почали вимальовуватися якісь обриси, немов складаючись з темного туману, але розібрати поки нічого не виходило. До різі в очах вдивляючись в дивну кулю, Себастьян моргнув — а вже в наступну секунду з каламутної глибини на нього дивилася...

Хлопець відчув раптом кожну волосинку на своєму тілі, ніби поруч знаходилося потужне джерело електрики. Дихання перехопило, м'язи немов скам'яніли — навіть поворухнутися він не міг. І продовжував вдивлятися в порожні очниці Святої Смерті, що поглядала на нього з кулі. Смерті без очей, але з розмальованим фарбами обличчям Каміли...

Страшний лик поміняв вираз. Здається, це була посмішка, але від неї холодний жах накрив Себастьяна. Цей шалений, майже тваринний страх вибухнув в його тілі, побіг по жилах і капілярах, різко повернув тілу рухливість.

Скрикнувши, як поранена пташка, він підхопився зі стільця, зачепивши стіл і ледь не перекинувши кришталеву гидоту. Стара продемонструвала несподівану спритність, кинувшись ловити свій скарб. Здається, вона спіймала кулю, але одна з свічок рухнула на підлогу, а за нею впали, розсипавшись по підлозі, стебла сухої трави. Трава спалахнула, і язики вогню затанцювали на підлозі, розкидаючи навколо іскри і кострубаті тіні.

Однак все це Себастьян встиг помітити лише краєм ока — ноги вже несли його геть, до виходу, а руки відкидали край важкої фіранки, котра не хотіла випускати відвідувача з цього страшного місця…

Глава 41
Порушена клятва

Коли Себастьян знову опинився серед звичайних людей, під променями сонця і світлим небом, хлопцеві здалося, ніби він вирвався з іншої світобудови — моторошного світу мертвих, який ще продовжував витріщатися йому в спину поглядом порожніх очниць.

Не звертаючи уваги на те, що від нього шарахаються як від чумного, і розштовхуючи всіх на своєму шляху, Себастьян мчав не озираючись повз атракціони, торгові лотки — подалі звідси, швидше!

Туди, де дихає свободою нікому не підвладна стихія...

Він потроху почав приходити до тями, тільки важко опустившись на коліна прямо в океанську хвилю, — вона тут же облила його, весело накривши з головою. Солона прохолодна волога поступово повертала його до реальності.

Він знову і знову набирав жмені води і обтирав палаюче, немов від хвороби, обличчя.

Що це було? Чи справді він бачив щось страшне в кришталевій кулі або це підступи хитрої старої, якій потрібно справити враження на клієнта? Тоді вона явно перестаралася з ефектом. А може, всьому виною запаморочливі запахи, що викликають галюцинації? Тепер, весь мокрий і потроху прийшовши до тями, він уже готовий був вірити саме в це. Напевно, стара відьма просто хотіла витягнути з нього гроші! Можливо, вона навіть застосувала гіпноз. А те, що він бачив... Всього-на-всього розігралася уява.

Обривок важкого сну, що переслідує його так часто, — сну, в якому у нього вкрали Камілу, забрали... І він залишився один.

Як зараз, наяву...

Його тіло трясло — чи то від пережитих емоцій, чи то від сліз, які раптом хлинули з очей. Ще не в повній мірі отямившись, хлопець знову занурив обличчя в воду. Що ж він плаче, ніби маленька дитина?

— Себастьяне!

Він здригнувся, немов від удару, але не обернувся, боячись розчаруватися від того, що йому все почулося, здалося, приснилося...

— Себастьяне! Нарешті я знайшла тебе!

Задихана Каміла зупинилася на кромці берега, але, зрозумівши, що з ним щось не так, прямо в туфлях забігла в воду.

— Що з тобою? Що трапилося?

— Це правда ти? — майже беззвучно запитав він і, як був, стоячи у воді на колінах, кинувся до дівчини і міцно обхопив її ноги.

— Звичайно я, Себастьяне! Що сталося, що з тобою? Чому ти тремтиш? — Вона обіймала його плечі, гладила по голові — як перелякану дитину, намагаючись заспокоїти. — Ну що ти? Все добре... Ти злякався, що я пропала? Вибач, однак я не могла не допомогти... Я багато разів дзвонила тобі, але твій телефон був відключений... А потім бігала ще годину всюди, намагаючись тебе знайти...

Він ледь чув її виправдання, майже не розбираючи слів. Заплющивши очі, продовжував обіймати коліна дівчини. Він все ще не міг прийти до тями.

— Може, ми вийдемо з води? — через кілька хвилин вимовила Каміла, і легкі нотки сміху в її тоні остаточно повернули його до життя.

— Знаєш... Я так злякався, адже ти пропала... — голос Себастьяна був хрипким. — Кожен раз, коли ми розлучаємося, мені чомусь здається, що це назавжди.

— Дурненький... Що зі мною може статися? Якби твій телефон був в порядку, я б все тобі розповіла і ти б не хвилювався.

— Я мало не згодував його океану, побачивши, що він не працює...

Себастьян нарешті вибрався на берег, але вигляд у нього був досить жалюгідний: вода великими краплями стікала з розпатланого волосся, тонка футболка прилипла до тіла, а мокрі джинси стали важити втричі більше. Із взуття воду довелося виливати. Одяг Каміли теж намок.

Роззувшись, закохані пішли босоніж уздовж берега, дозволяючи теплому вітру висушити їх. Себастьян зловив рукою долоньку Каміли — тільки тепер він зміг заспокоїтися і вислухати пояснення дівчини про її раптове зникнення.

Вона розповіла, що дорогою назад помітила жінку, якій стало погано. Поки збігала, щоб принести їй води, та просто втратила свідомість. Довелося викликати медиків, а поруч не виявилося нікого, хто знав би бідну сеньйору. Каміла не могла кинути її, тому поїхала разом з нею до лікарні, а потім додзвонювалася родичам жінки. Її терміново забрали на операцію... Каміла ж вирушила назад — з іншого кінця міста, на кількох автобусах. Вона намагалася додзвонитися Себастьяну, але безрезультатно...

Дівчина говорила і говорила, а він лише мовчки кивав, не вслухаючись в її слова. Головне — з нею все в порядку, вона знову тут, поруч з ним. Уже повернувши собі втрачений спокій, хлопець наважився розповісти їй про пережиту пригоду.

Над їх головами зовсім буденно літали чайки, мирно шумів океан, світило сонце — і тепер все, що привиділося йому в темному задушливому наметі, здавалося лише забавною пригодою. Разом з цим його почала мучити совість: він втік, як переляканий заєць, навіть не попрощавшись з господинею балагану, до того ж влаштував пожежу. Хоча вона і викликала у нього не дуже приємні почуття, але все ж він з власної волі зайшов в її намет. І правильно було б залишити хоч кілька монет за ворожіння — нехай навіть і таке дивне.

Своїми думками хлопець поділився з Камілою. Дівчина вислухала його з подивом, і Себастьяну навіть стало трохи соромно: виглядав він в цій історії не кращим чином...

— Мені хотілося б вибачитися перед нею...

Каміла критично оглянула свого супутника, зітхнула, дістала з сумочки гребінець і простягнула йому.

— Якщо ти не хочеш налякати її, тобі доведеться хоча б розчесати волосся. Ось зараз — майже те, що треба, — підбадьорливо посміхнулася вона, коли він обтрусив пісок зі свого вже підсохлого одягу і пригладив волосся щіткою.

Неспішно вони вирушили до намету чаклунки.

Фарби вечора стрімко згущалися, атракціони ж, навпаки, освітилися розсипом різнобарвних вогників. Як і раніше голосно звучала музика, хоча натовп спав: тепер на гірках і каруселях каталися здебільшого молоді парочки і підлітки.

Пройшовши знайомою вже дорогою, Себастьян зупинився в розгубленості.

— Вона точно була тут, біля цих гойдалок. Я запам'ятав! — пробурмотів він, правда, не дуже впевнено. — Ось тут вона стояла...

Але на піску не було навіть сліду від намету.

— Ймовірно, балаган знаходиться по іншу сторону від цих гойдалок, — здогадалася Каміла.

Знизавши плечима, Себастьян вирішив все-таки перевірити. Він обійшов гойдалки по колу, однак намету так і не знайшов.

— А може, вона просто вже зачинилася, і його відвезли?

— Не виключено... Зараз ми запитаємо.

Себастьян попрямував до літнього чоловіка — продавця квитків. Але той подивився на хлопця, як на божевільного.

— Та не було тут ніякої ворожки, — заперечливо похитав він головою. — Ні раніше, ні пізніше. Я тут вже другий день продаю квитки — не було тут такого.

— Добре... А де тоді вона? Може, в іншій стороні ярмарки? Я міг і помилитися.

— Так у нас взагалі ніякої ворожки немає! Лише атракціони. Ще — тир, вулична їжа і клоуни для малюків, але вони тільки до п'ятої години були... Ти точно туди приїхав, хлопче?

— Вибачте, — пробурмотів Себастьян і поспішив повернутися до Каміли, супроводжуваний підозрілим поглядом продавця квитків.

Подивившись на хлопця, дівчина зрозуміла: тут щось не так.

— Що, вона поїхала?

— Цей продавець стверджує, ніби такої тут зовсім і не було...

— Може, ви обидва помиляєтеся — ти прийшов не на те місце, а він не запам'ятав її намет, ось і все, — спробувала заспокоїти його Каміла.

Але Себастьяну раптом знову стало якось незатишно. Тепер йому почало здаватися, що з усіх боків в густих сутінках за ним стежать чиїсь пильні очі. Обличчя з порожніми очницями...

— Може, я й справді божевільний...

Каміла рішуче взяла його за руку.

— Ніякий ти не божевільний! Просто ви всі, чоловіки, такі вразливі... Нічого було ходити до всяких підозрілих бабів, які показують фокуси!

Він дивився на дівчину, намагаючись зрозуміти: чому йому так спокійно поруч з нею? І ніякі напасті не владні над ним. Але варто їм розлучитися, хоч ненадовго...

Вона, здається, прочитала його думки:

— Мені не можна залишати тебе ні на хвилину! Ти постійно у щось вляпуєшся.

— Так і не залишай. Давай завжди будемо разом.

— А зараз пішли звідси! Йдемо до океану.

Тепер вона сама взяла хлопця за руку і рішуче повела його до виходу з ярмаркового містечка. Він, не пручаючись, йшов поруч, відчуваючи її тепло і майже блаженство...

«Якщо я і божеволію, то ти — єдина причина цього», — подумав, не зводячи з неї захопленого погляду.

Опинившись знову біля води, вони присіли на все ще теплий після спекотного дня пісок.

— Знаєш, чомусь саме поруч з океаном мені завжди було добре і спокійно. Навіть коли він бушує, — зізнався раптом Себастьян. — Він немов ділиться зі мною частинкою своєї безмежної могутності. І тоді я теж стаю сильнішим. Дивно... Адже поруч з тобою у мене таке ж відчуття. І навпаки — коли ми не разом, мені здається, ти йдеш назавжди і я ніколи більше тебе не побачу.

У такі моменти мені стає... — він хотів сказати «по-справжньому страшно», але замість цього сказав: — Дуже сумно...

— Значить, нам і справді не варто розлучатися. Щоб було добре, — посміхнулася Каміла. — Адже і мені без тебе теж дуже самотньо...

Обнявшись, вони сиділи на березі, милуючись фарбами догораючого заходу, як і в ту мить, коли він вперше привіз її до океану.

— А та стара... Вона говорила про якусь порушену клятву і, здається, дуже тебе стривожила цим... Чи мені тільки так здалося?

Себастьян мовчав — настільки довго, що Каміла пошкодувала про своє питання. Вона зрозуміла, що зачепила його за живе, але зовсім не бажала цього.

— Так і є... Не пам'ятаю, чи говорив я тобі. Здається, ні. Мій батько... Загалом, колись мама в сльозах просила мене не їздити на мотоциклі. Якась ворожка сказала їй, що моє життя закінчиться після аварії... на мотоциклі. Щоб заспокоїти її, я не просто пообіцяв — я поклявся на ньому не їздити, хоча це далося мені непросто. І намагався не порушувати клятву. А моторолер, на якому я раніше розвозив піцу, — його ж і транспортом назвати складно. Так, самокат.

— Навіщо ж ти порушив клятву, якщо пам'ятав про неї?

— Ти ж їздила зі мною. І тобі теж подобалося, коли вітер свистить, здається, ніби немає перешкод і можна доїхати куди завгодно. Ще трохи — і дорога закінчиться, а далі ти помчиш по небу... Напевно, це і є відчуття свободи, — зітхнув Себастьян.

— Чому ж... Чому ж ти продав свій мотоцикл? — ще тихіше запитала вона.

— Коли ми потрапили в аварію... Перед тим, як я втратив свідомість, мені здалося, ти травмована. І навіть — що ти помираєш. Я тоді сам мало не помер — тільки від однієї цієї думки... На щастя, все обійшлося, і, повернувшись додому, я багато чого передумав. Так, мені подобається швидко їздити, я люблю мотоцикли. Але тебе кохаю більше! І надалі ні за що не буду ризикувати тобою. Нехай мотоцикл залишиться в минулому. А поруч зі мною будеш ти...

Вражена його словами, Каміла мовчала. А він ще міцніше обняв дівчину за плечі.

Ніч насувалася на узбережжя, різнокольорові вогні недалекого міста підсвічували фіолетове небо, додаючи йому світла. Вони мерехтіли і переливалися, залишаючи кольоровий слід на темній поверхні неспокійної води.

— Поїхали додому, — запропонував Себастьян, і Каміла згідно кивнула.

Так само, тримаючись за руки, вони попрямували до машини.

Себастьян відчував, ніби важкий тягар зісковзнув з його плечей. Розповівши коханій про свою таємницю, він звільнився від обтяжливого почуття, яке мучило його довгий час. Легкість і свобода тепер оселилися в серці хлопця.

Стрибнувши в свій — вже улюблений — автомобільчик, вони вирушили до будинку Каміли. Старенька автомагнітола зловила хорошу радіохвилю, і легка музика ідеально пасувала до їх настрою.

Підспівуючи популярній пісеньці, дівчина радісно посміхалася Себастьяну, і він теж відкинув всі пережиті хвилювання. Тепер все добре, і попереду їх чекає прекрасний вечір...

Ось і невелика автостоянка за кілька кварталів від будинку Каміли: вони завжди залишали свого «жучка» саме там. Можна було б прилаштувати машину і ближче, проте шанс не знайти вранці автомобіль був занадто великий — і Себастьян вважав за краще не ризикувати. Тим більше пройти ці два квартали до потрібного під'їзду рука в руку з коханою — додатковий приємний бонус в кінці дня...

Коли до входу під'їзду, котрий темнів в слабкому світлі вуличних ліхтарів, залишалося лише кілька кроків, дверцята непомітно припаркованої в стороні машини відкрилися і звідти швидко вийшли двоє, перегородивши їм дорогу.

— Каміла Алонсо?

— Так, це я, — трохи розгублено відповіла дівчина, дивлячись на незнайомих чоловіків.

У скупому вуличному світлі на грудях одного з них блиснув значок поліцейського.

— Ви затримані за підозрою у вандалізмі. Пройдемо з нами, — відчеканив поліцейський.

Другий став між нею і Себастьяном, який від несподіванки завмер на місці.

Розгублені й від цього - величезні очі Каміли... Посвідчення поліцейського, яким той змахнув в повітрі, немов грізним жезлом... Відкриті дверцята поліцейської машини... Все було якимось нереальним сном, кошмаром, втіленим в реальність відразу для двох...

— Стійте!

Себастьян, блідий навіть в темряві, трохи похитуючись, кинувся їм навздогін, коли поліцейські з дівчиною вже підходили до своєї машини.

— Стійте, зачекайте... Відпустіть її! Вона ні в чому не винна. Це я... Я хочу зробити зізнання.

Глава 42

В клітці

Навколо були сірі стіни камери, в них в'ївся запах відчаю і безнадії... Замість м'якої постелі і теплих обіймів Каміли Себастьяна чекала ніч на вузькому тюремному ліжку. Він все ще не усвідомлював, що ці зміни безповоротно увійшли в його життя. Так вривається в місто ураганний вітер, щоб накинутися на будівлі та душити їх, перевіряючи на міцність тремтячі від натуги стіни...

Його запас витримки був невисокий: відчай накрив хлопця з головою і розлився по тілу крижаними океанськими хвилями. Поступово приходило усвідомлення, що просто так це все не закінчиться, що за свої вчинки доведеться нести відповідальність.

Він розумів: швидше за все, його чекають тюремні стіни. Але не страх перебування у в'язниці був причиною жахливого стану хлопця, розлука з Камілою — ось що лякало Себастьяна найбільше. Йому, звичайно, вдасться довести, що дівчина ні в чому не винна і що єдиний винуватець бід — він сам. Але ж їх розлучать — ймовірно, на тривалий час, і він зможе бачити свою кохану лише в мріях і на коротких побаченнях. Її тепло надовго залишиться для нього забороненим — від цієї думки хотілося вити і кидатися на стіни, як божевільний, як тварина, яку вирвали з її щасливої свободи і кинули в задушливу клітку...

Вранці був допит. Смагляве обличчя слідчого — суворого чоловіка з коротко підстриженим волоссям, що нагадувало щітку, здалося йому дещо знайомим. Поки інспектор Алваро фіксував його відповіді, час від часу роблячи якісь позначки в своєму блокноті, Себастьян намагався згадати, де ж він міг його бачити.

Була ще молода жінка — здається, помічниця слідчого. Вона чомусь у двоє очей дивилася на Себастьяна і часом по кілька разів повторювала одне питання, немов відповідь на нього була їй незрозумілою.

Себастьян не намагався лукавити — зараз це вже ні до чого. Він чесно розповів все, як є, нічого не приховуючи. Дівчина не була співучасницею, і він доводив це настільки докладно, що і сам дивувався, звідки бере такі аргументи. І вони, ці поліцейські, повинні йому повірити, адже все, про що він говорить, — чиста правда.

Те, що вони удвох наполягають на медичному огляді підозрюваного, здавалося трохи дивним. Але, можливо, тут такі порядки... Що він може знати про це?

Йому був нецікавий висновок психіатра — худенького дідка в окулярах, з смужками вусів над тонкими безбарвними губами. Лікар кілька разів знімав окуляри, протирав і без того блискучі лінзи і знову розміщав їх собі на кінчик носа, а потім пильно дивився на Себастьяна. Той не знав, як трактувати такий жест, та й це, як і все інше, хлопця не хвилювало. Він сидів мовчки, склавши руки на колінах, поки дідок старанно строчив якісь папірці. Потім з'явився поліцейський і знову повів Себастьяна в клітку.

Тюремна їжа здавалася позбавленою смаку, а може, у нього просто був відсутній апетит. Він змушував себе насилу проковтнути кілька ложок, хоча воду пив багато й часто. Себастьяна тримали в одиночній камері. Краєм вуха він чув уривок розмови поліцейських про те, що чутки про вандалів швидко просочилися за тюремні стіни і що його краще тримати подалі від інших — хоча б до винесення вироку.

Хлопця знову допитували, ставлячи дивні питання, — так, немов намагалися збити з пантелику. Але Себастьян лише сумно посміхався, коли розгадував черговий підступ, і відповідав тільки чесно й прямо. Йому нічого було приховувати. Правда — найкраща зброя. Навіть якщо це зброя направлена проти тебе...

Один раз його возили на місце злочину — очна ставка, здається, саме так це у них називається. Звичайно ж, він готовий був все показати — ось тільки місце розташування однієї з могил шукав довго — все-таки тоді було темно.

У старому холодильнику салону знайшли два зниклих тіла. З «підозрюваного» Себастьян став «обвинуваченим».

Лиш один раз до нього пустили Камілу — на десять хвилин, під наглядом чергового. Як нежива, та сіла на пригвинчений до підлоги табурет. Сказала, що її не затримали і допитували тільки як свідка. І що весь салон збирається на суд захищати його. І що в газетах вже пишуть про найдивніший злочин за останні десятки років...

Вона говорила і говорила, а сльози самі собою швидко текли з її почервонілих очей з запаленими повіками — мабуть, це були далеко не перші сльози... Вона ледь не давилась словами, поспішаючи розповісти все, але він майже нічого не чув, тільки дивився на обличчя коханої, бліде, з темними колами під очима...

А потім пролежав весь день нерухомо на краю ліжка, скрутившись, немов поранена змія в своєму лігві, а вночі плакав і душив ридання в тюремній подушці...

Приходив адвокат. Здається, він був здивований спочатку, потім намагався щось довести Себастьяну, про щось домовитися з ним... Але захисника хлопець теж не слухав. Все це здавалося продовженням жаху, і він дихав, говорив і виконував чужі накази машинально, немов і тілом його керував хтось інший. А він, справжній, був далеко звідси...

Адвокат пішов. Довго хитаючи головою, він говорив щось слідчому — Себастьян не вслухався в слова.

На зміну цьому сеньйорові з'явився інший: з голочки одягнений, явно ретельно стежить за своєю зовнішністю. Він не махав руками і не намагався в чомусь переконати підзахисного: лише іноді згідно кивав, запитально дивлячись на Себастьяна, ніби кожну хвилину повторював собі — а чи не забув він чогось ще?

Але найдивніше, що приходила дівчина — помічниця слідчого. Вона зайшла в камеру Себастьяна пізно ввечері і питання ставила дивні — не такі, що записані в стандартному протоколі. Просила розповісти, як вони познайомилися з Камілою, як зустрічалися потім, як і чому він опинився в салоні.

Вона нічого не записувала на диктофон, а розмови про Камілу були, мабуть, єдиною темою, не обтяжливою для нього. І хлопець з захопленням розповідав їй все — від тієї найпершої зустрічі на перехресті, що стала поворотною в його долі...

Йдучи, помічниця слідчого вимовила:

— Дякую!

— За що? — розгубився Себастьян.

Тоді вона подивилася на нього якось дивно, немов хотіла сказати багато — але не могла. І відповіла просто:

— Саме такої історії не вистачало, щоб оживити мою книгу... Ви ж дозволите мені написати про вас? Не турбуйтеся, імена та місце подій будуть змінені...

Себастьян лише байдуже знизав плечима — це дійсно його анітрохи не хвилювало.

— Тоді дякую ще раз. І знаєте... — вона трохи забарилася, проте все ж сказала це вголос: — Мені здається, я трохи заздрю вашій дівчині...

Жінка пішла, і Себастьян знову залишився наодинці зі своєю тугою. Господи, як же катувала, як рвала на частини вона його серце! Особливо ночами, коли навколишні звуки вщухали, а у вузьке віконце темниці здивовано заглядав спадаючий місяць. Як він нудьгував! Як відчайдушно хотів вирватися геть із цих стін, що душили своєю непохитністю, і від людей, котрі ще більше душили власною правотою... Так, він винен. Те, що він зробив, — злочин. Але все, вчинене ним, було зроблено заради кохання... І на питання, чи шкодує він про скоєне, відповість: «Ні». Просто тому, що це — правда...

Йому все ж вдалося трохи заспокоїтися і взяти себе в руки — в ніч перед судом.

Тоді, замість того щоб впадати у відчай, він став перебирати в пам'яті найсвітліші моменти їхнього спільного минулого — по крапельці, намагаючись нічого не упустити. Немов коштовності з коробочки, діставав теплі миті, прагнучи доторкнутися до них знову...

Ось вона усміхається, коли він зізнається, що теж не любить піцу. Ось Каміла поспішає йому назустріч, поки він, не знімаючи шолома, чекає її на своєму мотоциклі. Ось гнучка постать в обіймах червоної тканини, схожа на макову квітку, звивається в ритмі танцю, немов злітаючи над здивованою площею... Її тепла долоня, коли вона витирає кров у нього на лобі після аварії. Салон з усіма служителями, і вона — його любов, в образі Святої Смерті. Тепло і трепет її тіла під легкою матерією... «Давай залишимося тут назавжди... Або хоча б до світанку...» Чому, чому і справді вони не змогли залишитися там, поруч з такою знайомою і близькою стихією? Вони повернулися в світ людей, назустріч болісній розлуці...

Але зараз він гнав від себе геть темні думки. Нехай ця самотня ніч — ніч спогадів, буде світлою... А завтра — день. Хороший день, бо завтра він побачить її. І не так важливо, що це буде вже остання зустріч — перед прийдешньою довгою розлукою.

Перед тим, як розлучитися, ймовірно... Ні!

Він не міг, не хотів, боявся вимовити слово «назавжди»...

У залі не було вільних місць. Цілком можливо, що сюди просочилися і представники преси — щоб жадібно ловити кожне слово, а потім сплітати ці слова в химерні візерунки власного бачення...

Ось Дієго і Ванесса — вони і тут сіли поруч. Суворе обличчя індіанки приховує емоції, зате Дієго — весь як на долоні. І він переживає, дуже переживає за його, Себастьяна, долю... Ось Слай в третьому ряду — вона ледь стримує сльози. Педро, здається, не прийшов — але чи має він право засуджувати його за це? І навіть Пілар і Матео — теж в залі. І Айвен, який обміняв його мотоцикл на старий автомобіль... Звичайно ж, на суд не з'явилася сеньйора Регіна — і, напевно, під страхом звільнення не пускала сюди своїх працівників. Вони не прийшли. Прийшли друзі. І всі чекали, затамувавши подих, кінця цієї дивної історії...

Але не їх обличчя шукав його погляд, метався від одного краю залу до іншого, а потім розглядав кожного, хто зібрався тут.

Зібралися через нього. Однак якби зараз тут з'явився навіть президент Мексики — Себастьяна це анітрохи б не схвилювало.

У залі не було її.

«Можливо, вона разом з іншими в окремій кімнаті для свідків і викликати їх будуть по одному», — сам для себе вирішив Себастьян, щосили намагаючись в це повірити.

Почався суд. Поступово входили свідки — їх викликав адвокат звинувачення. Всі вони на секунду ставали об'єктом пильної уваги Себастьяна — лише на мить, достатньо, щоб зрозуміти — це не Вона. А далі знову — байдужість і терзання неприкаяної душі, яка втомилася нудитися від розлуки, так втомилася, що може вже не витримати, якщо знову...

І знову її... не було. Різні люди вставали і говорили щось: листоноша, колись приносив пошту в його будинок, високий хлопець на ім'я Мігель, слідчий з коротким щетинистим волоссям — він все ніяк не міг запам'ятати його ім'я, якась жінка, потім Пілар і Дієго... Особи змінювалися одна за іншою.

Ось дон Карло і кухар Ігнасіо, його колишня дівчина Роза — всі ці люди здавалися лише тінями з минулого, адже він знав їх ще до Каміли...

Він майже не слухав їх. Як і коротких висловів судді, і розлогих пропозицій прокурора...

Слово взяв його адвокат. Він теж довго говорив про щось, стримано жестикулював, кивав у бік підзахисного...

Себастьян застиг, спостерігаючи за всім, що відбувається, як за виставою театру тіней. Її немає. Значить, і нічого більше немає. Нічого важливого, нічого цінного більш...

Він не знав, чому вона не прийшла. І, напевно, не знатиме найближчим часом.

Скільки? Про це зараз йому розкажуть судді. Вони відміряють час, який він повинен буде провести далеко від неї. Де, поруч з ким — яка різниця? Головне, що не з нею. І побачаться вони лише...

Коли?

А раптом — більше ніколи?

Це слово вдарило, наче гуркіт грому в сутінках, пронизав його свідомість спопеляючою блискавкою.

Питання, яке він стримував у думках з останніх сил — немов звіра, що готовий мертвою хваткою впитися в горло, нарешті вирвалося на свободу і розкрило отруйну пащу:

А ЯКЩО ТИ БІЛЬШЕ НІКОЛИ ЇЇ НЕ ПОБАЧИШ?!

Що тоді? Чи готовий ти жити далі? Без неї?

— Ні, — глухим голосом раптом вимовив Себастьян.

Піднявся.

І вперше прямо подивився в очі своїм суддям.

Натягнута до межі струна, що йде в невідомість, несподівано здригнулася — і зазвучала на довгій зривистій ноті…

Глава 43
Двері в океан

— Я чув, Маріїта буде проходити практику у Європі...

— Так. Не вдалося мені її відмовити. Є багато хороших клінік і у нас, хоча б у Мехіко. Намагався її умовити, але хто з молоді тепер прислухається до думки старших? У них — своє життя.

— Зізнаюся, я був злегка здивований, що вона обрала саме психіатрію. Чесно кажучи, очікував, що вона піде стопами батька...

— Ну, у будь-якому разі вона обрала для себе медицину — так що наша, як кажуть, лікарська династія не перерветься...

Тихий скрип дверей загубився між мірними звуками апарату, на якому зелена лінія викреслювала серцевий ритм.

— Це і є той самий пацієнт?

— Так, наш Себастьян — він тут уже близько пів року. Підключений до системи життєзабезпечення. Молодий, але організм відмовляється боротися за життя... Дуже дивний випадок.

— А що ж з ним сталося?

— Наскільки мені відомо, цей хлопець познайомився з дівчиною. Вони зустрічалися приблизно з місяць, а потім потрапили у автокатастрофу — розбилися на мотоциклі. Він відбувся невеликими травмами, а ось вона не вижила. Себастьян пішов з лікарні і пропав. Правда, ніхто всерйоз не шукав його. А ще через місяць до нього в будинок зайшов листоноша — хотів віддати лист. У будинку нікого не виявилося. Двері в підвал були відкриті, і він спустився туди... Бідолаха потім довго ходив до психоаналітика. У підвалі... Гм... У підвалі на підлозі лежало кілька трупів —

з нафарбованими обличчями. І там же, в кріслі, було тіло тієї самої дівчини, яку поховали місяць тому. У весільній сукні. А поруч з нею — наш Себастьян, вже без свідомості. Він все ще продовжував тримати її за руку. Звичайно, листоноша відразу ж подзвонив в поліцію, і хлопця доставили сюди.

— Який жах! — голос більш молодого чоловіка мимоволі здригнувся. — Складно собі уявити: всі ці трупи... Хлопець, напевно, божевільний.

— Важко сказати, — задумливо протягнув другий голос. — За весь час, що він тут, його відвідали тільки раз: той самий листоноша, що став свідком цієї... гм... події. Він трохи знав хлопця раніше — той розвозив піцу, і ніяких дивацтв за ним тоді начебто і не помічали. Але після смерті дівчини він відразу ж звільнився з роботи.

— А поліція? Всі ці розкрадання тіл...

— Як не дивно, незважаючи на психічний розлад, Себастьяну вистачило кмітливості влаштувати все так, що ніхто ні про що не здогадався. У будь-якому разі, про зникнення тіл дізналися, тільки знайшовши їх. Поліцейські теж приходили — сюди, але добитися від нього відповідей... Самі бачите.

— Дуже шкода! — з почуттям додав молодий лікар. — Тут вистачило б на дисертацію з психіатрії. Який цікавий випадок!

— Повністю згоден з вами. Навіть та деталь, що обличчя трупів були нафарбовані... Я, зізнатися, сам зацікавився — дуже вже незвичайна ситуація... Виявилося, дівчина його працювала в салоні краси візажистом. Тоді розфарбовані обличчя — ще якось можна пояснити. Але навіщо красти тіла з кладовища? Це зовсім вже незрозуміло. Як і його бурмотіння про якийсь салон «Санта Муерте».

— Може, салон ритуальних послуг?

— Я теж так вирішив. І навіть довідувався: ніякого закладу з подібною назвою в нашому місті немає...

— Якщо чесно, — додав, подумавши, літній лікар, — навряд чи цю таємницю ми коли-небудь розкриємо. Як я казав, він тут уже пів року, ми зробили все, що могли, щоб повернути його до нормального життя, але... Самі бачите, колего, — безрезультатно. У нього немає серйозних порушень — крім психіки, звичайно, і між тим організм вперто не хоче жити. Немов його тіло саме відкидає нашу допомогу. Схоже, він так і не зміг винести втрату коханої людини. Спочатку хотів залишити її поруч з собою. А коли не вийшло — вирішив піти слідом за нею.

— Так, дійсно, дивна історія...

— Найсумніше — те, що і він, і вона були круглими сиротами. Виходить, зустрівши одне одного, вони знайшли все... Щоб втратити через місяць. Цього він і не зміг винести... Шкода, але не думаю, що у такій історії буде щасливий кінець.

— Що ж...

Двері тихо зачинилися, і звуки кроків зазвучали далі по коридору.

Вони вже не бачили, як несподівано злетіла вгору крутим зламом зелена лінія на кардіомоніторі. І тут же, ніби пташка, склавши крила, впала вниз, витягнувшись в рівну смужку.

Струна затремтіла, не витримавши напруги, і звільнилася від нього різким звуком, схожим на зойк.

Пппі-і-і-і...

Судді завмерли разом з адвокатом і прокурором, з усім задушливим залом суду, битком набитим цікавими жителями Росаріто і Тіхуани. Вони витягнулися струнко, коли відчинилися двері і до залу увійшла вона — в легкій білій сукні, яка струмувала навколо її ніг.

Все зупинилося — на півслові, на півзвуці, на півударі змученого серця, застигло, немов кадр з кінофільму. Маріонетки залишилися нерухомими, і лише Вона — жива, справжня — рухалася легко і плавно, розсікаючи скам'янілий час.

Вона йшла до нього.

Клітка підсудного розчинилися, ледь Вона доторкнулася до неї.

Каміла — ЙОГО Каміла! — стояла поруч і посміхалася справжнісінькою щасливою посмішкою. Він простягнув руку їй назустріч, і пальці закоханих зустрілися, торкнулися, сплелися в тугий замок.

— Ходімо зі мною! Тепер я більше ніколи тебе не відпущу...

Вона обняла свого коханого, і немов тепла хвиля торкнулася його змученої душі, вона раптом затремтіла — ніби лист на вітрі. І весь біль, нестерпний тягар втрати і сліпуче безумство, що малювало перед його очима дивні картини, відринули, змиті цілющою хвилею.

Вона була з ним. Тепер вони разом.

— Йдемо до океану, — прошепотіла Каміла, не відпускаючи його тремтячу долоню.

Він зробив до неї крок, і похмуре приміщення залу суду тут же розчинилося, випарувалося в зникаючому серпанку.

Вони стояли на березі океану, біля самої води, а зелене мариво клубочилося хвилями, і біла піна ласкавим кошеням терлася об їх ноги, ніби кликала пограти.

Не озираючись більше назад, двоє пішли вздовж берега, як і раніше тримаючись за руки.

Тепер уже — назавжди.

Кінець

Зміст

Глава 1. Перехрестя 5
Глава 2. Маленька таємниця 12
Глава 3. Дівчина з пісні 16
Глава 4. Теорія неймовірності 19
Глава 5. Пиріг з мрією 27
Глава 6. Перше побачення...................................31
Глава 7. Чай утрьох 38
Глава 8. Нова знайома 47
Глава 9. Затемнення...57
Глава 10. Салон «Санта Муерте» 63
Глава 11. Складне рішення................................. 69
Глава 12. Блакитна мрія.......................................75
Глава 13. Опівнічні неспання 79
Глава 14. Птих у польоті 83
Глава 15. Несподівана пропозиція 91
Глава 16. Свята Смерть 96
Глава 17. Учень...103

Глава 18. Дивні розмови 109

Глава 19. Санітарний день 114

Глава 20. Фламенко на площі 117

Глава 21. Велика розбірка в маленькому салоні 123

Глава 22. Несподіваний сюрприз 129

Глава 23. Дівчина для Дієго 133

Глава 24. Сюрпризи продовжуються.................................137

Глава 25. Несподіване закінчення вечора 143

Глава 26. Блукаючий вогник 150

Глава 27. Ненаписана книга 153

Глава 28. Несподівані відкриття 156

Глава 29. Неспокійний ранок 161

Глава 30. Чудесне спасіння 166

Глава 31. Чому вимерли мамонти 170

Глава 32. Заблудлий ангел і блакитна блискавка 178

Глава 33. Про що не розкажуть свічки 183

Глава 34. Фоторобот 186

Глава 35. Двоє на березі 194

Глава 36. Нічні страхи 200

Глава 37. Ліки від нервів 208

Глава 38. Згоріле бажання 211

Глава 39. Хмара щастя..216

Глава 40. Із кришталевої глибини 221

Глава 41. Порушена клятва 231

Глава 42. У клітці 239

Глава 43. Двері в океан 246

ВІКТОР ВОЛКЕР

Сучасний автор неординарних романів,
у яких містика і фентезі непередбачувано поєднуються
з реальністю, коханням і драмою. Народився у місті Києві.
Юрист за освітою. Письменник, композитор, продюсер
і керівник компанії «SPACE ONE».
У пошуках літературного агента.

victor.walker.books@gmail.com
+38 (063) 677-64-16 WhatsApp, Telegram, Viber

Літературно-художнє видання

Волкер Віктор

Салон «Санта Муерте»

Ілюстрації SPACE ONE
Переклад *Н. Бєлодєд*
Верстка *С. Даневич Ю. Дворецька*
Відповідальний за випуск *В. Волкер*

Підписано до друку 13.08.2020
Формат 60x90/16. Гарнітура Академія
Папір крейдований. Друк офсетний.
Ум. друк. арк. 16,00.

Видавництво «СПЕЙС ВАН»
Свідоцтво про внесення до Державного реєстру видавців
ДК №7056 від 18.05.2020
04070, м. Київ, вул. Іллінська, 8
+38 (063) 677-64-16, space-one@ukr.net

www.ingramcontent.com/pod-product-compliance
Lightning Source LLC
LaVergne TN
LVHW021331080526
838202LV00003B/133